任洪力文选

上册 散文·绝壁

任洪力 ◎ 著

文化艺术出版社
Culture and Art Publishing House

著名翻译家、画家、文学家高莽先生为作者所作画像

2021年10月，夫人张惠芳女士拍摄于青海达坂山

目 录

散文

绝壁 / 003

街亭剑指五丈原 / 009

"爨"的印痕 / 020

云梦山的远谋 / 024

黄河之水楼上来 / 029

横山的悲壮 / 034

大粮山的惨烈 / 042

大寨夕阳行 / 049

李广墓的凄凉 / 054

思陵外的风雨 / 059

汤阴战场的金牌 / 064

辽庆州迷人的白塔 / 069

浔阳楼的烟雨 / 075

偏关逸事 / 082

羑里城的玄妙 / 087

龙泉寺诗话 / 094

白龙潭逸事 / 099

重阳的荒芜 / 103

金陵的清雾 / 108

玄奘故里的安谧 / 113

沙丘宫逝去的狂飙 / 119

赫图阿拉的流连 / 127

九门口的隧道 / 133

岳麓山的碎语 / 140

水泊梁山的宽阔 / 145

白登无痕 / 152

狱中大义 / 157

井陉关的落日 / 163

曹魏遗风邺城边 / 168

还乡祠的失语 / 173

开阳古堡的残破 / 177

古战道的缠绵 / 183

蠡县婚俗观 / 187

秋马栏的透彻 / 193

千秋台的鸡鸣 / 197

莫愁湖的伤痛 / 201

小浪底的清澈 / 206

辽西九华山的华丽 / 210

二上大冷山 / 214

孤独的天使 / 226

附录：文学批评标准之我见 / 229

散 文

绝壁

幽静的山幽静的水衔着幽静的路，劈开了晨雾的羁绊伸向了一处少有游人的静默之地。在这个得天独厚的地方安葬着一个人。唐李瀚在《蒙求集注》中是这样记载的："谢灵运尝云，天下之才共一石，子建独得八斗，我得一斗，自古及今同用一斗。"可见才高气傲的南北朝大诗人谢灵运也深深地敬佩这个人，他就是三国时期建安文学的代表——一代文学大家曹植。

在才高八斗文学家的大墓前面，相对竖立着十对石像，它们分别是：石犼、石麒麟、石马、石狮子和石望柱。无论是庄重、守卫还是祥瑞、祈盼，它们都栩栩如生、古朴大方。十五级台阶之上，靠着山根是八角形的墓，露出山体的部分修建着三堵墙面，每面大约有三米宽。墓前东西两侧立着两块陈旧的、高度不到两米的汉白玉石碑，它们的头部是圆的，东面的用篆体刻了八个大字"魏陈思王曹子建墓"；西面的则是七个刚劲的草书大字"东阿王曹子建墓"。

站在曹植简陋的青砖墓前，魏武帝曹操跃马扬鞭的形象就在眼前驰骋。他南北征战，以超人的雄才大略统一了北方。他不但是政治家、军事家，还是文学领袖。曹植天生聪慧、博学多才、才华横溢，所以曹操最喜欢这第三个儿子，还有意立他为王位的继承人，为此还曾几次命他率兵出征。虽然曹植因为喝酒误事未能完成使命，可是曹操依然不改初衷。当他征求贾诩的意见时，沉默了许久贾诩才缓缓说道："大王难道忘了袁本初和刘景升了吗？"军阀袁绍和刘表都是在"废长立幼"之后各自产生了内斗，致使两大集团走向衰落。这轻描淡写的一句话，使对国家大事、天下大事了如指掌的曹操在犹豫不决中确定了人选。聪明绝顶的贾诩自然知道帝王之家继承人问题是他人不能言语的，所以，他既没有加入曹丕的阵营也没有选择曹植的行列，而是置身事外。曹操只是因为贾诩的中立态度才特意征求他的意见。听到了贾诩的心里话，曹操确立了在世的岁数最大的儿子，也是治国理政和军事能力最强的曹丕为世子。曹丕继承王位后，对弟弟曹植依然耿耿于怀，防范、迫害、打压。名义上封他为安乡侯、鄄城王、雍丘王，实际上是贬黜了。曹叡即位后，这位皇叔的境遇并没有好转，被封为陈王。看着石碑上斑驳的字迹，脑海中就不禁浮现出曹植委婉凄凉的杂诗："高台多悲风，朝日照北林。之子在万里，江湖迥且深……翘思慕远人，愿欲托遗音。形影忽不见，翩翩伤我心。"那时他的弟弟曹彪在南方当吴王，而在北方的曹植，无时无刻不思念着这位手足兄弟，诗中流露出来的凄苦之情跃然纸上。

正在沉思，耳边传来了阵阵鸟鸣，是翠鸟还有蜂鸟，它们翩翩起舞、追逐戏耍，像玫瑰像牡丹迎风怒放、展翅飞翔，并引导我步入了右侧的松柏林中。长长的树林排列成行、整整齐齐，里面黑色的大理石碑林绵延而立。其中的一块很是醒目，"东阿俊才，齐鲁为盛"，其口吻、其语气舍我其谁，似乎都带着曹植狂放不羁的豪气；中国首任驻美国大使柴泽民书写的碑文则笔力刚劲、词语庄重"文章妙笔书新卷，艺苑春风绿古城"；碑林中还竖立了许多友人题写的、称颂这位大诗人的石碑。

流连忘返地沿着大墓的左侧迤逦而上，出现了一座六角形石亭，六根石柱刻满了飞龙和与之相辅相成的祥云。石亭没有匾额，在朝阳下显得活灵活现。它应该是曹植的读书亭。亭子石栏杆的柱顶，小石狮们一个个都翘首以待，盼望着它们的主人继续站在中间，向着明丽的早霞、向着北飞的大雁畅诵自己飞扬的文字、流彩的华章。曹操在世时，曹植就有这样的愿望，并且强烈地追求"勠力上国，流惠下民，建永世之业，流金石之功"。他的政治雄心就是西灭"违命之蜀"，东灭"不臣之吴"。所以在《白马篇》中他挥毫塑造了一个武艺高强渴望为国立功的敢于牺牲的勇士形象，来表达自己的高入云天的激情："羽檄从北来，厉马登高堤。长驱蹈匈奴，左顾凌鲜卑。……捐躯赴国难，视死忽如归。"这种雄心壮志是他前期诗歌的主题。他笔力细腻，使得诗歌及散文中的人物形象栩栩如生。钟嵘在《诗品》中说他的诗"骨气奇高，词采华茂，情兼雅怨，体被文质，粲溢今古，卓尔不群"，很准确地表明了他的艺术风格。

亭子下面不远的小路右侧出现了一块太湖石一样，又像绵羊似的石块儿，嵌卧在杂草丛中，上面书写了"羊茂台"三个红漆字。一个遥远的传说为这个石块增添了几分无奈：曹植来到此地想到自己不能一展宏图，却看到了这个质朴的石块安逸地躺在这偏远的山脚，于是只能收回了带领幕僚一展宏图的抱负，坐在石块上面对土山感慨万分。

小路的左侧出现了一个岔道，走了不到三十几步，把我引到了一个石洞前面，旁边的青石碑上说它是梵音洞，还说曹植曾在此洞里读书，似有梵音自天际传来。进到洞中顿时感到阴暗，两米多高的洞顶滴落着水珠，四米见方的地面凹凸不平，很难把它跟佛应有的天音对接起来。由于没有时间印证，无法知晓这其中的奥秘，只能猜测，这也许更多的只是善良和虔诚的人们美好的愿望和期盼而已。出了山洞顿时觉得神清气爽，眼前竟是一片花木世界，二月兰、香艾草、蒲公英灿烂多姿，槐树、榆树、柘树竞相吐翠。不大的空地生机勃勃，气象万千。向前就是山腰的绝壁处，它被汉白玉栏杆围住。来到近前，首先映入视野的是沟壑中连接着断壁的三孔"七步桥"。巨石砌成的桥墩托着轻盈的桥体飞架在山崖之上，耳熟能详的"煮豆燃豆萁，豆在釜中泣。本是同根生，相煎何太急？"这首流传很广的诗句脱口而出。南朝宋时期刘义庆编纂的《世说新语》记载了这么一个故事，即位后的曹丕命曹植七步为诗，如不成则行大法。曹植迈着步伐的同时就低声吟道："煮豆持作羹，漉豉以为汁。萁在釜下燃，豆在釜中泣。本自同根生，相煎何太急？"曹丕听后潸然泪下，放弃了惩治弟弟的念头。由于小说《三国演义》收录了这则故事，所以这首诗也经久不衰。历史上是否真有其事，还有待史学家们仔细考证。

曹丕继位以后，曹植的诗便充满了忧伤和凄凉。

汉白玉桥身的正面虽然闪烁着"七步桥"三个金字，可是这座桥只能算作小巧、娟秀。它的南面连接的绝壁直耸云端，由于树枝的遮挡无法看清绝壁上书法家的名字和日期的落款，只看到了"鱼山"两个红色大字，它下面的另两个字也淹没在了树枝树叶的摇曳之中。

墓寝的外面树木参天，看不到悬崖断壁的巍峨。我们所在的栏杆处虽然位于山腰，可看到的却是鱼山的断壁上接蓝天下插深谷。没想到在黄河之滨的下游还有这样令人不可思议的险要地方。本想下到七步桥的沟底一查究竟，可是此处没有下山的路，无以言表的遗憾油然而生。

来到"洗砚池"前，太阳已经跃上绝壁，四射的金光穿透草木，似乎都是他华丽的诗句："容华耀朝日，谁不希令颜？"曹植的《美女篇》中理想的美人真是顾盼生辉，使不大的水池和几股涓涓而下的细流多了一份诗情画意。

过了由四只石狮子守卫的"上晋梵天坊"，辗转而行了八九段狭窄的台阶就来到了鱼山山顶。哦！好一派壮丽的天地，平坦的山顶视野开阔，缎带一样的黄河从西向东滚滚而来。由于是逆光，黄河两岸迷迷茫茫。偌大的山顶只有我和妻子两人，我俩尽情地瞭望、贪婪地呼吸，似乎要把这天地的精华统统纳入肺腑。饱览着唯我的世界、壮美的山河，豪迈之风像黄河之水荡气回肠。这里虽然没有泰山"会当凌绝顶，一览众山小"的气势，可是却有泰山所不具备的，"黄河之水天上来，奔流到海不复回！"的洋洋大观。虽然这种从天而降的语言不是出自已经心灰意懒的曹植之口，可是他巨大的影响却像黄河水一样源远流长。如蛟龙似的黄河遨游在广袤的原野上，她一会儿平静无虞，一会儿暗流涌动，一会儿波澜壮阔，一会儿波浪滔天。曹植站在这广阔的天地间，看着东去的黄河一定想到了洛水、想到了宓妃、想到了那个心中的洛神，"于是洛灵感焉，徙倚彷徨，神光离合，乍阴乍阳。竦轻躯以鹤立，若将飞而未翔，践椒涂之郁烈，步蘅薄而流芳。超长吟以永慕兮，声哀厉而弥长……"这种脍炙人口、流光溢彩、华丽唯美的语句，与天与地与眼前的美景一样令人心潮澎湃、如痴如醉。

看来，清朝被誉为"北傅南吴"的布衣诗人吴雯把曹植、李白和苏轼并列为中国诗歌史上的三大诗仙绝不是心血来潮的无凭无据之举了！

逆着穿破云层的金光，我们的轿车颠簸在崎岖的黄河岸边公路上。一对白鹭跳跃出水面，转眼之间就冲上天空飞翔在火红的云彩之间。白鹭忽而上忽而下辗转盘旋，时间不长又回到我们的头顶，在浮桥的上面飞舞。此时的黄河水显得十分清澈、静谧，粼粼的波光披着风的笑语、雨的惬意，向东向北欢唱而去。我多想让时光倒流一次，与谢灵运推杯换盏，在初春在仲秋恣意潇洒地高谈阔论旷世奇才曹子建。

街亭剑指五丈原

四月的风携着雨丝漂泊在桃红柳绿的山谷之中，受惊的山雀不时地从我们的车前横窜而过，鸟的鸣叫为山野带来了什么？落魄诗人卢照邻路过这里看到此情此景，有的一定不是潇洒。他下马疾书："陇阪高无极，征人一望乡。关河别去水，沙塞断归肠。马系千年树，旌悬九月霜。从来共呜咽，皆是为勤王。"而著名边塞诗人岑参走到此处写了《初过陇山途中呈宇文判官》，诗中这样凄苦地写道："一驿过一驿，驿骑如星流。平明发咸阳，暮及陇山头。陇水不可听，呜咽令人愁。"

是啊！走在这样一条充满了血雨腥风的古道上，即使是清明时节也全然没有了"路上行人欲断魂"的怅惘。脑海中回响的都是刀枪剑戟的碰撞声，又怎么能够心旷神怡呢？这条路是长安通往甘肃三条道路居中的中央大道，在风的夹击下，我们来到了甘肃张棉驿卧虎山。发源于此山南侧的清水河细瘦而短小，它向西流经略阳城汇入葫芦河。顺着狭窄的公路，经过女娲洞的路口，由略阳城南山下的凤尾村爬上只有一车宽的崎岖乡村坡道，几经辗转终于攀上了魂牵梦绕、闻名遐迩的街亭古战场。

深褐色的四角亭子古朴庄重地坐落在不大的山顶中央。它不像众多庙宇那样面向南方，面向太阳高高照耀的地方，却一反常态地坐南朝北。它空阔而豁达，全然没有了当年此地的悲哀。从某种角度讲其形状更像"水榭"。也许是当地的亭子设计者心中放不下蜀军大败的沉重心情，有意让亭子俯瞰山脚下河川中的略阳古城。在亭子有些压抑的檐脊下固定着一块浅驼色木牌，"街亭"两个黑色大字刀劈斧砍地镌刻在了牌子上。我突然感觉一阵剧痛，"街"字的最后一笔竖钩好像挂住了我的锁骨，使我与这山与这水血肉相连。亭子前面砌着一块60厘米高的双层石台，上面压着一块扁扁的大青石，足足有三米宽。青石上除了"街亭"这两个大字之外，上面加了一行定语，"三国古战场遗址"。字的颜色却由黑色改成了金黄色。值得一提的是，书法家神秘莫测的落款则没有一丝一毫的改变，还是那么"诡异和洒脱"，由于本人才疏学浅只认得中间一个"什"字，上下两个字也许是标记，文雅一点的语言，可用出神入化来形容，搞不明白其故弄玄虚的奥妙，也许跟这偏僻荒凉、肃杀弥远相依相靠。

街亭位于陇山西口略阳川中，东距陇山大道陇阪（今马鹿镇）60千米、南临天水63千米、西连显亲（今秦安县安伏镇）50千米、北近水洛（今庄浪县城）30千米，现坐落在甘肃省天水市秦安县城东45千米的陇城镇。这里群山环绕、层峦叠嶂，海拔在1450—2000米之间，东西为一条上百里的狭长通道，有"秦陇咽喉""五路总口"之称，为西出陇山第一重镇，是历代兵家必争之地。冷兵器时代，只要关陇爆发战事双方必争街亭，它的得失关乎关中安危。在街亭之战前，秦戎之战、略阳之战等重要战事均发生在街亭。它的原名叫街泉亭，因秦代在陇城这个地方设立了一个街泉亭的行政机构，所以就这样命名了。西晋史学家陈寿所著的《三国志》中，将街泉亭简写为街亭，这是有关街亭最早的记载。可以这么说，街亭具有得失陇右、安危关中的战略地位。

春风游荡，带着凉意不停地在这里徘徊。劈开云杉林，一条台阶通向坡下。走了二百四五十步来到了一块狭窄的平地，青草萋萋黄叶遍地。两三层的房屋参差不齐地搭建在清水河河谷的南侧，匍匐在我的脚下，将南北宽约七百米、东西长约一千米的河沟挤得满满当当。北山的坡也比较缓，看不到悬崖峭壁，虽然比南山稍高，可是从谷底到山顶的相对高度应该不会超过三百米。当年的略阳城就建在了这个河道的中间。

公元228年，蜀国从夷陵之战的惨败中刚刚恢复了一些元气。诸葛亮认为此时魏国的主要注意力全在吴国方向，其军事最高统帅大司马兼扬州牧曹休驻扎在扬州，正虎视眈眈；抚军大将军、舞阳侯司马懿刚刚在湖北上庸平息完孟达的反叛，无力西顾。经过细致周密的部署他开始了倾全国之力恢复汉室的第一仗，一出祁山。对外他散出风来准备从斜谷进攻眉县，并命令赵云从箕谷进发作为疑兵。令魏国没有想到的是，诸葛亮来了一个声东击西，以迅雷不及掩耳之势从陇右出兵一举拿下武都、天水、安定三郡，并且在祁山安下大营。

得知诸葛亮的十万大军势如破竹，魏国极为震动。魏明帝曹叡立即命令左将军张郃带领五万人马迎战，随后御驾亲征来到长安。诸葛亮清楚魏军前来必然要抢占战略要地街亭。他认为自己的"门生"越嶲太守、丞相参军马谡熟读兵书是具有大智谋的奇才，所以不用赵云、魏延等身经百战、智勇双全的名将，而选用这位没有指挥过大战的参军为先锋，向五个路口交会处的街泉亭进发。为了防止意外，诸葛亮还派高翔守在街亭东北方向60里开外的列柳城（现属庄浪韩店镇），派魏延领兵开往蜀军祁山大寨与街亭之间的天水一带。

接到任命后，马谡命令副将王平带领一路大军经南河川、盘龙山梁西侧沿黑谷堆（今云山）、远门、桐林湾、王河直插街亭城西；自己率领另一路大军经天水、社棠、土门、红堡、白驼梁从四龙堡南下抵达了街亭城东。

当了先锋的马谡从心底就没打算按照诸葛亮的指示按部就班地驻守街亭，那样简简单单地完成任务，对于他来说都没有多大的光彩。他异想天开地想像项羽破釜沉舟、像韩信背水一战一样创造一个令人刮目相看的辉煌战例，彻底歼灭魏国大将张郃带领的大军，以实际行动证明自己智勇双全。所以他没有按常规老老实实地让大军守在城里。副将王平多次劝谏他应按照丞相的吩咐驻扎在城中、驻扎在要道，他不听，勉强让王平率领两千人马驻扎在街亭西面十里之外的、今天的景阳川口，以预防街亭万一有变前来支援。他本人则带领大军，驻扎在今天的街亭东南的连柯川口、百顷塬和盘龙山、凤尾山一带。

智勇兼备的老将张郃率领大军日夜兼程到达了陇县。由此向西有一条路经神泉、曹家湾、固关翻越陇山与陇右相通，称为陇关道。据史书记载，汉初，政府曾在陇山山峰关口顶设关，因为地处陇山，故名陇关，后改名大震关。魏军由此向北从马鹿镇来到恭门镇，经张家川来到清水河左岸。张郃指挥大军马不停蹄地占领完要道又占领了险要关口，然后就截断了清水河。布置好兵马之后他们没有急于进攻，而是等待时机。一直在水土丰盛的南方生活的马谡只知道山有多高水就有多高，没想到这里是黄土高原，清水河被掐断山上就找不到水源了。没有水怎么做饭，从山上下到城里取水，自然是远水解不了近渴。

街亭的南山断水断粮之后，蜀军在老百姓那里得不到粮食，不过几天的时间就饥饿交加，失去了一度还算强悍的战斗力。看到时机成熟张郃一声令下，熊熊烈火就着风势吞没了蜀军营寨，身高马大、斗志昂扬的魏国勇士们开始了猛烈的攻击。本来就饥渴交加的蜀军被大火一烧只能四下奔逃，兵败如山倒，任马谡怎么号叫、怎么督战都起不到任何作用。这位志大才疏连赵括都不如的将领只能被裹挟着临阵脱逃，跟着溃散的部队跑回诸葛亮所在的天水西南的祁山大寨。在列柳城的高翔部队还没搞清楚怎么回事就遭到郭淮率领的魏军的攻击，由于兵少势单也溃败而走。王平的人马更少，抵挡不住张郃的攻击只能且战且退。大获全胜的张郃担心中了埋伏，见好就鸣金收兵。

《三国演义》为了美化诸葛亮特地在祁山大寨西北的西城虚构了一场精彩绝伦的"空城计"，手里只剩下几百名老弱残兵的诸葛亮带着两名童子在城头抚琴，就吓退了司马懿的十万雄兵。从另一个角度讲，作者实际上赞美了诸葛亮的特长，那就是在后方供应粮草。他不到最该去的街亭第一线而在比天水还远的西城倒运粮食。如陈寿在《三国志》中所说："可谓识治之良才，管、萧之亚匹矣。然连年动众，未能成功，盖应变将略，非其所长欤！"蜀国人陈寿说诸葛亮是如同管仲、萧何一样的治国良才，但他连年发动战争，无法成就功业，所以说在军事上随机应变指挥自如并不是他的特长！应该说这个评价还是中肯的。在隆中未出山时，诸葛亮曾自比管仲和乐毅，只能说他只比对了前者，与大军事家乐毅还是有着很大的差距。

诸葛亮的目的是在夺取街亭之后，将陇右和附近各郡纳入蜀国的版图，稳扎稳打，再一步步吞噬魏国的领土。可惜马谡并没有领会诸葛亮的意图，逮住机会就想露一手，以确立自己应得的地位。他哪里是身经百战的沙场老将张郃的对手呢！其最后的结果是被诸葛亮挥泪处死。来到街亭之后，如果马谡能够让大部分军队进驻略阳城，派一部分军队占领南北两山的制高点防止魏军的偷袭，街亭也许还能多守几天，因为双方的兵力相等。马谡天真地以为魏军一到就首先会向自己发动进攻，到了街亭之后他几乎没有在山谷中的略阳城里布防军队，认为居高临下才能更好地进攻，才能势如破竹，所以他把绝大部分人马调到南山，在山顶一带安营扎寨，以逸待劳。为此，他成为像赵括一样纸上谈兵的千古名人。假如马谡不把军队驻扎在山上而是守在城里就一定能够守得住街亭吗？我看未必。别看小城有200亩大，城墙也有6—7米高①，守几天也许行，长时间坚守困难很多。最主要的原因是，天时地利人和都被魏军独占了。他们在清水河的上游，一旦掐断河水蜀军吃水都成了问题，粮食运输又很艰难，所以蜀军坚持不了多长时间；张郃十年前就驻守在汉中，夏侯渊被黄忠斩杀后，他就担任了这里最高统帅。当地的百姓对他极为拥护，他们也一直认为自己是魏国人，蜀军是侵略者。这样的老百姓怎么会向着蜀军呢？缺水少粮得不到老百姓的支持与救济，他们还怎么作战呢？而且魏国将帅一心，军民一心。蜀国呢？是刘备起家带来的原班人马加上荆州人马和吞并西川后三方势力的组合，很难说众志成城，一心一意；加上蜀人普遍身材矮小，吃不好喝不好水土又不服，失败就自然而然地成了大概率的事。不要说马谡，即使诸葛亮亲自前来也未必能够取胜。

　　有一部分学者说，诸葛亮为了转移国内三方矛盾才不顾力量的弱小以弱犯强，发动一出祁山之战。除了发动战争就没有其他好办法了吗？悍然向魏国发起了挑衅，显然不是上上策。

　　一句话，蜀军只有老老实实地退守阳平关，守住汉中和已经吞并来的国土，一心一意地发展壮大十五六年，最起码人口翻一倍达到魏国的一半，也就是二百二三十万，众心齐了、食粮丰足了、兵练得精一些、国力强大了才能考虑"恢复汉室"的宏伟理想。事实也证明，诸葛亮太理想化了，太想实现他在"隆中对"的宏伟愿望了，以致五次北伐都以失败告终。当然，除了第一次

---

① 据居住在"街亭"的研究三国的历史学家高老师说，略阳城为秦代修建，小城不大，约有200亩，城墙高6—7米，20世纪60年代被拆毁。

大败之外，其余的四次都没有太大的损失，只是消耗了国力，使本来就不强大的国家与魏国的差距越来越大。在渭河南岸的五丈原凄惨地陨落是情理之中的事。也不能说他一无所获，一出祁山在天水收降了后来的蜀国大将军姜维；二出祁山射杀张郃也算大有收获。

离开街亭我们立即开车驰往五百里之外的五丈原，去诸葛亮的庙堂拜谒他的英灵。

前四次出师未果，虽然已经疾病缠身，诸葛亮感觉自己越来越弱，但他不愿浪费三年精心准备的时间，便毅然决然地发起了第五次北伐。由于天水、街亭、安定又回到了魏国人的手中，诸葛亮只能杀出褒斜道。此时，老谋深算的司马懿已经担任了魏国的大将军。他抢先分派郭淮镇守渭河北岸的北原，自己则率领大军占据了秦岭与渭河之间狭窄道路上向东通往长安的武功，西面的陈仓也在魏国的掌控之下。诸葛亮虽然有六万之众，无奈五丈原北面是渭河，南面是秦岭，东西两侧的道路狭窄，他的大部队在三面临敌的情况下施展不开，只能攻取大散关和陇城等地。兵力虽然分散，但加起来比蜀军多一倍，足智多谋的司马懿却认为诸葛亮具有鬼神莫测的机敏，恐怕中了埋伏，不管蜀军如何挑衅，他只抱定一个原则，就是坚守不出。诸葛亮鞠躬尽瘁、日夜操劳，加上劳而无功心情日渐沉重以致病情加重。司马懿的弟弟司马孚特意来信询问军情，司马懿回信道："亮志大而不见机，多谋而少决，好兵而无权，虽提卒十万，已堕吾画中，破之必矣。"看样子，他的这封信有些夸大其词了。诸葛亮乃一人之下、万人之上，被蜀汉皇帝刘禅奉为相父，其地位是毋庸置疑的，怎么可能无权呢？在蜀国其自然可以"一手遮天"。说是"无权"只能说明司马懿心里酸溜溜的，因为他才处于这种境地。还有一种说法，司马懿并不希望立即打败蜀军，如果没了对手，他这个大将军没准会变得有名无实。后来的事实也证明了这一点，老谋深算的他一个没提防曾一度被算计失去了军权。如果说诸葛亮这个"无权"是少了一些权变的意思或有几分道理，蜀国地少人稀军力弱小，后勤补给极为困难，而这位性格谨慎、不打无把握之仗的千古名臣在强大的魏军面前、在地形极为不利条件下，却依然使司马懿畏手畏脚、占据着城高垒厚的城堡却不敢越雷池一步，还是胜出了一筹，也是值得称道的。至于说诸葛亮为了羞辱司马懿不敢出战，给他送了妇女服饰的说法，《三国志·诸葛亮传》和《晋书·宣帝本纪》中并没有记载，杜撰的成分很大。

还没等司马懿攻破蜀军，令人尊敬的一代忠臣就殒落了。

明朝《岐山县志》记载，蜀汉忠武侯诸葛亮的庙在县城南面五十里的五丈原上，就是当初的屯兵之处，于元至元初年修建。与民间流传的，元朝初期草原民族的统治者为了纪念这位忠心耿耿的千古名臣，在诸葛亮逝世的地方岐山县城南侧太白山的北侧五丈原故地修建了这座庙宇的说法是一致的。明朝和清朝都一度重修扩建，20世纪80年代地方政府又进行了维修。还有一种说法，这座庙建于晋初。唐朝诗人温庭筠在《过五丈原》这首诗中写道："象床锦帐无言语，从此谯周是老臣"，可以解释为五丈原诸葛亮庙中的武侯"神像"，高高地坐在神龛里，神表威严冷漠。诸葛亮去世之后，刘禅竟重用谯周这样软弱无能的人以致灭国。说明，当时五丈原上已有了诸葛亮庙。无论什么时期修建，人们对于诸葛亮的崇敬之情是有目共睹的。

正是天晴日朗，散懒的白云三三两两地挂在浩空之上。走进大门首先进入视野的就是立在山门南面的石碑，"心外无刀"四个明晃晃、龙飞凤舞的金字呼之欲出。尤其是刀的那一撇"剑锋"几乎刺出碑身。这几个大字有什么含义呢？是评价是劝诫是忠告是指责还是兼而有之，任由游人选择。立碑者之所以迟疑不决、思绪万千也是大有原因，因为他是对诸葛亮无比崇拜的日本著名书画家野吕雅峰题写的。应该说野吕雅峰对中国的历史及文化很有见解，于是根据中国明朝著名学者王阳明的"心外无物"而演变出来了这四个大字。王阳明提出的"心外无物、心外无事、心外无理"，简言之，心中之理就是至善，心外无理也就是心外无善。王阳明的这种思想对后世产生了广泛的影响，以至到了野吕雅峰身上，就升华成了"心外无刀"。于是，野吕雅峰就有了敬慕古代贤臣的"英雄用武之地"，用树碑题词的方式，委婉含蓄地巧妙地表达出来既令人思考，也是值得感叹的内容！

没想到五丈原诸葛亮庙外的渭河河道很是宽阔，从汉白玉栏杆到对岸最少也有两千米的距离。河水隐隐约约，像一条缎带恍惚在北岸之下。河流南侧原来的大部分河道上盖起了鳞次栉比的高楼，为安逸的春天增加了亮眼的景色。据说，当年的渭河的河面极宽，站在北岸三刀岭司马懿的拜将台上就可以监视来往的船只以及对岸的动静。

坐南朝北就是五丈原诸葛亮庙的庙门了！它的匾额是由著名书法家舒同题写的。下面挂着一副对联："一诗二表三分鼎，万古千秋五丈原。"说得恰如其实，并不过分，其赞美之情无疑地嵌在字里行间。庙门内，其他庙宇哼哈二将横眉怒目的地方，一东一西却站立着生死冤家马岱和魏延的雕像。马岱显得比魏延更凶狠一些，眼睛要瞪出眼眶，事实也是如此。诸葛亮逝世后，驻扎在高店的魏延不遵循撤退的命令，被马岱杀死，并且诛了三族。建庙人不管这一套，让二人面面相对。看样子为蜀汉立过功的人，都要放在这里以示怀念和尊重。门内的对联是"伐曹魏名留汉简，出祁山气吞中原"，横批为"忠贯云霄"。"名留""忠贯"都没问题，就是气吞中原显得底气不足。连陇右都没占领怎么可能气吞"中原"呢？说是窥探、向往还差不多。

进到院内突然看到了墙壁上的字画长廊。其中最瞩目的要算民族英雄岳飞亲笔抄写的诸葛亮所写的《出师表》："先帝创业未半而中道崩殂。今天下三分，益州疲弊，此诚危急存亡之秋也。然侍卫之臣不懈于内，忠志之士忘身于外者，盖追先帝之殊遇，欲报之于陛下也……"真是字如其人，岳飞笔墨遒劲有力、如刀似戟、淋漓尽致、"滴滴带血"。大明开国皇帝朱元璋看到岳飞抄录的《出师表》情不自禁地挥毫写下了"纯正不曲，书如其人"八个铿锵有力、掷地有声的大字，可见民族英雄岳飞在他心目中的地位。这块石碑就立在了《出师表》的前面。我想，朱元璋一定渴望诸葛亮的再世。他也许真这么想过，有这样忠心耿耿的人辅佐，自己就可以放心地休息，好好享享清福，不必担心有人谋反了！就连统一了三国的晋朝皇帝也称赞诸葛亮鞠躬尽瘁。司马炎看完史学家陈寿呈送来的《三国志》之后对陈寿说："我对诸葛亮感兴趣，把他的所有的书信、兵书、奏章都拿来。"陈寿立即编成《诸葛亮集》，看过之后司马炎感叹道："善哉，如果我能得到此人的辅佐，焉能有此劳苦！"还有这样的说法，东晋皇帝封诸葛亮为兴武王，唐昭宗更是加封诸葛亮为武灵王，并御赐庙堂于隆中，可惜在正史之中没有查到相关的记载。到了清朝，康熙赞叹说："诸葛亮云鞠躬尽瘁，死而后已。为人臣者，惟诸葛亮能如此耳。"历朝历代的最高统治者都交口称赞，诸葛亮的贤名可见一斑。

　　正殿挂着这样一副对联："成大事以小心一生谨慎，仰风流于遗迹万古清高。"我估计不看落款没人能想到，带着一腔文气的撰联者居然会是直率的爱国军阀冯玉祥。进到大殿，清朝保留至今的诸葛亮塑像修缮一新，慈眉善目的样子像是教师，胡须长长的如同京剧中老生的造型。雕塑者也许过分强调了他忠心耿耿的形象，把应有的潇洒飘逸遗留给了远在成都的家乡。他的两边分别站立着关兴、张苞、王平和廖化。他们虽然都身披盔甲，却都是一副漂亮别致白面书生的模样，虽然不乏英武之气，却显得过于苍白和稚嫩。

　　顶子尖尖的八卦亭鹤立鸡群地站在八卦城外，它的西面就是衣冠冢。四层台阶上围了一圈直径七八米的护栏，台阶上立了一块黑色大理石石碑，从名字就可判断出诸葛亮并没有埋葬在这里。那么他到底埋在哪呢？据考证应该在定军山下。他去世时曹操已经去世了14年，所以诸葛亮也学着曹操的方法临终前嘱咐要设置疑冢。至今未发现他的墓葬，似乎从侧面证明了这一点。

　　人们的想象总是那么丰富，在衣冠冢旁边修建了一座"落星园"。传说诸葛亮去世的当天夜里，东南方向的天空突然飘下一块棱角分明、呈淡金色的陨石。它不偏不倚落到了诸葛亮大帐的后面。虔诚的人们不但围着陨石砌了一圈青石，还建了一座展翅欲飞的六角亭。唐朝诗人胡曾拜访此地看到熠熠生辉的石块提笔挥毫，一首情深意长的七言绝句就诞生了："蜀相西驱十万来，秋风原下久徘徊。长星不为英雄住，半夜流光落九垓。"

　　站在琴亭里，仿佛听到诸葛亮坐在西城城楼上伴着清风出神入化地弹奏着他自己独创的古筝乐曲《卧龙吟》，琴声优雅和着他精心写下而随口吟出的"大梦谁先觉，平生我自知。草堂春睡足，窗外日迟迟"的绝句像彩蝶在晚霞中翩翩起舞。充满想象，自得其乐！想着诗圣杜甫的《蜀相》不禁感慨万分："丞相祠堂何处寻，锦官城外柏森森。映阶碧草自春色，隔叶黄鹂空好音。三顾频烦天下计，两朝开济老臣心。出师未捷身先死，长使英雄泪满襟。"

　　路过葫芦口的时候，看到破败的渭河河岸，想象不出诸葛亮是怎么纵火大烧司马懿，却被突如其来的大雨浇灭，使司马懿绝地逢生的。历史的长河比渭河壮阔多了，它没有萎缩，在飘摇的风雨中不停地召唤，使我亦步亦趋不住地前往、不住地探寻。

"爨"的印痕

转过妙峰山飞过雁翅镇，山谷中间出现了稍宽的平地，侧头看去公路的左侧一条狭长的清水拥挤在深秋的恣意中。斋堂水库的拐角指着一条狭缝，这条通向太行深处的夹缝和游弋在它周围的凝滞的山川像蛇像龙，蜿蜒在深沉的大地上。

拐过近九十度角的急弯，出现了一座叠摞在一起的"石头阵"。三两盏红灯笼不声不响地飘摆着，似乎想成为手舞足蹈的古槐树的蓓蕾。有人说这里是"历史文化名村"，有人说这里是"革命传统教育基地"，有人说这里是"中国古典建筑瑰丽的明珠"，还有人用"四梁八柱""鸿禧""福禄寿"为这里"增砖添瓦""辟邪气迎吉祥"，更有人用"整体精良""高低错落""奇思妙想""风水宝地"等上好的佳词佳句来形容这里民房民居及所处的地理位置。

这个小小的"爨底下"可谓"太行之子""英俊小生"。

在其他人正在听讲解员讲解的时候，我沿着石块垒成的城堡墙边，踏着凹凸的砖道迤逦而上，独自一人爬到村头的山顶，跨进了面南而开的关帝庙。关老爷大模大样地坐在前面，他身后右侧站着刘备、左侧站着关平。这种遇所未遇的情景真使我大开了眼界，好大胆！关老爷在天如果真的有灵，他一定会跪在村口直至清晨的太阳从飞狐陉的西面跃然而上的那一天，或者直至运城常平村他故里的太阳突然凭空从西面跃起，高高地端坐于彩云之上的那一日才会虔诚地爬起。我想如果建庙人一定要特地颂扬关羽的话，除了让关平站在一边，再加上周仓、王甫足矣，哪有让皇帝站在武将的身后而贻笑大方的。

本以为爨底下是老爨家的"桃花源"，经打听才知道此处除了韩家没有第二个姓氏。由于明代从大槐树迁来的山西夏县爨村百姓中爨姓家人早已"南飞"，所以只留下这么一个不大好写的"爨"的地名。那么兴字头宝盖腰、林字下面大火烧也许就成为"爨"字抵御寒冬之意的正解了。

站在一线天的山头向西南遥望，穿透山水穿透时空，我在想，与爨字紧密相连的曾经在云南昆明制造了爨文化的爨氏家族是从哪里繁衍的，显然与脚下这块土地无关，他们是从中原过去的吗？可惜讲百家姓的钱文忠老师没有讲到这个姓，他对此姓一定有深入的研究，知道这其中的历史渊源。虽然我手底下没有资料可以探究爨底下与云南的爨姓有哪种联系，可是爨文化的大旗一直在我心中招展。于是，顺着少见的东北风飘移的方向，我的目光越过了革命圣地西柏坡，越过名列太行八陉第七位的蒲阴陉，越过宗教圣地五台山，从容地落在忻州的定襄县。

在爨文化中大放异彩的《爨龙颜碑》上有这样的说法，爨姓的祖先是颛顼和祝融氏的后裔，也是班彪和班固的后代。东汉末年，班氏被封于"爨"地，"采邑于爨"，也就是现在的山西忻州定襄一带。于是他们就以"爨"字为姓，并且随着家族的兴衰不断地南迁，先后经过"庸""蜀"，就是现在的湖北西部与四川进入了云南。他们模仿楚国将领庄蹻，穿上了当地人的服装，遵循当地人的风俗与他们成婚，融入了当地人的社会。虽然司马迁在

《史记·西南夷列传》里将云南一带称为"夷",可是到了魏晋以后,因为有了爨氏家族,史籍中就称云南的土著民族为"爨蛮"。

说起"爨"字,知道这个姓的人可能不会多,知道爨氏家族曾经创造过一段辉煌历史的人可能更少一些。

最早提到爨氏人物的,是《战国策·魏策》中的爨襄。诸葛亮南征云贵就将生活在贵州的爨习提升为相当于三品的将军,平定南方以后扶植和培养当地人作为治理地方的官僚时,又把他留在了云贵做了地方官。到了东晋成帝年间,爨琛被西晋的巴蜀太守李雄"封为"交州刺史,后来南中地区因西晋"太过诛除"而反叛。三大姓中的孟彦抓住了另一大姓的首领霍彪以后又鬼使神差地投降了晋朝,最后孟彦却被李雄杀掉。南中大姓里只剩下势力范围在云南曲靖的爨姓一家了。后来随着东晋的灭亡,巴蜀"世袭"的李姓家族偏安于江左无所作为,爨琛"遂王蛮夷"。从爨琛任交州刺史起,爨氏家族就开始了对云南地区的统治。由于地处偏远,加上中原地区战争频繁,中央政府无力管理云南,到了隋朝以后,爨氏的云南也不向大隋进贡,隋朝派韦冲担任南宁州总管,州府就设立在云南的曲靖。韦冲横征暴敛管理不善,致使爨氏家族几次三番地叛乱。后来隋文帝派大将史万岁征剿云南,给爨氏家族以沉重的打击。到了唐朝,唐玄宗派唐九征讨伐云南,胜利后还模仿诸葛亮立了一个铁柱记载功绩,这个铁柱被人们称为"唐标铁柱"。只可惜,当时建造的"功德柱"已经荡然无存。后来,蒙氏家族在政府的支持下统一了六诏。唐玄宗天宝七年(748),南诏打败了内讧的爨氏。至此,统治云南四百余年的爨氏家族退出了云南的历史舞台。在他们统治期间一直使用刺史这个名称,从来没有人敢称帝。

南诏的版图很大,根据《南诏德化碑》所称的"西开寻传……北接阳山……南荒奔凑……东爨悉归",它包括,南到交趾

（今越南北方）、西摩伽陀（今印度境内）、西南骠（今缅甸曼德勒一带）、北抵益州（以今天的大渡河为界）的广大地区。贞元十年（794），唐德宗派中书侍郎袁滋为剑南西川节度使到云南大理的苍山封异牟寻为"南诏王"，漂泊不定的云南就这样扑入中央的怀抱。

　　看着无水的山川，走在干渴的路面，爨底下把我的视觉听觉搅浑打散。我觉得，一线天上没有迎风飞舞的彩旗，爨底下的山顶也没有荡漾山西梆子激烈的唱腔。我觉得，与云南一样令人回味而感叹的这个地方，把对历史的思索、把对未来的想象淹没在石砖石瓦石头屋子蔓延出来的生冷里，淹没在秋末特有的凄楚与冬初无垠的苍凉中。

云梦山的远谋

还没从对囚禁周文王的羑里城的沉思中转回神来,在天空中翻滚的云朵就砸下一片烟雨。它们不管人世间的冷暖,只是我行我素。对于这种变化无常的天气我没在意,还是按照事先的节奏向心中的圣地云梦山奔驰而去。越过本该顶礼膜拜的岳飞庙,跨过流淌着数千年飘摇着血腥故事的淇河和折胫河就扑入了高耸巍峨的太行山怀抱。脚下路鼓突不平,杂乱的草丛在风雨中低吟着哀婉的"神曲"。进入一道由管理人员把守的山门才跨入了闻名遐迩的云梦山,并由此开始了攀爬更加陡峭的盘山险道。绕过几座山峰,对面突兀的百丈绝壁就闯入视野,莺歌燕舞在浮云之上,鱼翔浅底在飞流之下。与此同时,路的左前方跳跃出一座七层白塔,其八角飞檐与八卦有异曲同工的含义,黄色的塔身在深秋的风声和婉转的鸟鸣声中楚楚动人。它在《鬼谷子》中被列为开卷首篇,命名为"捭阖塔",其寓意为"参悟大道的妙谛,领略智慧的化境"。由此,才开始步入"深奥的正途"。

爬上山顶,左侧是铺天盖地的南天门,右侧是高深莫测的八卦城。进入天庭的南门拜谒玉皇大帝自然是礼节所在。沐浴着正午的阳光沿梯而上,传说中的天庭也有四个大门,南门是正门,是人们和各路神仙的入口，无论人神只能仰视。高大基座的墙壁暗藏着九条飞龙，应该是出自混元禅师的手笔，他手持如椽巨笔蘸满墨汁在八尺长宣纸上一气呵成，说字是字说画是画，气势恢宏、舒展自如。由福建青田豆花石雕刻成浮雕，被有心人称作九龙壁。浮雕两侧是一副对联："养天地正气，法古今完人。"意思简洁，即培养天地间坚毅不屈的浩然正气，效法古今道德完美的圣贤。

大门的右侧顶天立地矗立着一根汉白玉龙柱，直径2米、高33.3米，寓意为三十三重天。其顶部包裹着三道鼓出的圆环，应该是八卦中的"乾卦"，我的好友福田在他的大作《周易原义》中称之为"生生不息""纯阳之像"，"故以比'天'、比'龙'，'天'者凌驾于万物之上。'龙'这种幻象最大、最刚、最强，它强大超过自然万物之上，乃纯阳之极致，惟王者堪与共称"。还有事物的初始、根本，其前程顺利之意。下端是三道有缺口的圆环，应该是八卦之中的"坤卦"，乾既然为天，坤自然就是地。福田称之为"以纯阴柔和之性长养万物，它们共同构成事物根本。乾以龙象，坤以马象，古人云：'行天者莫龙，行地者莫马。''龙马精神'源出于此。二者没有主次，是相对而非绝对，这两点是《坤》卦入门的钥匙"。此处应该有安贞吉祥之意。最顶端的琉璃瓦檐下是一个圆形的地球仪，代表全世界。地球仪的下面是莲花，为神圣、纯净与自然；地球仪的上面加盖了一座跟南天门脊顶一样颜色的绿顶亭子。奇怪的是四角的亭子只有两根圆形柱子支撑着，也许是地球仪的顶端与其相连，承接了大部分压力的关系，给人的感觉是具有格外意味的特立独行。

仰望南天门，其庄重大气比起其他称之为南天门的大门当之无愧地属于第一。它是由方形立柱构成了中间高、两边逐层稍低的五座"空洞"的大门，我想它一定代表天德，也有五福临门之意。顺着右侧的步梯我拾级而上，来到了天门的大殿，高高的城楼矗立在群山的山顶。哦，好一派绚丽的天地！如杜甫所言，"会当凌绝顶，一览众山小"。靠在挨着北墙题写着"天德"两个红色大字的巨石上，我贪婪地眺望着，北方宽广、东方敞亮、西面巍峨、南面深邃。大殿正中的石台上摆放着一座大鼎，也许这座鼎太大了很难用青铜烧制，不得已才选用了青石制作。无论什么材质祭天祭地的虔诚心情都是一致的。

怪不得两千多年前的纵横家王诩在这绝妙之地钻研他的高深莫测的军事政治理论呢！说起这位绝世高人可能不为大多数人所知晓，可是提到他的学生一个个都是如雷贯耳。

新编《淇县志》开篇《大事记》是这样记载的："周安王年间，卫人王诩（王禅）在朝歌西南云梦山水帘洞隐居讲学，培养出张仪、苏秦、孙膑、庞涓、毛遂等军事家、政治家。"有道是，除了秦国宰相张仪、挂六国相印的纵横家苏秦、齐国军师孙膑、魏国军事最高统帅庞涓、奇才毛遂之外，秦国宰相商鞅、长平之战坑杀赵国40万降兵的秦国大良造白起、统一六国的秦始皇的国尉尉缭也都曾经拜在他的门下。哪有一位老师教授过这么多卓越而著名的弟子呢？

天上的云突然翻卷起来，应该是龙飞凤舞，它们扑向南面，扑向墙壁由上到下题写着"云梦山八卦城""中华文化大熔炉""易经大学"的八卦城。追随着飘忽不定的云朵，我越过城门口布满了石子的开阔的广场，几乎是飘进城来。在"八卦城"匾额两侧的墙壁上挂着一副对联："云梦青山道气巍巍法界，八卦城中经纬四维八德"。这么大的口气倒也般配也使人心悦诚服，两行黄杨延伸到正殿的大理石制作的八卦图前，铜香炉后就是正殿了。它的门楣处挂着一块已经有些发绿的匾额，由于年代久远其字迹模糊无法辨识，新修的石柱上金字倒是清晰可辨："千里太行山脉龙腾虎跃云梦山，万旬华北平原山水相伴八卦城"。在大门口的墙两侧还挂着两块涂着清漆的原色硬木板，上面刻着"天地交泰蕴藏万法天机密，修心修口养性鬼谷真实性"。不知何人所作，均没有落款，内容却是实实在在，入情入理。进到大殿，迎面是鬼谷子巨幅铜坐像，管理人员为他披了一件绣着祥云的黄袍，我看袍上织的就是普通的云图。鬼谷子安详而睿智，他右手高高地扬起拂尘，左手托着八卦铜盘，双目微闭好一副修身养性的容貌。其两侧各放着一座长明灯，里面还点燃着烛火。后面的墙壁上书写着巨幅"鬼谷仙师天德经"。开经偈是这样说的："云梦青山上，巍巍道气高。凡尘施雨露，苦海靖波涛。降福垂恩大，消灾化劫多。仙班名著列，救世不辞劳。"把鬼谷子说成是救万民于多灾多难的水火之中的救世主，表现了人们善良的美好愿望。如果从教师角度来讲，无论怎么赞誉他都不为过，因为培养出众多超一流的军事政治家，并改变了当时世界的格局。墙面经文的最上方还是南天门基座上的"九龙壁"似的画卷。虔诚的人们跪在垫子上深情实意地叩拜，这对于我来讲已是司空见惯。

　　传说中鬼谷子修行的地点并不在这高山之巅，而是在山脚下有汝河流经的一座山洞。刚刚还是云淡风轻的天空，转眼间就飘洒起瘦长的雨丝。顺着夹风夹雨的峡谷，踩着涓涓细流上光滑的石头我们辗转前行，来到了云梦山盆地南山崖壁下的滴水洞前。其左上方题写着"鬼谷先生隐处"，雕塑家塑造的睿智的天师塑像高达将近四米，他右手持竹简、左手放背后，神态安详似乎还在谆谆教导着他的弟子们。他背后的钟乳石流光溢彩，与洞口盛开的桃花比翼齐飞。由于他经常坐牛车出入水帘洞，洞口外留有一道车辙印记和牛蹄印，所以后来的人们在洞口为他书写了这样一句话："出水帘跨扶青牛，持拐杖驾起祥云"。

　　为了纪念这位名贯古今的天师，人们在山谷中为他竖立了巨石并书写了"战国军校""云梦鬼谷 中华瑰宝"等。台湾的鬼谷子学术研究会、日本黄河旅游团几乎每年都组团前来拜谒，可见其威名远扬。

在巨大的山崖下立着一座战车的雕像，孙膑坐在其中，一位将士右手持戈、左手指着前方正在飞驰的骏马。我认为，此意气风发的架势表现的正是马陵之战。孙膑指挥着齐国的千军万马正在截杀庞涓带领的魏国的残兵败将。在雕像的后面修建了一座水池，喷泉不停地喷射着在阳光中穿梭的水花，几个孩子尖声叫嚷着。看着听着就明白了其中的道理。这座喷泉设计了一个声控开关，叫的声音分贝大，喷泉喷出的水珠就高，反之就低，孩子们乐此不疲地叫喊着，泉水声、叫喊声在山谷里激荡；人们的欢笑声、叫好声此起彼伏，好似马陵之战的冲杀声、战鼓声。

云雾渐渐西去，隐没在了山头之下草木丛中，一群被惊吓的百灵穿过峡谷展翅而去，它们一定知道当年鬼谷大师在这世外之地洞穿着人世间的风云，这些精灵一定看见众多高徒十年寒窗孜孜以求的样子。但愿叫喊的孩子们也能出一出类拔萃的人，不辜负修建这人间绝佳场所的人们的苦心。

黄河之水楼上来

飘摇的风雨、迷蒙的雾气与巨浪"珠联璧合",在它们的拍击下生冷的黄河大铁桥失去了往日的骄傲,默默地承受着人们无端的指责与碾压。而与铁桥近在咫尺的司马迁祠在暴风骤雨的胁迫下也不得不关闭了令人敬仰的大门,神秘地蜷缩起来。沮丧的我感觉脚下的路都是倾斜的,与车窗外浑浊的河水、空中的黑云一样没有头绪,只能无可奈何地越过黄河大桥,沿着东岸狭窄的道路向南疾驰而去。经过河津、转过普救寺、甩下蒲津渡口,远远地看到了天地间那座矗立在云层之下、与日月同辉的千古名楼——鹳雀楼。

大门内,设计者根据楼的名称修建了平面呈鹳雀飞翔姿势的人工湖,取名为鹳影湖。湖面被汉白玉的三孔石桥连接起来。站在石桥上,可以看到,中轴线两侧有莲花纹、石榴纹、蝴蝶纹等图案。远远眺望着庄重恢宏的高楼,眼前却浮现出历史的苍凉。1400多年前北周重臣宇文护在这里修建了一座观敌瞭阵的卫戍楼。由此这座名楼就与天与地与文人融入了华夏文明,升华成为中华文化彩虹中那条最绚丽的色彩。尤其是王之涣的五言绝句"白日依山尽,黄河入海流。欲穷千里目,更上一层楼",硬生生地将春夏秋冬的风霜雨雪、将千首万首的瑰丽诗篇统统踩在脚底，成生为遒劲苍凉直上九霄的千古绝唱。一定是前无古人，也不可能再有来者。

突然几个身穿花衣服的小姑娘脱离了大人的羁绊，冲入林间空地扭动着细细的小腰跳起了精彩绝伦的踢踏舞，此情此景使我禁不住随口歌道："高楼伴云升，嫦娥醉东风。黄河塞外曲，落阳不肯红。"空阔的广场上游人们衣着朴素、神情坦然。晚秋的风在林间在空地在人们嬉笑的脸上温柔地抚慰着，我却感到几缕伤感。疫情没有绝迹，与往年不同的秋雨却肆意地"横行"，说下就下，狂风卷着暴雨席卷大地，淹没了农田、村镇和城市。孩子们却无忧无虑不懂得人间的愁苦，依然莺歌燕舞，笑声又不断地传来。我回过身，她们还在意犹未尽地跳着，我不禁道："白日登高楼，明月是中秋。黄河醉如泥，诗哭水不流。"我宁愿伤心落泪也不愿暴雨成灾。

公元 1222 年，蒙古大军攻打蒲州古城，当时此地是在金政权的管辖之下，固守此地的将领侯小叔为了坚守古城，不得已下令焚毁鹳雀楼及附近的蒲州浮桥等军事设施。在风雨中飘摇了 600 多年的中国四大名楼中的佼佼者，就这样凄惨地殒落了。到了明初时其原来的地基还在，后来黄河泛滥鹳雀楼才彻底淹没在汪洋之中。2002 年 10 月 1 日，新建成的鹳雀楼正式对外开放。

正对着黄河的是西门，它的上面挂着一幅牌匾，上面赫然挂着四个金色大字"文萃李唐"，柱子上的草书对联为"凌空白日三千丈，拔地黄河第一楼"。虽说对联很有气势，可总觉得缺了点什么，缺了什么呢？是内涵吗？也许是我考虑得仔细了，有气势就好，就能弘扬古楼之威名。牌匾上的"文萃李唐"却恰如其分，即使没有王之涣的五言绝句，也当之无愧、无可挑剔。进到大厅，第一感觉就是雄伟壮观、金碧辉煌，表现大唐盛世的油画急不可待地扑入视野。在煌煌大厅中，它最为醒目。它描绘的并不是西安，也不是洛阳，而是依山傍水蒲州古城的人文景观。虽说只是一座名气不大的小城，但是其恢宏的楼台殿阁也是鳞次栉比，大街小巷依然车水马龙。蒲州城西门的浮桥和渡口、东郊的普救寺都真实地展现在其中。其左侧还有一幅壁画，描绘的是宇文护修建瞭望楼，驻守边防的情形；右侧也有一幅壁画，内容却是王之涣和好友王昌龄、高适三人的诗歌被歌姬们吟唱的最精彩的片段。唐朝中期薛用弱在小说集《集异记》中记载了这么一则故事：开元二十二年（734），在仕途上不得志、以诗见长的三位边塞诗人相约到小酒肆感叹人生。刚刚坐下寒风卷着雪花就飞扬起来，三人边说边喝，几杯酒下肚之后，王昌龄说道："咱们三人都有诗名了，谁的诗是第一呢，没有定论！"还没等二人回答，忽然十几位衣着华丽的歌舞艺人走了进来。他们毫不客气，拉起架势开始载歌载舞。三位诗人见状就躲进小包间。王昌龄接着刚才的话题说道："今天谁的诗被唱得多谁就是第一。"正说着，一位歌手唱了起来："寒雨连江夜入吴，平明送客楚山孤。洛阳亲友如相问，一片冰心在玉壶。"王昌龄笑着蘸着酒在墙上画了一道说："这是我的一首绝句。"随后又传来了凄凄的唱声："开箧泪沾臆，见君前日书。夜台何寂寞，犹是子云居。"高适在墙上也画了一道。歌声未落，一个沧桑的声音响起："奉帚平明金殿开，且将团扇共徘徊。玉颜不及寒鸦色，犹带昭阳日影来。"王昌龄得意地笑道："又是本人的绝句了！"王之涣有点扫兴，于是说道："这些不入流的艺人懂得什么，只会唱乡巴佬喜欢的东西，我写的是阳春白雪。"说完他打开了屋门想仔细看看艺人们长得都是什么样。突然，一位绝世美人站到了中央。王之涣说道："如果这位佳人唱的不是我的诗，此生再也不跟你们一争高下，如果是我的，你俩应该拜我为师。"按照我最近写的《江城子·别离》中的一句词来形容就是"琴骤起，水悠扬"。虽是女子，其歌声在凄婉中含着苍劲："黄河远上白云间，一片孤城万仞山。羌笛何须怨杨柳，春风不度玉门关。"王之涣揶揄地对二位好友说道："土包子就是土，不服不行。"二人大度地大笑起来。艺人们不知所以，问清缘由后纷纷拜倒在地七嘴八舌地说道："不知诗人们光临，我等有眼无珠。"

平心而论，王之涣的诗自然高出一筹。

估计没人能说清楚古鹳雀楼内部究竟都有哪些题诗和壁画，我内心深处悠然冒出几句："白日落天外，黄河水乱流。寒鸦塞北曲，不识第一楼。"这首绝句也不是无端之说，因为楼内居然有一幅匪夷所思的唐朝杨贵妃入浴的蜡像。估计此楼的设计人员也是为了一展豪迈的构思才华而把与情景无关的所谓的奇思妙想落实到了这里。再有，近几天的暴雨致使河流泛滥，乌鸦们没了着落在风雨中瑟瑟乱飞，被雨水遮掩的名楼自然是有几分凄苦。当然，即便如此也不妨碍新楼的华美。

楼的二层围绕着作为华夏文明发祥地山西，制作了许多传说故事的壁画，涿鹿之战、舜都蒲坂、禹凿龙门，最让人赏心悦目的要算是女娲补天。赤身裸体的女娲双手高举着五彩石飞身而上，义无反顾地堵住了苍天的大窟窿，救民救难于水火之中。高楼里还有上古时期，勤劳智慧的人民制盐、冶炼、酿酒等劳作的雕塑。

在最高层的楼阁前面修建了一座舞台，上面摆放着一整套古编钟，一架古琴放在了舞台中央。估计在适当时候会有乐队进行表演。

站到了最高层护栏前，地面由许多白色巨石组成了王之涣脍炙人口的五言绝句，这种石头阵自然是别开生面。由此远眺，天苍茫茫的。游人们站在护栏前欣赏着游弋在天地之间的黄河。燕雀们翩翩起舞围绕着为游人摄像的无人机构成了另一番心旷神怡的组合。新娘新郎们相簇相拥，为名楼又增添了几道迷人的景色。至于从一层到九层门楣上柱子上的题字和对联，无论是写艳阳、写晚霞、写高楼、写黄河比起王之涣这首绝句都略显单薄。我是不甘落后，一口气又白话了两首："残阳余晖尽，黄河水倒流。衰草三江曲，鸦啼梦重楼。""残阳筑古城，疑是凤凰楼。黄河投币处，美人锁金秋。"最后这几句自然是对一切都向"钱"看表示不满。

此时此景，我又口占两句："白日落不尽，黄河水难流。华山八千尺，只是第一楼。""黄河之水楼上来，三山五岳天地开。人若有知箴言在，晚辈诗书不曾衰。"大诗人王之涣如果地下有灵，知道有人擎着他裹挟着沙暴如剑似戟的狼毫，饱蘸着乌黑的浓墨，涂抹着巨浪拍击的楼宇，一定用凄凉悲怆的山西梆子再吟唱一曲气盖九州的绮丽诗篇。

横山的悲壮

　　万里长城跃过黄河，沿着毛乌素沙漠的边缘向南向西一路奔腾，跨过无定河跳上横山就来到了一处山连山岭靠岭的地方。顺着204省道，擦着银州城遗址的西墙扑入五龙山腹地，然后又向西南逶迤而去。狭窄的山道时而平整时而凌乱，山顶五龙庙的殿宇在松柏密林的掩映下时隐时现，檐脊上的琉璃瓦也不断反射出刺眼的阳光。突然一团乌云流窜而出挡在了太阳前面，灿烂的天地顿时暗淡下来，使得山影也变得恍恍惚惚，即使谷雨的节气也缺少了花草繁茂的景象。舍去诸多山清水秀、风景名胜的古迹不远千里行走在这望不到边的穷乡僻壤，为的是寻找隐藏在这里一座少为常人所知的却是卧虎藏龙的山寨。在我的心目中它不但独具魅力，也是我向往已久早应探索的秘境。

　　临到村前，出现了两条宽窄相同的岔路，这时电子导航突然失灵，不知该往哪走，第六感引导我拐向了右面，又绕过了七沟八梁面前才出现了一块稍微大一点的平地，一座破旧的院落就出现在眼前。

　　走进门洞是一座深约20米、荒草丛生的院子，斑驳的水泥墙黯然失色。靠着东墙搭着一座水泥"灵棚"，里面铺着一层红砖。

其东墙上粉底黑字写了一个大大的"圣"字，下面堆着三摞砖。其中的一摞放着一盘粗面粉制作的落满了灰尘的点心。这，一定是其后代的虔诚作品。转过头来，南面的土山下四根四方铁柱儿支着一个两米见方的蓝色彩钢板凉棚，下面用红砖砌了一个一米宽的洞口，下了六七个台阶进到洞内。哎！比想象的还要凄惨！准确地说洞深不到三米六，宽不到两米七，高不过一米九。洞的尽头留出了宽一米三、长一米六的"土炕"。炕的顶部几根木头做的木架子支住了洞顶。架子的前沿拉着一红一黄两条接在一起的绸带。凸凹不平的炕上除了放着两个空的易拉罐儿和一个剩下一点余灰的瓷盘外什么都没有。洞的西侧连着一个通向外面的洞，也许做过储藏室。

　　这，难道就是率领百万大军推翻了大明王朝的闯王李自成的出生地？他就诞生在这么一个有山没水、鼠兔横行的地方？怀疑着，震惊着……内心深处突然爆裂的疑问和感叹直刺肺腑久久难以平静，好一会儿才恢复了正常。"窑洞"西侧戳着一块底座高约一米的制作简陋的水泥碑。上面的行书字体独具风骨："李自成出生地纪念碑　李继迁寨　闯王桑梓　今归横山　昔属米脂　米脂立像　其像煌煌　横山树碑　其碑巍巍　煌煌巍巍　青史永垂　巍巍煌煌　两县之光　谢永仁题辞　欧阳中石书丹　一九九一年十一月吉日　立"。中国书法家协会顾问欧阳中石先生跟我一样也认为这个简易得不能再简易的窑洞是登基一天后就仓皇逃出北京的大顺永昌皇帝李自成的出生地。

　　正在感慨时，一位瘦瘦的中年人闻讯走到我的身旁，他自我介绍是这里的村支书，姓吴，是特意来为我们说明情况的。他拉着我的手走到了院外，指着断崖中间长出的一棵手腕粗细、分出几个枝杈的榆树说道："这里才是李自成的出生地，窑洞于1967年坍塌了。后来大家把这里平整了一下就再也没动过。"看着七米多高的土崖我觉得这里和刚才那个窑洞相比没有多大的区别。他的出生地的的确确太寒酸太令人不可思议了!

李自成死亡的原因,《明史》是这样记载的:"自成走延宁,蒲圻至通城,窜于九宫山。秋九月,自成留李过守寨,自率二十骑略食山中,为村民所困,不能脱,遂缢死。或曰村民方筑堡,见贼少,争前击之,人马俱陷泥淖中,自成脑中锄死。剥其衣,得龙衣金印,眇一目。村民乃大惊,谓为自成也。时我兵遣识自成者验其尸,朽莫辨。"这里面说了李自成的两种死法。其一,被村民勒死;其二,被村民用锄头打死。一个身经百战、叱咤风云的农民领袖,就这么稀里糊涂被九宫山的几个村民抓住勒死,这怎么可能。找食物还需要他亲自出马?就算李自成事必躬亲带领二十几名横行于天下的骑兵"略食",在大山之中哪来的"泥淖",又怎么会被几个山野村夫抓住;更为可笑的是被两个村民用锄头打死。那么就剩下一种可能,清军将领阿济格为了政治需要编造出来的。否则,也不会"验其尸,朽莫辨"了!

吴书记同意我的观点不住地点着头,随后他自豪地说:"别看我们村子不起眼,却诞生过皇帝。"我当然知道西夏太祖党项拓跋部首领李继迁和他的儿子李德明还有李自成三位当过皇帝的人都出生在这个小小的村落,他的话也合情合理。看我没说话他接着说道:"我们这里的风水好!"他浓浓的当地的口音不经意地就流露出了得意的口吻。诞生过皇帝虽然属实,可那是几百年前的旧事,而现在手机的导航时断时续也是大山太深的原因!不想打断他的兴致,我回答道:"如果他们都能守住江山就更完美了!""是啊,是啊!""李自成不如朱元璋更有雄才大略,目光也短浅了一些。"估计吴书记很少能遇到说话这么投机的、来此地瞻仰的人,所以他连连点头。李自成生在这里,年岁不大就跟着父亲来到几十公里外的常崾崄,找他的舅舅放羊谋生去了。后来被逼无奈才起兵造反，当了农民起义军领袖，崇祯八年（1635），张献忠攻入凤阳把朱元璋当了皇帝后为他的祖上修建得规模宏大而显赫的祖陵挖开，把翻出的尸骨砸碎又放了一把大火烧个精光。崇祯皇帝听说此事气得直发疯，把气出在了李自成头上，立即下诏严令陕西总督汪乔年挖掘李自成的祖坟。传说米脂县令边大绶接到指令后亲自出马带领手下挖开了李自成父亲李守忠的坟墓。传说打开棺材却看到了一条头上已经长出犄角，身体还没完全变成龙，只有一只眼睛的白蛇。边大绶惊异之余打死白蛇后把它和李自成父亲的遗骨一块烧成灰烬，抛撒在了荒郊野外，还把周围1300多棵树木统统砍断，以断李家的龙脉。更离奇的传说是，在小白蛇被打死的当天，李自成围攻开封时被一只流箭射伤了眼睛。清刘廷玑曾经写了一本书叫作《在园杂志》，里面是这么说的，"剖棺之日，适闯贼兵败河南，一目为流矢所中——噫，何天意人事符应之速耶！"

从这里可以看到，统治阶层对李自成无不恨之入骨，利用各种传说污蔑这位农民领袖。李自成和他领导的农民军自然有他们的历史局限性，否则怎么会轰轰烈烈地杀入北京推翻了大明王朝的统治之后，只过了40多天就撤了呢。

边大绶挖完李自成的祖坟后不敢继续回米脂当他的县令，而是逃回了老家任丘县，被怒不可遏的李自成派奇兵抓住。这位顶天立地的陕北汉子还真是宽宏大量没有立即下令处死他，因为他在北京登基后宣布大赦天下。不食言、不杀最该杀的、毁灭了自己祖坟的人。也充分证明这位从草莽英雄逐渐成长起来的农民军领袖，有着大度胸怀。此时大顺军已经从北京撤退，边大绶被押解到寿阳时乘机逃跑，投靠了1644年刚刚入关、立足未稳谋求统治中原大地的清廷，做了河南修武县知县，顺治八年（1651）又做了太原知府。

告别了吴书记，我们向着米脂、向着盘龙山李自成的行宫奔驰而去。

　　在攻入北京之前，一代天骄李自成前后俘虏宰杀了明朝晋王朱求桂、肃王朱识铉、韩王朱亶堉、宁夏庆王朱倬纮等12位明朝藩王，一次次威震华夏。崇祯十四年（1641）年初他率领大军杀向洛阳城，日日花天酒地的福王朱常洵，对挣扎在生死边缘的灾民不闻不问，有人劝他开仓救济灾民，视财如命的他置之不理。直到义军将要围住洛阳城的时候，他才溜出王府藏到了郊外的迎恩寺里，却被细心的士兵们搜了出来。他跪在地上哀求饶过他的命，对明王朝恨入骨髓的李自成，命令把他处死。攻破洛阳两年之后李自成在西安建立了大顺政权。他派侄子李过回米脂修祖坟扫墓、修建行宫。

　　李过不但是一位身经百战的勇将，也是一位独具慧眼的建筑大师，行宫的地址选在了盘龙山。在他的指导下，作为正殿的启祥殿、后殿的兆庆宫以及秀丽别致的乐楼、梅花亭、捧圣楼、二天门和清秀的玉皇阁非常迅速地拔地而起，出现在逶迤的山岭上。

　　穿过"龙飞凤舞"的石牌坊，剑指蓝天、头戴斗笠，骑在腾龙驾雾战马上的李自成青铜塑像就闯进视野，其身后就是行宫的主体建筑。当我第一眼看到大殿之内李自成的塑像时，从内心深处激荡出了用语言难以表达的情感，亲切、惊异、赞叹、疑虑同时炸裂！比第一眼看到他的出生地还要翻转肺腑、搅动心弦。他的形象如同模板扣住了我血脉、卡住了我的神经。

　　塑像一定是按照1∶1的比例塑造的，他比我矮、比我瘦，鼻梁笔直，薄薄的嘴角掩藏在淡黄色的胡须之下，下巴的胡须足有四寸长，比嘴唇胡须还要黄、还要密；他双颊内陷、前额高耸，尤其是那双细长的、微微上挑的眼睛给人以深不可测的感觉，眼睛上紧压着两条浓密的眉毛显得更为别致，完全是深藏不露的世外高人形象。谁能想象得到，就是这么一副带着几分异域风情的、淡金色面容的、像是弱不禁风的风水先生，居然叱咤风云、横扫六合。与汉高祖刘邦相比，他的身边没有萧何、张良、陈平那样足智多谋的文臣，没有韩信、黥布、彭越那样纵横千里的武将；与朱元璋相比，他的身旁没有刘伯温、李善长、朱升那样深谋远虑的文臣，没有徐达、常遇春、李文忠、傅友德那么智勇双全的武将，更多的时候他独出心裁，独出智慧。在破洛阳、战三边、打项城、斗襄阳、杀朱仙的五大战役中，他把明朝搅得天翻地覆，把几十万大军杀得落花流水，斩杀了兵部尚书孙传庭。《明史》都无奈地哀叹："传庭死，而明亡矣"；致使被称为"明季良将第一"的勇毅而有智略的总兵曹文诏也遭受惨败而自杀了之；其他几位总兵更是魂飞魄散，死的死逃的逃。闯王的大军一路狂飙，在宁武关又杀死了宁死不屈、铮铮铁骨的总兵周遇吉，使得大同总兵姜瓖、居庸关总兵白广恩望风而降，最终推翻了统治华夏大地200多年的大明王朝。怪不得雕塑的设计者还把这位"神圣"设计成头戴草斗笠、身披红色战袍、手扶剑柄、傲视群雄、气壮山河的雄姿。

虽然《明史》把李自成列为流贼，竭尽污蔑诽谤之能事，但说到李自成统率大军作战时，也禁不住用颤抖的文字写道："临阵，列马三万，名三堵墙，前者反顾，后者杀之，战久不胜，马兵佯败诱官兵，步卒长枪三万，击刺如飞，马兵回击，无不大胜。"谁说李自成发明创造的"三堵墙"战法不如金兀术百战不殆、横行江北的"铁浮屠"和"拐子马"；谁又说，他的战术不如戚继光痛杀倭寇千百人却少有伤亡的"鸳鸯阵"。

他的身后是一幅文武官员在行宫前的壁画，画面上有广袤的黄土高原，有行宫质朴的楼宇，有翱翔在浮云之上的大雁；闯字大旗猎猎迎风，周围人山人海万头攒动，有传说中的李岩，有高夫人，还有生不逢时的军师宋献策。两侧红色立柱的黑底竖匾上写着一副对联："高举闯王号，终生战斗，胸怀父老山河终增色，曾帅貔貅归故里；普开大顺天，免赋均田，智救黎民事业竟未成，且看后哲续新篇"。我觉得，上联中的"曾帅"如果写成"曾率"就更好了。虽然前者解释得通，还是后者更为明确。对联简洁明快、立意高远，用画龙点睛之笔概述和赞誉了英雄的政治主张与功绩，的确是难得的佳作。

在行宫大门的左侧李过修建了一座"乐楼"，就是传统意义的戏台。在简朴的戏台右侧是梅花亭，后来当地政府开辟了一个"李自成行宫廉洁警示教育基地"。

由于时间紧迫即将闭馆，我未能仔细观看，只是草草地浏览一下便离开了行宫。办公室的高女士十分热心，她为我拍了许多展览的照片，真是令人感动。展览中的许多条理清晰、见解精准的解说词也是出自她的手笔。可以这么说，她是一位"藏在米脂人未知，才貌双全真女士"。

展厅内竹牌匾上竖立着这么两行白色大字："大顺长歌犹在耳，甲申风云警后人"。提起甲申还得回顾一下77年前的历史。1944年3月19日，郭沫若为了纪念李自成领导农民起义300周年撰写了《甲申三百年祭》这篇见解精辟的力作。他站在全新的历史唯物主义视角对李自成领导的农民起义和失败的原因进行了多方位、多角度的分析和总结。文章写后三天立即就被《新华日报》发表，毛主席看到后大加赞扬，并把这篇文章作为中共整风的文件，在延安及各个解放区进行宣讲。

展览采用了大量的图片和照片，从努尔哈赤在萨尔浒打败明朝的四路大军开始说起，一一说明了明朝军队的历次失败的经过；展示了崇祯皇帝的疑心重重、急功近利、自毁长城、人心尽失，最后吊死煤山，使大明王朝陨落的过程；还展示了饥民起义后在李自成领导下，提出了"均田免粮，平买平卖，割富济贫"的政治纲领和施行了均田给农民发展农业生产的经济措施。他的军队纪律严明、秋毫无犯，使得百姓夹道欢呼"迎闯王不纳粮"。推翻腐朽的明王朝之后，他和手下的将领被胜利冲昏头脑开始自我膨胀，然后就是麻痹大意。在对待吴三桂的问题上严重失误，加上军纪不严、虐待降臣、大肆掠夺，以致从上到下贪污腐败，焉有不溃败之理。最后落得个仓皇而逃、屡战屡败、功亏一篑，断送了多少义军抛头颅洒热血才赢得的大好局面。

煤山吊死崇祯皇帝的国槐树，我最少见过三棵，死一棵换一棵。记得第一棵跟黄山绝壁上的迎客松有几分相像，就是低矮了一些。但愿现在这两棵大名鼎鼎、重见天日的、有几分"同病相怜"的树，以后能够在属于自己的天地间顺风顺水，天长地久、地久天长，不要像李自成那样先是轰轰烈烈，最后落得个"大地茫茫真干净"、灰飞烟灭好凄凉的悲壮结局！

大粮山的惨烈

丹河流经箭头村的时候，水花卷起的一定不是欢乐。它早已失去了活力、失去了流畅；没有了激流没有了波涛，因为它经历了太多的沉重、太多的血腥。

站在高平市丹河大桥桥头看着远处参差的楼宇，心中虽然有了一丝安慰，可是当我看到花池中插着的长方形铁牌子上"长平桥"三个被黑框围着的黑字；听着穿梭的车流碾压出的沙沙声与浑浊的河水无力的呻吟，涌上心头的不只是压抑还有凄惨和苦痛。这个大桥的名字真是直戳痛处。看来2280多年前发生在这里的刻骨铭心的大战没有谁能够忘记，所以用这个名字来命名恰如其分。

原以为名声久远的丹河很宽很大，没想到它宽不到50米，河道内有气无力地爬行着细流。从发源地流到这里不过才几十里地距离，就"堕落"成如此地步，以致失去了活力。它古称源泽水、泫水、丹水，发源于高平市的丹朱岭，流入黄河的支流沁河。可曾想，它汹涌波涛的两岸一度虎视眈眈地陈兵百万，那是多么伟岸壮观而又耸人听闻呀！

顺着河岸向西不过几公里，蜿蜒而上伫立着一座俯视群山、俯视着丹河、俯视西北面的制高点。古战场真是凄凉，杳无人迹。

又是只有我们夫妻二人前来参观。也许这座原名为摩天岭的山岭储存了太多悲愤，也许现代人早把这血流成河的山川甩在了心灵之外，以至于冰冷交加着凄惨扑面而来。有识之士在广场东西两侧修建了宫阙式城楼，命名为"大粮山文化广场"，其两侧的长廊布满了石刻；第一幅就是赞颂赵国老将廉颇的，题目为《庙祀千秋奉廉颇》，内容很长，介绍了长平之战的概况和结局。

在台阶两边还仿照北京故宫太和殿丹陛两侧的模样置放了两块巨龙口吐火球的石雕，不能不说是花了工夫的。远远望去，广场南面挂着两块醒目的横幅，左侧的写着"一场战争，无数故事，告诉中华民族从这里走向统一"，右侧的则是"一座丰碑，万重情怀，唤起华夏儿女为梦想竭力奋斗"。如果把这两条横幅看作对联的话，则不大对仗。"一座丰碑"这四个字显得突兀。把厮杀，说成丰碑，太残酷，太不恰当了。高大的供台上立着铜鼎，它的后面由石狮子把守的台阶形成了直通山顶的天梯，它们翘首以待，期望着我俩和游客们的光临。逐级而上石梯两侧的护栏刻满了成语故事，从退避三舍、围魏救赵到毛遂自荐，从三寸之舌、一言九鼎到虚张声势，从旷日持久、利令智昏、势如破竹到纸上谈兵。上百个成语构成了文化长卷，随着向上的台阶越来越厚重。近250个台阶的高处是一座平台，上面矗立着褐红色大理石雕像。它的下半身是方方形石块儿，上半身则精雕细琢地镌刻了赵国的柱石——老将军廉颇的巨幅石雕。他右手握着剑柄，左手捋着胡须，目光炯炯地注视着北方，注视着狼群一样随时要伺机而动的秦国大军。

稍微有一些常识的人都知道在这块饱受摧残的大地上发生的那段惨痛的历史，都会知道"纸上谈兵"这个"名扬千古"的故事。赵国的40万大军，除了被放回的240个十二三岁报信的小孩子之外全部被坑杀。而这一切，都被算在了赵括头上，曾经强大的赵国遭受的这场史无前例的屠杀都是他的错吗？

公元前262年，秦国出动大军攻打韩国，占领了野王城（今河南沁阳），把上党地区与本土的联系截断。英勇顽强的守将冯亭不愿意投降如狼似虎的秦国，担心他们进城之后大举屠刀、大肆杀戮，报请韩桓惠王同意之后准备将上党地区的十七座城池奉送给赵国。王叔平阳君赵豹认为，冯亭是想嫁祸给赵国，平白无故接受这些城池就会引来秦国的报复，其灾祸一定远远大于好处，所以他建议不能要；而另一位王叔平原君赵胜和赵禹都认为，出动许多大军鏖战一年也未必能拿下一座城池，现在由天上掉下来这么大的馅饼是上天的赏赐不能失去，还是接受的好。于是本来就贪婪的赵孝成王采纳了二人的意见，兴高采烈地接受了馈赠。即将到嘴的美食掉进了不劳而获的赵国碗中，秦国焉能咽下这口窝囊气，于是出动大军杀气腾腾地冲向赵国。赵王立即派出名将廉颇率领大军向上党地区进军。两军在空仓岭以西的玉溪河谷遭遇，发生了混战。赵国军队虽然英勇，可是经过商鞅变法后的秦国将士更是凶悍，打得赵国军队节节败退。司马迁在《史记·白起王翦列传》中是这么记载的，"四十七年，秦使左庶长王龁攻韩，取上党。上党民走赵。赵军长平，以按据上党民。四月，龁因攻赵。赵使廉颇将。赵军士卒犯秦斥兵，秦斥兵斩赵裨将茄。六月，陷赵军，取二鄣四尉。七月，赵军筑垒壁而守之，秦又攻其垒，取二尉，败其阵，夺西垒壁。廉颇坚壁以待秦，秦数挑战，赵兵不出……"由此可以看到，在廉颇担任几十万大军统领短短的三个月，赵国就被秦国攻破了两座防御城池。高级将领赵茄和六名高级将领也惨遭击杀，五万大军被消灭。冯亭抵挡不住凶狠的秦军率残部归附到廉颇帐下。赵国军队被迫退到石长城以西筑垒防守，又被秦军攻破。他们只能退入赵武灵王时期修筑的丹朱岭至马鞍壑一线的石长城里面，坚守不出。此条长城底宽4米，隔一段筑有一座堡垒，它依山而建，地形险要绵延百里，中间有一座隘口名为故关，为南北交通的必经之路。赵国军队以故关为重点，居高临下防御秦军，成功地遏制住了秦军的强大攻势。由此，这位名扬千古的廉颇大将军只能龟缩在大粮山的指挥部里再也不敢越雷池一步。

　　站在钟鼓楼后面空阔的主殿中眺望着远山近水，我在想，廉颇的确老矣。在此处固守的三年期间他没有任何良策击败秦国，只能"以沙代粮"假装兵精粮足蒙骗秦国。他就不能训练一支骑兵击败抢夺军粮的秦军，就不能插入秦军的后面奇袭敌军运粮的部队，使敌军也陷入缺粮的困境，无力与自己对峙，就眼睁睁地任凭秦军围而困之。三年的时间，他基本上是坐以待毙，没有任何值得称赞的战绩。司马迁在《史记·廉颇蔺相如列传》中又说："赵惠文王卒，子孝成王立。七年，秦与赵军相距长平，时赵奢已死，而蔺相如病笃。赵使廉颇将攻秦，秦数败赵军，赵军固壁不战。秦数挑战，廉颇不肯。"从这段话中可以看到，在此期间，廉颇没有其他作为只是坚守不出，使得兵力与赵国相当的秦国也没有更好的办法进行决战。于是秦国就玩起了反间计，他们派间谍来到邯郸四处散布谣言。司马迁的描述言简意赅、绘声绘色："秦之间言曰：'秦之所恶，独畏马服君赵奢之子赵括为将耳。'赵王因以扩为将，代廉颇。蔺相如曰：'王以名使括，若胶柱而鼓瑟耳，括徒能读其父书传，不知合变也。'赵王不听，遂将之。"这里说赵王相信了秦国的反间计准备用赵括替换老将廉颇，大智大勇的蔺相如抱着重病劝谏赵王说，赵括只会读死书不会随机应变，就如同用胶把固定琴弦的立柱粘上无法调整琴弦，又怎么能演奏出美妙动听的乐曲呢？赵括的母亲也劝赵王不要让儿子统领大军，还说："即有如不称，妾得无随坐乎？"赵王答应了赵母的请求，万一儿子不称职出了差错绝不株连。随后还是固执己见，用没有实际大战经验的赵括撤换下了廉颇担任赵军最高统帅，并且督促他尽快出击打败秦军。秦国间谍散布的反间计真是这么厉害吗？赵王这么弱智、轻而易举地上当吗？我看未必。只能说明赵国当时的确很困难，人力、物力的供应到了极限，忍不住"稳如泰山"的廉颇这么无休止地消耗，需要尽快取得战争的胜利，从而摆脱国家的财政困境。

　　赵括一上任就变换了布防，把部队从防守的态势收缩为进攻的阵容。看到赵王上当了，秦王将百战百胜、无一败绩的战神白起叫到王宫，一番叮嘱之后，神不知鬼不觉地换下前线领军大将王龁，还下令透露消息者立即斩杀。随后，秦昭襄王夜以继日地招募了15岁以上的人员组建了20万大军，亲自带队昼夜兼程赶往前线。白起来到军前，全面研究完军情和地形，一边加强修建防御工事，一面悄悄地布置好了"口袋阵"。赵括没有充分侦察清楚敌情，就指挥主力攻击长平城关前面的秦军，秦军抵抗了一阵假装不支狼狈而逃，把敌军引入到了预伏地点。正当赵军得意忘形的时候，一声令下，各路秦军同时杀出。埋伏在丹河北岸数万名摩拳擦掌的急不可待的将士把赵括带领的追击部队一切两段，分别围困在了狭长的山谷之间。数名骑兵风驰电掣地截断了赵军的粮道。没有大战经验的赵括和他带领的大军在从天而降的虎狼之师如暴风骤雨般飞箭的射杀下，在大刀长矛金星四溅砍杀下蒙圈了，被围困在了丹河两岸秦军精心布置、层层设防的沟壑之中。曾经饱读兵书、信誓旦旦、提出问题让他"马服君"的父亲赵奢难以对答的赵括，此时却优柔寡断起来，他没有组织部队及时突围，而是把冲出重围的希望寄托在渺茫的救兵身上。赵孝成王得知消息后心急如焚地向魏国、楚国求救，二国幸灾乐祸拒绝出兵。这一困就是40多天，到了九月赵国将士饥渴交加，离心离德，居然形成了人吃人的局面。看到外无救兵、内无粮草，赵括才组织敢死队奋力冲杀，最后被敌箭射死，倒在了战场之上，倒在了赵王贪得无厌、急于求成的策略之下。

投降的40万赵军被白起坑杀，埋在了丹河两岸的山岭沟壑之中。

我以为长平之战赵国大败，后人不能把主要责任算到赵括身上。赵王不逼战，他敢主动出击吗？赵王才是第一责任人。赵国在接受上党地区十七城的同时就应该全力以赴地做好与秦国全方位的战略决战的各项准备，主要是囤积大量的军用物资，派精兵首先消灭野王城的秦军，设立关卡，使秦军在黄河以北没有立足之地，形成不了夹击的局面，反而可以从此地出击攻打秦军；还应该诚心诚意地拿出相当一部分土地分给魏国和楚国，作为回报请他们出奇兵从秦国部队必经之地同时出击共同消灭秦军，消耗其有生的军事实力，使其头尾不能兼顾，左右不能逢源。

长平之战刚刚胜利白起立即请求乘势灭掉赵国，目光不够深远的秦王认为自己的大军也损失过半，还有大量的伤病人员，将士们极度疲惫，国家财力损失也十分巨大，休整一段时间之后再说，于是他下令撤兵。秦国的国力得到了一定程度的恢复之后，时局发生了较大的变化，此时赵国也撑过了最艰难、最困苦的阶段，秦王才琢磨过味儿来，他又想派白起出兵攻打赵国的首都邯郸。白起知道此时出兵已经晚了，已经错过了最佳时期，必不能取胜，他借口生病"知难而退"了。不得已秦王派大将王陵围攻邯郸，却被最善于防守的廉颇拼死挡住，久久不能攻破城池。此时，魏楚两国也懂得了唇亡齿寒的道理，于是又发生"窃符救赵""毛遂自荐"等著名历史事件。最后，在廉颇统率的三国联军打击下，围攻赵国首都邯郸的秦军大败而归。

为了纪念老将廉颇，当地老百姓于明朝嘉靖年间在山顶修建了廉颇庙。现在看到的是近些年新修建的。在大殿前面的左右两侧分别是钟楼和鼓楼。门洞口还别出心裁地立着一座雕像，显然不是廉颇，是一名身穿铠甲、手持金塔模样的天神，神气活现地骑在猛虎之上。也许是托塔天王李靖，只是塑像有些矮小，少了几分威猛。

庙前廉颇雕像的西侧沿着逶迤的山势有一条通向"拜月亭"的长廊。长廊南侧檩条上挂着一条红底白字的长长的横幅，上面写着："史料记载战国后期的秦赵长平之战，是几千年中国古代军事史上规模首屈一指的战役，是由春秋战国五百年列国林立，割据混战，过渡到中央集权统一国家的决定性战役。从此中华民族从这里走向统一！"长联总结得非常好，既深刻又全面。可以这么说，这场战争使赵国遭受到了毁灭性打击，使秦国综合国力大大超越了其他国家，他们不再有对抗秦国的实力，极大程度地加速了中华民族统一的历史进程。

由拜月亭而上是一处空地美其名曰"跑马坪"，这里出现了岔路，右侧通向"铁佛殿""定林寺"，还有北魏摩崖石窟群、蝴蝶庙、显圣观遗址；左侧有"贯甲顶""云月寺"，再向上可以直达"七佛山"森林公园，它是这一带的最高峰，曾经也是长平之战的一处驻兵之处。

雾气飘来一团团一层层，将大地上的血腥洗去，将历史岁月掩盖，只有淡淡的日影在起伏的山峦中飘移，飘向丹河消失的远方。

大寨夕阳行

　　带着留恋、装着憧憬离开了集古朴、庄重、精美为一体，聚清秀、文雅、深沉同一身的榆次老城，向东，向着曾经的圣地"昔阳的大寨"奔驰而去。

　　由榆次通往大寨有南北两条路，北路绕道140里，于是我选择了稍近的南路。原以为顺着缠绵平静的道路就可以心旷神怡地查看晋东地区的风土人情，没想到一进了寿阳县的云烟村就扑入了太行山的怀抱，山峦重叠，古木支离。蜿蜒的道路年久失修，高低不平坑坑洼洼，到处可以看见裸露着黄褐色的土地。听听名字吧，下垴、峰头、羊头崖，显然都是与山与岭与峡谷密切相连。到了听起来高雅的沾尚镇其道路依然像"穷途末路"。这样省界之间的破路与收费的高速路形成了巨大的反差，这种情况到了昔阳地面依然如是未见好转。本想领略晋东风采的兴奋心情随着颠簸随着沉重渐渐淡漠，疑问油然而生，昔阳县的路就是这般模样？原以为可以提前半个多小时抵达，没想到短短的120千米省道竟然走了三个多小时，反而多浪费了将近两个小时，感叹、沮丧像渐渐西去的太阳在心头坠落。

　　忽然，眼前开阔起来，在苍黄的空地上出现了一座小巧的山城，这就是闻名遐迩的昔阳县了！因为大寨的缘故，它也名扬四海。穿过道路还算宽阔的县城，向东一拐就开始彩旗飘飘。像高速路一样道路中间还有种了树的隔离带。平整道路在延伸，两三个拐弯之后还没转过神来，迎面跳出一座大路标"大寨大学"。由于车速快，又是自己驾驶，还没来得及看清大学校门的真容，就被一面高高矗立的红旗雕塑吸引了，它背靠着一座小山，上面是毛主席亲手题写的大字"农业学大寨"。由于耽误了近两个小时便没有停车，直向心中的圣地扑去。

眼见着前面有了村镇的模样，路的右侧闪出了一排平房，侧头望去门楣上印着一行有些褪色的红漆字"大寨纺织厂"。突然想起，改革开放初期大寨筹建的第一家企业，应该就是这家工厂。其大门像黄土高原常有的窑洞口，坐南朝北，稍显狭窄和阴暗。

正前方突然出现了一座"门楼"，由铁架子支撑的、竖在房顶中央的、巨大的宋体大字"大寨"就扑入视野。它的下面是一座二层小楼，二层的南北两侧各有三个房间，一层的中间是一个长方形的通道，它的两侧分别写着八个大字"自力更生，奋发图强"；上面是一幅宣传画。放眼望去，通道两边的房间外面插满了鲜艳的国旗。

还是没有停留，我们顺着"大寨游览区"的指示标志拐向右面的坡道。与昔阳县北面破损的道路完全不同，这里的路虽然不宽却很是平整。拐过一个小弯出现了一个岔口，一棵柳树上钉着一个很不醒目的小木牌儿，上面歪歪斜斜地写着几个有些褪色的红字"铁姑娘餐厅"。再直着往上走，高大的白杨树就"哗啦啦"地在秋风中不停地摇曳起来，爽快、惬意将之前路上的烦躁一扫而光。高大的杨树之间拉起了红色的横幅："深挖文化内涵，打造大寨品牌，发展文化产业""深入改革开放，重新振兴大寨"等标语随风飘扬，也深深地触动了我的内心。横幅和竖着挂的红旗交替出现，它们和道路两侧每棵杨树上都插着的红旗组成了铺天盖地的阵营，把绿色的山川装扮成红色的海洋。与此同时，《学大寨赶大寨》这支耳熟能详的赞歌在大喇叭里漫天遍野地传唱。这种阵势自从"文革"以后还是第一次遇到、听到，既熟悉又陌生。这如诗如画、似曾相识的情景，使曾经在山西当过兵的我油然生出了几分温暖与亲切。

来到一处岗亭被拦住，买了游览票才算进了景区。朝着太阳升起的东方走了大约一千米就是丁字路口，石台上端坐着一块巨石，上面雕刻着"大寨纪念馆"几个大字。我们把车停在了左侧画着停车线的路边，走进了右侧纪念馆的门洞。其两侧的墙壁上挂满了金色银色、大大小小的牌匾，每侧都有四层、二十八块叠摞在一起，比较醒目的有"山西社会主义现场教学基地""爱国主义教育基地""文明风景区"。

院子正中，中国优秀农民的代表陈永贵的头像矗立在褐色的长方柱上。"陈永贵"三个刚劲有力的金色行书大字镌刻在立柱中央。立柱的两侧各摆放着一盆浓绿的冬青，象征着他朴实无华的农民本色。他眉头微皱，苍凉的目光注视着家乡的山山水水、一草一木，似乎还想告诉热爱他的人们一些想说而闷在心底的话。带着疑问、带着好奇我们开始攀登他的墓地。宽阔的大理石台阶分成三段，第一组三十八级，象征着他三十八年的党龄；第二组七十二级，象征着他的年岁；第三组八级，表明他在中央工作的时间。设计得真是用心良苦，登上虎头山山顶就是他的墓了。在石头围成的墓地前矗立着汉白玉墓碑，墓碑的上面别出心裁地雕刻着"二龙戏珠"，也许寓意着吉祥。

沿着山根走向西南是一条小路，青石块取代了水泥路面，没走几步就看到了与陈永贵一起战天斗地的老战友安息之处，六层台阶上立着一块大约两米高的普通石碑，上面是大寨村委会用绿色行书题写的"老英雄贾进财之墓"。墓碑尽管简陋，但是人们并没有忘记他，让他逝后依然陪伴在老战友身旁。向南不过几十米就来到了一座小院儿，一圈铁栅栏围住了一座汉白玉石碑。当年红极一时的文人郭沫若立嘱，逝后把他的一把骨灰埋在此处，于是纯朴的大寨人于1992年就模仿他的手迹在石碑上书写了"郭沫若同志永垂不朽"。

　　在虎头山的最高处、在松柏之间有一座十多平方米的观景台。放眼望去，掩藏在树木丛中六七栋六层的红顶楼房和七八座三层楼房便赫然在目。小小的山村在山峦之中、在云霄之下安详而自然。顺路而下出现了一座直径约30米的水池，山上还有十多座这样的水池，主要是为了防火。在我印象中梯田就是用石块垒起一圈矮墙，在被围的田地上种庄稼。原来从虎头山山顶向下自然分布着七沟八梁一道坡，最深的要数落差高达200多米的狼窝掌。大寨人生生用自己的双手把它改造成总长7.5公里、一米多高的180多条石墙垒成的300多亩梯田。为了纪念当时的情景，大寨还保留了其中最经典的一小部分。当我站在排列齐整层次分明的狼窝掌梯田前，惊奇、震撼从心底滚滚而出。大寨人战天斗地的场景何尝不是汹涌澎湃的"黄河大合唱"。绿油油的玉米在璀璨的阳光下、在仲秋的微风中婆娑起舞。这一切是任何个人永远无法创造出来的。

　　离山顶不过百十米的青石路边，立着一块将近3米高的花岗岩巨石，上面赫然题写着三颗大红字"虎头山"，落款人则是极少题字的叶剑英元帅。

　　墙壁上那幅"发扬大寨精神，重铸昔阳辉煌"的标语是他们生活的真实写照。从优美的环境到整洁的院落就可以看出，家家户户都是小康。与坐在大柳树下的农民闲聊我了解到，20世纪80年代初大寨也进行分田到户。可是他们克服不了恶劣的自然环境的压力，其生活水平没有从根本上好转，到了90年代初基本上在原地踏步。大寨村委会组织村民参观华西村、南街村之后又重新走上了集体化道路，办起了纺织厂、水泥厂，进行了退耕还林。他们还独出心裁地利用全国独一份的光环，在穷乡僻壤黄土连连，既没有安谧的海湾又没有千年的古镇的荒山之巅发展起前所未有的旅游业。从当时年人均收入不到180元，到了2018年年底变成了2.5万元。这翻天覆地的变化，最根本一条就是走集体化的道路。

  看着想着就进了两侧贴着"一生耕耘锄月创神农新路，半世从政为官显清廉贤哲"对联的陈永贵故居。担任了国务院副总理之后，他在小院儿的门口处修建了一个客厅，最显眼的就是那幅两把破旧的竹椅之上悬挂着的毛主席接见他的照片。他还是那种打扮，头戴白毛巾，身穿对襟黑夹袄，脸上的皱纹都笑得无比灿烂。在行书"陈永贵故居"的两侧是一副绿色隶书的对联："布履棉巾农民宰相，钢肩铁手时代愚公"。如果硬要把这两副对联相比较，我更喜欢后面的，它更准确、更贴切，没有任何浮华。

  几个小时不知不觉过去了，此次的大寨行没有深入百姓人家，只是走马观花。但我觉得依然不虚此行，多年的夙愿完成了。看着淡淡的夕阳，看着宁静的山村，觉得远比大城市更加舒适、更加坦荡，更加恬静、更加一目了然。从大寨出来向北走的路没有了坑洼，也很宽阔。不知不觉又留恋起来还带着深沉，比古镇的留恋和深沉多了一层感慨与惆怅。

李广墓的凄凉

逃出大散关的时候狂风夹着骤雨铺天盖地，把太白山、麦秸岭、冰晶顶孕育的雷暴，沣河、涝河、灞河积攒的狂涛倾泻在山谷之间。我们不敢有丝毫的停留，驰骋在悬崖断壁与河道交错的险途上。以往的潇洒荡然无存，简直可以用狼狈逃窜来形容。几天的暴雨使许多山谷间的道路塌方，所以匆忙看完大散关之后不得不风驰电掣地赶往天水，赶往善良的人们为汉时名将李广所修建的用以告慰他英灵的所在之地。

"秦时明月汉时关，万里长征人未还。但使龙城飞将在，不教胡马度阴山。"有人说这首诗是赞扬霍去病的，还有少数人说是夸奖卫青的。我倒是觉得王昌龄这首千古名篇一定是赞美李广的。他与匈奴大小七十余战少有败绩，被屡屡进犯大汉王朝的侵略者誉为"飞将军"。

穿过一条凌乱的窄路向右一个上坡，突然就觉得冷寂起来，狭长的坡道上看不到一个行人，也没有一辆车，正对着停车场是李广墓的大门。青砖红框的大门两侧挂着一副行书对联："勇无敌忠无双，列传一篇为英雄千古绝唱；生不侯死不葬，佳城半亩壮桑梓万姓豪情"。

被誉为初唐四杰之首的诗人王勃在他的《滕王阁序》中哀叹道："冯唐易老，李广难封。"这，也许就是我们不远万里前来拜祭的原因所在。

院内密密麻麻地种满了绿竹，二道门修成了过廊的样子，中间雕刻着李广跃马厮杀、"回头射虎"的形象，两侧将近30个水泥台阶通向了平台。它的两个红色立柱上挂着这样的对联："虎卧沙场射石昔曾传没羽；鹤归华表树碑今再赋招魂。"这副对联真能表达招魂的情深意切吗？感觉寓意有些单薄，气力也略显不足，或许撰联的清朝人贾宇清本身就是文弱之人。这与过廊横匾上虎虎生威的"飞将佳城"四个大字不相匹配。更不相匹配的是，道路两侧摆放的两个缩头缩脑的"汉代石马"。旁边的小牌子解释道："高95厘米，长105厘米。现已磨损残缺，略有马的形体。南雌北雄，雌马为李广将军坐骑。石马坪村因此得名。"由此可以判断，这对石马出土于附近的石马村。如果没有小牌子，说它俩是石狗更合适。

在过廊的墙壁上题写着许多"碑文"，看了一圈感觉这首还好："赞咏李广　百战功高意未平，龙城飞将最峥嵘。王侯汉代多如鲫，几个如君享令名。"作者为袁第锐。能够用短短二十八个字就让一个战神一样的将军出生入死悔恨终生的情怀跃然纸上，显然是一件相当不容易的事情。唐朝著名的边塞诗人高适在他的《燕歌行》中这样感慨："君不见沙场征战苦，至今犹忆李将军。"唐朝的另一位诗人卢纶大笔一挥写出了慷慨激昂的《塞下曲·月黑雁飞高》："月黑雁飞高，单于夜遁逃。欲将轻骑逐，大雪满弓刀。"别看历代有很多文人墨客前来拜祭，可是真正能写出深入骨肉、滴滴泣血名扬千古词曲的人却寥寥无几。不是李广的事迹不感人，而是他的经历太坎坷，这一切并不是三言两语就能说清楚的。

汉文帝时匈奴入侵上郡，李广射杀了几位敌人将领，打得他们大败而归。文帝感叹道：可惜李广生不逢时，如在高祖时代封万户侯不足为奇也！他虽然大加感叹却只任命李广为一个武骑常侍的中级军官，没舍得提拔到更高的职位上。景帝继位后采纳了晁错的建议进行"削藩"，吴王刘濞联合其他六国造反。梁王和大将周亚夫英勇出击，三个月就平定了叛乱。李广平叛有功被梁王封为大将军。而梁王与哥哥景帝的关系并不是十分融洽，李广虽然战功卓著却没有得到景帝封赏，更不要说封侯了。

正殿是清代修建的悬山顶式建筑，李广将军器宇轩昂地坐在黑色大理石基座上，铁衣铁甲黑得发亮，就连铁钢盔上面的辫穗也是黑色的。从塑像长着胡须的面容看得出，是他六十多岁、杀掉霸陵亭尉之后率大军北征匈奴时的雄姿。基座的面被打磨成了白色，黄色的篆字工工整整题写着"李广将军"。不知道此时的老将军在想些什么，也许他坐像旁边花篮破旧的缎带上草书的对联能透露一些信息。能够看清楚的只有"千秋功名"几个字。我觉得老将军虽然窝着多年的火气，可是对大汉王朝永远忠心耿耿，虽然过了一个甲子的岁月，依然矢志不渝。

雄才大略的汉武帝继位，调李广为未央宫卫尉。公元前119年，汉武帝为了彻底解决北方的祸患，准备派十万骑兵、数十万步兵发起毕其功于一役的战略决战——漠北之战。因为此时的李广已经60多岁，武帝觉得他年老体衰就没有任用他。李广听说后连连请命才被安排到大将军卫青手下担任前将军听候调遣。卫青没有让李广担任先锋，而是令他和右将军赵食其从东路迂回合围匈奴。二人因为迷路没有围住匈奴的大部队。卫青杀敌一万九千人，一直追杀到现蒙古国的杭爱山，烧毁了大量带不走的粮食和物资后才回师。霍去病指挥大军彻底消灭了匈奴左贤王的部队，俘获屯头王、韩王等三人，相国、将军、都尉等八十三人，并且登上狼居胥山祭天，又在姑衍山祭地之后才凯旋。他的这项惊天动地、泣鬼神的壮举被史学家誉为"封狼居胥"。回到大漠南面李广才与卫青的胜利之师相遇。得知李广因为迷路一无所获，卫青命令长史通知李广的部下接受询问。李广说："校尉们无罪，是我迷路，我去受审。"然后，他对将士们说："我与匈奴作战大小七十多次少有败绩，这次有幸参战，大将军却命我绕路而行，因为迷路，未有斩获，这难道不是天意吗！况且我已经六十多岁，宁死不受刀笔吏的侮辱。"然后就自刎而死。汉武帝论功行赏，加封霍去病五千八百户，其部下多人也封侯受赏。卫青因为人马损失比战功还大，虽然胜利却没有更多的封赏，部下也没人被封侯。应该说汉武帝赏罚分明。至于李广，虽然曾经五次担任太守的职位、五次担任将军，可是在武帝王朝却没有大的战功，一直没被封侯就成了铁的史实。右将军赵食其交了赎金没被杀头，贬为平民。将士们和普通百姓知道老将军的悲壮之举无不伤心落泪。司马迁在《史记》中特意写了一篇《李将军列传》，他滴着热泪用颤抖的手写道："桃李不言，下自成蹊。"李将军自杀后尸骨无存，是后代的百姓为他修建了坟茔，以纪念他的忠心赤胆。

　　后代多人评论李广为什么没有封侯，或曰不是帅才、治军不严，或曰站错了队，或曰命运不济。我认为，用现代人的话来讲，从根本上就两条：第一，皇帝刻薄；第二，他情商太低。

　　正殿的后面高大的石碑矗立在坟冢前面，为正方形的青砖立柱样式。前面主体部分凹陷的地方贴着七块白色大理石。"汉将军李广之墓"七个行书金字威严肃穆地刻在上面。

　　砖碑后面六七米就是花岗岩砌成的坟冢了，它的直径约为十二米。近五米高的顶上青草萋萋，在秋风的扫荡下沙沙作响，是诉说、是呼喊由人评说。

　　云还在飘雨还在下，是残云是苦雨，在坟冢间游荡。李广的在天之灵不会神游，如果他还不安眠，那么他一定还在骑着龙驹南征，跨着乌骓北伐。我如果活在那个时代，一定鞍前马后追随他一起出生入死。"驾长车踏破贺兰山缺，壮志饥餐胡虏肉，笑谈渴饮匈奴血。待从头，收拾旧山河，朝天阙。"

思陵外的风雨

不像满月那么晶莹,不像弯月那么神秘,这里的鹿马山夹杂着一丝诡异。别看它只有 5 千米长,可是它处处渗透着一团血腥。我们的车从十三陵水库北岸转向西南,穿过七孔桥,从胡庄折向西北,窄窄的水泥路的两侧是苗圃。穿过一团不太齐整的农舍后是万娘坟,走过一片零落的柏树,就看到一面高约两米的灰色砖墙。墙外的土坡上有一棵半截枯树,断裂处黑黑的,像是被火烧过,又像是被雷劈过。看到这样的枯树干,我对围墙内的情况更加充满了好奇。它是什么,怎么其他村民家没有这种院墙,里面有什么?突然卷过一阵狂风,随后碎雨没有任何征兆,斜着劈过树梢打在肃杀的旷野中。山峦里的阴冷更加明显了。

绕过围墙路没了,我们只能把车停在东侧的空场中。来的路上我就一直在猜测,大明王朝的最后一位皇帝的陵墓该是什么样子?无论如何我不会想到思陵就这么出乎意料地展现在眼前。距离围墙不到一米的地方用青砖砌成了一座一米高的台子,像须弥座一样,它的中间部位向内凹陷着。台子上面是一面正方形的砖墙,它的中间包裹着一块横着放的长方形汉白玉,这个简陋得不能再简陋的砖台,居然就是北京市文物管理局于 1981 年 7 月竖立的全国重点文物保护单位石碑。上面还用金色的隶书镌刻着"十三陵思陵"这几个字。

十三陵中的十二座陵寝，座座高大肃穆。它们把这里的天、这里的地、这里的山、这里的水以至这里的风和这里的雨都变成了橙红的颜色，给游人带来更多的是新奇和惊叹。而眼前的这座游离在众多墓群之外的，位于最西端的，丝毫不能引起人们注意的思陵却是惨白的颜色。如果仔细观看能够看到陵墓里面有点滴的红色，那也一定带有血腥的味道。

院墙中部靠南的位置有两扇对开的门，上面的油漆几乎全都脱落了，门的铁鼻上挂着一把很大的旧锁。显然这里很不重要，连守陵人也时常不在。我使劲扒开了一丝很小的门缝向里看着。院内门口的左侧有一间破旧的平房，门上还挂着一块又脏又破的帘子。往深处看却看不到什么，视线受到了限制。我刚想爬上"石碑"一看究竟，只见一位身穿绿绒衣、满脸皱纹的汉子慢悠悠地走来。他的红鼻头渗出了几颗汗珠，看到我们的样子习以为常地说到，这里不开放，一般人不能游览。望着他眼睛，我突然想起车里还有一瓶"宁城老窖"，于是立即取来捧到他的面前，又加上一阵软磨硬泡，好不容易他才答应放我们进去，"快进快出，不能给我找麻烦"。像领到了圣旨，我们鱼贯而入，守门人立即插上了门闩。

全然没有其他皇陵的壮观景象，没有碑楼，也没有享殿，在一条带弧度的长满了杂草的石头边上是一张石桌，上面放着一个石头制成的香炉。里面是土，没有香灰。两边还各有两个石灯、石座，看着如此凄凉的情景我在思索，自律、勤政、立志有为的墓主人到底为什么会成为亡国之君，而落到这么一种境地呢？

应该说，崇祯皇帝朱由检是整个大明王朝皇帝中性格最为复杂的一位。在治国理政上刚愎与愚蠢一色，在看人用人上专断与猜忌齐飞。他有高招，可更多的是昏着。在他顽强的支撑下，摇摇晃晃的大明王朝被延长了十多年。他带领大明"缺头少尾"的队列为自己的王朝"送唱"了一首极度凄婉的"葬魂曲"。他复杂的性格来源于更为复杂的国内国际形势。

从他接手帝位的那天起，这个国家就没有过过几天顺当日子。由于官场高度腐败、土地严重兼并，再加上几乎年年发生的自然灾害，饥寒交迫、走投无路的劳苦大众冒死造反，终于形成了燎原之势；关外虎视眈眈的满洲军队曾经打进长城之内，在京城附近烧杀抢掠。在这种内忧外患极其严重的情况下，崇祯皇帝急于求成，他猜忌多疑的性格彻底地暴露出来。他不但以私通后金罪在1630年凌迟了袁崇焕，还在1642年密令孙传庭杀死了在镇压农民起义军的战斗中极为悍勇的将领贺人龙。这种自毁长城的做法使后金和农民起义军举杯庆贺。崇祯皇帝是明朝皇帝中最为勤政的皇帝，而且自律很严。他不像其他皇帝一样，登上皇位就急于为自己修建陵墓。在位十七年，由于国库空虚，他居然不肯再拿钱为自己修建陵墓。他认为所有的大臣都应与自己一样，对大臣稍有不满就立即撤换。在这十七年间，内阁大学士走马灯似的被换了50人。在位最长的是温体仁和周延儒，而此二人在《明史》中还被放到了奸臣传里。郭隗曾经说过："帝者与师处，王者与友处，霸者与臣处，亡国与役处。"他的话很明白，一个亡国的君主就是喜欢把他的大臣和百姓当作奴仆，从而进行奴役。崇祯就是这样的皇帝。他总希望在最短的时间内改变政府一二百年来形成的陋习，对大臣严峻、刻薄的态度已经超出了他们能够承受的程度。他把大臣叫来跪在他的面前长时间加以训斥，使他们胆战心惊，唯恐出错。不但如此，他还滥杀大臣。内阁首辅周延儒第二次入阁没多长时间就被他勒令自尽，内阁大学士薛国观也被他处死；刑部尚书换了十七人，被他杀掉一人，在狱中因饥寒生病死掉二人；兵部尚书中杀一人，狱中死一人；在地方督抚中，总督被杀七人，巡抚被杀十一人。这些帝国的栋梁动不动就被抓被杀，大明王朝的帝国大厦怎么能够长久地巍然屹立？他几乎没有听取过大臣们的意见，即使是好的建议也被他嗤之以鼻。崇祯十七年（1644）三月，李自成的大军抵达大同，大明帝国危在旦夕，李建泰上疏请求南迁，崇祯皇帝在平台上召集大臣们开会，他拿着李建泰的"建议疏"展示给大家看，并且说："国君死社稷，朕将焉往？"看到皇帝不同意南迁，李邦华等大臣们又建议，请太子抚军南京，崇祯依然不听，却命令总兵吴三桂将镇守在锦州兴城的军队和几十万百姓后撤至山海关内，把东北进入北京的重要通道让给形同虎狼的后金，然后回京城勤王。当时，李自成主要占据着西北，张献忠主要在西南；后金在锦州以东。河北、河南、山东、江浙和华南的大部分地区还在明朝政府的控制之下，虽然地震、虫灾等自然灾害严重，可是他如果稍微明智一点、虚心一点，采取建议迁都南京，历史一定会改写，大明王朝也不会这么快被灭。当然，他还是有着极高的气节的。被他派出到京畿重地进行监军的太监杜勋，不但投降了李自成还缒入城中，并且拿来了李自成请他"禅位"的书信。他怒不可遏，"帝怒叱之，下诏亲征"。

荒草枯萎的坟包，被砌上了一圈水泥墙，对着大门留出了一个墙洞。穿过墙洞从后面还能上到墙上。这座由原来田贵妃墓改建的思陵格外的狭小，虽然里面埋葬着崇祯皇帝和皇后周氏、皇贵妃田氏，可它的坟冢直径只有大约20米的样子，走一圈不过两三分钟。虽然清朝皇帝入关后为思陵修建了享殿、配殿、明楼等地面建筑，又重新改葬了崇祯皇帝，但是后来这些建筑又被损毁得十分严重。除了坟圈、残余的几件可怜的供祭祀用的石炉等制品和围墙之外，其他一切全无。我忽然发现，坟堆的中间有一棵树，它与景山公园崇祯吊死的树有些相像。不由得使我想起崇祯皇帝吊死之前写在衣襟上的话，"朕凉德藐躬，上干天咎，然皆诸臣误朕。朕死无面目见祖宗，自去冠冕，以发覆面，任贼分裂，无伤百姓一人"。可悲可叹，一代帝王落得如此下场。死前还念念不忘他的百姓。可见崇祯皇帝从内心还是关爱他的百姓的。打进大明王朝国都的李自成没有分裂崇祯的尸体，而是将他和一后一妃隆重地埋葬了起来。

  打雷了，这个季节少有的雷声，不是很响亮。一群看不清面目的鸟从黑压压的树林中飞出，它们怪叫着，乱飞着，冲撞着，几乎遮盖了天空。什么时间离开的这里已经记不清了，也许鹿马山心中有数，思陵围墙外的半截枯树心中有数。

汤阴战场的金牌

迎着岳飞旌旗猎猎的进军方向，我们的车沉重地驶过了安阳，向着一个被杀气锁住的同时又是被忠魂雾化的地方前行。这里的太阳在正南方，它一会儿变灰变暗，一会儿又耀耀炫目。太阳心中蕴含的神秘使人困惑又使人神往。就这样我们失去了往日的轻盈，不再飘逸不再潇洒，只是一步步南行，终于来到了阳光终日不散的地方——汤阴。这个地方的历史痕迹深深地，处处带着伤口，带着血腥，带着引人注目的迷惑。

一条古街，被这里的人们骄傲地命名为"岳庙街"。街口立着一座镶嵌着"岳庙街"黑底金字匾额的牌楼，它是人们心中一座灯塔一样的牌楼。这条街是一条通道，是人们人生大道上一条曲折的充满了困苦和危难的土路，也许在它的尽头还潜伏着使人无法预料的诡异。顺着它就看到了坐北朝南的大庙。还没迈入岳飞庙，胸口就冲撞起一阵阵激荡。看着"宋岳忠武王庙"牌匾下"忠"和"孝"一右一左两个红色大字，我觉得它们不但醒目，而且格外鲜艳。像血，像刚刚流淌出来的鲜血。据说牌匾上的六个字是大明皇帝孝宗朱祐樘题写的。可见在他之前的30多年里，重建的岳飞庙并没有引起前三任皇帝的高度重视。

大门内的施全祠门口，是秦桧、王氏、万俟卨、张俊、王俊跪在地上的铸铁像。不知人们在唾骂这些奸臣的时候想没想到，高宗赵构为什么要连下十二道金牌把岳飞从前线调回，为什么要处死他呢？"睿智"过人的高宗真的是被秦桧利用而昏庸不堪吗？显然不是。文武双全的岳飞使他的敌人无不心惊胆战。绍兴五年（1135），太行忠义、两河豪杰及金人将领纷纷率部投降。"飞大喜，语其下曰'直抵黄龙府，与诸君痛饮耳！'"岳飞要直捣黄龙府，就会解救徽宗、钦宗二帝。那时，徽宗还没有死，钦宗更是在岳飞被害后20年才"驾崩"的。即使徽宗死后六年，岳飞才被处死，可是钦宗一直都活着。高宗赵构怎么能够允许岳飞迎回大哥钦宗呢？《宋史·岳飞传》记载，岳飞在朱仙镇回奏朝廷的诏书时，对他飞扬的文采是这样描述的："忠义之言，流出肺腑，真有诸葛孔明之风。"《宋史》还说："而卒死于秦桧之手，盖飞与桧势不两立，使飞得志，则金仇可复，宋耻可雪；桧得志，则飞有死而已。"虽然钦宗一再托人给弟弟赵构捎信说，只要把他弄回去绝不和赵构争天下，但赵构会相信在皇帝位上被金人掳走的大哥此时说的话吗，他回来是一定要以正统帝位的身份跟自己争天下的。历朝历代为了争帝位，父子、兄弟兵戎相见的皆是触目惊心。赵构怎么可能让岳飞"引龙入海"呢？绍兴七年（1137），此时徽宗已经死了两年。岳飞听说金人为了削弱高宗的影响，想在汴京立钦宗之子为皇帝，他就上疏高宗赵构"请立太子以安定人心"。《宋史·岳飞传》记载："三年，贼王善、曹成、孔彦舟等合众五十万，薄南薰门。飞所部仅八百，众惧不敌，飞曰：'吾为诸君破之。'左挟弓、右运矛，横冲其阵，贼乱，大败之。"岳少保以八百骑破五十万，可见岳飞的英勇，千古以来没有第二人。可是文武双全的他太年轻，只知道精忠报国，怎么会想到自己又一次触犯了皇帝内心深处的最大忌讳了呢？皇权继承问题绝对是历代皇帝最为敏感问题，不到万不得已外人不能轻易说话。因为皇位继承而导致的皇家内部明争暗斗以致骨肉相残的例子比比皆是；大臣们为此而飞黄腾达或家破人亡也不绝于史书。人们特别容易把这个问题和手握重权、重兵的文臣武将的政治野心联系起来。赵构称帝后，金人就曾考虑将徽宗、钦宗放回去以削弱宋朝，金人又要立宋钦宗的儿子为帝，怎么能够不让赵构高宗难堪和被动呢？赵构的儿子因为宫女踢翻铜鼎受到了惊吓而不幸病死，他自己又因为在战争中受到惊吓而丧失了生育能力。于是，赵构从太祖赵匡胤的嫡系后代中挑了两个小孩养在宫中，但是他还没有确定好究竟由哪一位继承自己的皇位。岳飞的提议，虽然从抗金的现实出发是好意，但这种好意在猜忌心极强的赵构这里就成了"必杀令"。

岳飞好学不倦，从他的《满江红》就可得知他的文采不输任何大诗人；他不好色，关怀士兵，深受部下的爱戴；他的军队不掠民、不扰民，深得民心。

年纪轻轻的他就担任了少保，开府仪同三司，崇信军节度使，湖北路、荆、襄、潭州制置使，晋封武昌郡开国侯、神武后军都统制，为一品官员，有任命所辖地区知州知县的权力，拥有十万兵强马壮的大军。后来他又担任了枢密副使。高宗对他顾虑极重、猜疑极多是必然的。高宗也一定不会忘记他的祖上赵匡胤的皇位是怎么来的。如果岳飞也搞一次黄袍加身的举动，那么他的下场也许还不如后周末代皇帝柴宗训，所以，岳飞必死。只有杀掉岳飞才能免除后患。虽然大奸臣秦桧不顾年高体弱一心一意为皇帝个人着想，却置民族大义于不顾，他留下的历史骂名是罪有应得的。

看着殿前司小校施全举着钢鞭抽打祠下跪着的五个残害岳飞的千古罪人，看着柱子上"蓬头垢面跪阶前想想当年宰相；端冕垂旒临座上看看今日将军"的对联，我被施全的英勇高尚的正义行为深深感动。他在岳飞被害后的第九年，即绍兴二十年（1150）正月藏在桥下刺杀秦桧没有成功遭到逮捕，在秦桧亲自审问时却大义凛然破口大骂："举天下皆欲杀虏人，汝独不肯，故我欲杀汝也。"施全虽然被处以极刑，可他的忠义也同样照耀千古。我的血一再沸腾，古代志士可敬可佩。

  转过目光，远远地就看到岳飞庙大殿的横梁上有一块匾额，上面题写着"忠灵未泯"四个大字。我觉得这四个字不但用笔无力而且意思也太绵软，多少带有怜悯的味道。再仔细一看，突然发现这几个不刚劲的大字居然出自慈禧太后之手。她也在为岳飞鸣冤叫屈，可见岳飞的忠心可鉴天地。那么，光绪皇帝的"百战神威"匾额更是恰如其分地表现出一代名将的天威。我忽然觉得慈禧、光绪都为岳飞题词，这里一定有历史的原因。清末衰弱，慈禧和光绪都极其渴望出现像岳飞一样英勇的战将为他们卖命。只可惜他们不明白，不制定好正确的对内对外政策，不脱离腐朽没落，即使出现了更多的像岳飞一样的光照千秋的英雄人物，照样还是挽救不了大清帝国退出历史舞台的可悲命运。忽然，在大庙里我还看到了明太祖朱元璋的题词。他写出来的字如划破了骨肉一样深邃，"纯正不曲，书如其人"。能得到这位帝王这么高的赞誉可太不容易了，活着的人找不到，死去的人也没几个。

  看着满目的石碑，望着院中高大的古槐，我想摆脱这桎梏的氛围，寻思某种轻松。我信步远眺，忽然发现，汤阴，处在安阳以南，是一个相对隐蔽的地方，自古以来就是兵家必争之地。它西面的不远处是气势如虹的太行山脉，东面是雄伟的泰山，北接河北南通中原。岳飞就出生在这里。

  与光照千秋的大英雄岳飞相比，跪在历史大道上的秦桧就胆小如鼠，赵构不但胆小而且心胸狭窄。

收回思绪擦了擦眼睛，我才仔细观看摆放在书法陈列室最显著的地方的一块黑色大理石石碑，上面抄录着岳飞那首文采飞扬、词句精美的《满江红》。

站在碑前，我久久不忍离去。

走出岳飞庙的时候，太阳已经偏西。像伟人诗词中所写的"苍山如海，残阳如血"，红了的残阳的确像血，像岳飞的血。岳飞庙不只是镶嵌进了太阳里，还喷薄在了天空中，喷洒在了中华大地上。

辽庆州迷人的白塔

查干沐沦河水有多浩荡,我们的心情就有多悠扬;浮萍、游鱼有多自在,我们的思绪就有多欢畅。牧民奏响的马头琴声和马蹄声汇集成的晨曲在前面引路,我们唱着歌披着暖融融的阳光在后面紧紧跟随,空中还有一群白色水鸟的护卫。这一路,风是明丽的风,水是明丽的水,使草原在迷人的风水中包容着万物。转过山尖,透过密林,我们看到了远方的原野上有一座灯塔,一闪一闪的,有时还反射着五颜六色的光彩。这,难道就是神圣的白塔?所有人的心都被提到了嗓子眼儿,我们恨不得飞起来。过了五十家子,过了索博日嘎苏木,在一片依山靠水的地方,在黄色的野黄花和红色的百合花交织的原野中矗立着一座古塔,那就是使我们生长了许多美好向往和殷切期盼的辽庆州白塔。

美轮美奂的白塔,静静地倾听着河水低声的吟唱,回忆着它诞生前后所发生的曲折动人的故事。公元982年,辽代第六任皇帝耶律隆绪继位,他就是圣宗皇帝。此时正是大宋皇帝太宗赵光义在位的第七年。此时的辽帝国疆域广阔,东至库页岛,西到天山和阿尔泰山,北抵贝加尔湖,南面与大宋在河北北部接壤。燕云十六州都在它的管辖之下,总面积比大宋朝还大。辽皇宫里有一个聪明美丽的宫女萧耨斤深得圣宗皇帝的喜欢。1016年她给圣宗生了大儿子，取名耶律宗真。由于当时的齐天皇后没有小孩，宗真就被齐天皇后收养了。耨斤也由普通的宫女晋封为顺圣元妃。后来她又给圣宗生了小儿子，名叫耶律重元。1031年，圣宗皇帝于病重时召见了大儿子，要他继位后照顾好养母齐天皇后，宗真受命。圣宗留下遗诏命大儿子耶律宗真继承皇位；齐天皇后为皇太后。圣宗撒手归西之后，萧耨斤藏匿了诏书，在宣布宗真继位时，自立为章宣皇太后，并把持了朝政。她想学着"婆婆"萧卓太后的样子也干出一番顶天立地的业绩。耨斤对齐天皇太后耿耿于怀，指使人污蔑她的弟弟谋反，派人对他审讯，而且连累到了齐天皇太后。耨斤对新皇帝宗真说："此人不除，必为后患。"宗真说："她没有儿子，又老了，还能有什么企图。"耨斤不顾宗真的反对，把齐天皇太后弄到了上京（现在内蒙古赤峰市巴林左旗林东镇），后来又逼迫她服毒自尽。宗真知道此事后，对母亲心存芥蒂。过了两年，1034年，即宋仁宗景祐元年，萧耨斤秘密地召来自己的弟弟们商议要废除宗真，改立小儿子重元为皇帝。重元很快把这个消息报告给了哥哥。宗真听后仰天长叹，事已至此，他也顾不得母子之情了，立即命令支持自己的大臣们和忠于自己的卫士们抢先夺取了萧耨斤的印绶，掌控了全局。然后用黄布围幔把车罩住，将她送到了已建好的庆州城七括宫软禁起来。宗真开始亲政，并与大宋朝和好如初。

　　辽国修建庆州城是为了守护圣宗的陵寝。宗真将母亲送到这个地方，让她伴随着夫君的亡灵，好好地反思。

　　萧耨斤到了庆州后，开始信佛，逐渐成了一名恪守戒律的佛教徒。宗真皇帝得知母亲的情况后开始内疚，想与她和好。1039年，他把母亲接回京城，不但经常看望她，甚至还陪伴她参加佛教的活动。1047年二月，宗真皇帝敕令建一座佛塔，地点就选择在当初幽禁母亲的地方。辽重熙十八年（1049）七月十五日，这座气度非凡、高贵典雅、堪称辽代古塔经典的庆州白塔屹立在了辽阔的草原中央。它是一种象征，也是一种纪念，宗真让白塔代替母亲守望父亲的皇陵。白塔是辽国全盛时期建造的，她精美之极，史学界、文博界称庆州白塔的浮雕是"辽代塔寺艺术的精华"，是"契丹民族建筑的瑰宝"。

拐过绿树成荫、花团紧抱的村落，她玉立在微风飘飘的原野上，屹立在城墙破败的土城中。庆州城早已不见了踪影，剩下的是残迹。庆州城因埋葬辽圣宗、兴宗、道宗三代皇帝的庆陵而得名，它是此陵的奉陵邑，于辽圣宗太平十一年（1031）开始建造。辽代帝王陵墓建筑有一个共同的特点，就是每个陵都要设置陵邑和守陵户。如祖陵有祖州，显陵有显州，庆陵自然也有庆州。庆州城是由内城和外城组成的，像一个"回"字，有瓮城。城墙高5米，宽10米。外城东西长约1450米，南北宽约1900米，现只存有北和西两面城墙的土堆。而内城也是残垣断壁，东西长1090米，南北宽930米。残破的庆州城与精美的白塔形成巨大的反差，同时坐落在大兴安岭的庆云山脚下，守卫着一方圣土。1988年，它们均成为全国重点文物保护单位。

还未走到近前我们就看到，基座上的白塔前一座小塔依偎在高塔下，同时又拱卫着白塔的大门。"释迦佛舍利塔"六个行书大字黄晶晶的，刻在黑底牌匾上，被挂在了白塔二层的券门之上。下车后的第一感觉就是震惊，空前绝后的震惊。我从未有过这样的感觉，能被一座古塔所震慑。令人赞叹啊！白塔每层的外表都镶嵌着人物和各种图案的花砖，有佛、菩萨、力士，还有宴会、歌舞等画面，是辽代塔中独一无二的，极其珍贵。塔上还镶嵌着828枚鎏金制作的铜镜，有圆形也有菱形。在白垩粉装饰的白色塔身的烘托下，几十里地之外就能看到它璀璨夺目、令人着迷的形象。白塔是八角形的，共七层，每层都有四个上方为半圆形的券门。全塔共有28个门，而真正的门，只有一层正南的那一座门，其他的门都是由柏木制作的假门，样子与真门一模一样。从第二层开始，白塔逐层内收，周长一层比一层小。白塔每扇券门半圆形的拱口上都雕刻着宽约一尺的二龙戏珠，或二螭戏珠的图像。

　　白塔一层的雕刻最具特色，图案也最精美。真门的两旁分别守卫着两位天神，他俩怒目圆睁，虎视着正前方。身穿精美的"狐头"盔甲，头戴"烈火"神冠，腰间的绸绦被轻浮在双肩上的绣球缠挂在臂膀上，下端飘浮在脚踩的祥云之上。他们左手贴着腰紧握着一张神弓的弓柄，右手靠在胸前攥着一支菱形头儿的神箭，做好了随时拉弓搭弦的准备。其他假门两侧守卫的天神则右手握着利剑手柄，左手搭着靠在左臂上的利剑的剑体，也是雄赳气昂的神态。双面莲花台的塔壁上是竖条的假窗户。窗下雕刻的是大象。而相邻的假窗户下雕刻的则是狮子。它们栩栩如生，是普贤菩萨与文殊菩萨的坐骑。狮子高大威猛，它的肩和前后的护卫身材一样高大。相比之下，大象的肩与护卫也是一样的高矮。一层塔身双面的假窗户顶上有妙音鸟图案，假窗户的两侧是八大灵塔的刻像。在每个灵塔上还雕刻着两个飞天。宝盖下，飞天舞动着绸带，她们双目圆睁神采飞扬，眼窝稍陷鼻梁挺拔，双腮丰满两耳硕大。其中一个飞天是立姿，她身穿着裙裤赤脚踏着祥云；裸露的脖颈下还雕刻着一串装饰。二层到六层的双面雕刻着陀罗尼经幢。其中三、四层每面墙壁刻有三个幢，中间幢的两侧各立着一个罗汉。他们姿势一致，头微扬，注视着斜上方。五至七层罗汉的位置，则是蘑菇状"头重脚轻"的祥云。白塔每层的檐角都有一个石兽，长长的脖子上拴着一个铜铃。石兽上有一块造型别致的青砖，它的上面还昂首翘立着一只生机勃勃的石鸟，像是在鸣叫。高高在上的塔刹是鎏金制作的，三个金球在阳光下亮亮的。几条飘摆的彩带在金球和塔顶之间相连，传递着春去秋来以及随时看到听到的喜讯。

古朴呀，精湛呀，瑰丽呀……都不能形容白塔的魅力。

北京有数百座古塔，除了香山的琉璃塔、颐和园的多宝琉璃塔、故宫紫禁城雨花阁阁顶的喇嘛塔、玉泉山的圣缘塔、妙高塔几座有些特色的古塔之外，没有一座这样精美无比的塔。我妄下结论，至少在北京她是无与伦比的。有一位专家看到广惠寺华塔等正定四塔后说，因风格各异美轮美奂，故成为中国古塔研究者眼中的明珠。如果他看到了这座塔，他一定会这样感慨：庆州白塔肯定是塔中王冠上的那颗最耀眼的明珠。被称赞为世界三大奇塔的山西应县释迦木塔也是辽代建造的。可见，辽代的塔寺建筑和佛教文化是多么的厚重与辉煌。

公元916年，耶律阿保机在现在的内蒙古的巴林左旗林东镇把各个氏族部落统一起来，建立契丹国。它比宋朝建立的时间还早。当时中原北方处在五代时期后梁的贞明二年（916）。公元947年定国号为"辽"。983年复更名为"契丹"，公元1066年又恢复国号为"辽"。它最强盛时期是951年至1030年。这期间，它多次击败大宋朝，击败宋朝青史留名、名扬天下的"杨家将"，使大宋不得不与辽国签订了"澶渊之盟"。辽国在中国北方持续存在了200多年，形成了与大宋南北对峙的局面。在此期间，中原地区通往西方的丝绸之路被阻断，以至整个亚欧大陆中西部国家都误以为全中国在契丹的统治之下。公元1125年，曾经一度强盛了200多年的"大辽"却被曾经臣服的"金"灭亡。辽亡后，耶律大石向西迁徙到中亚的楚河流域，建立了西辽。公元1211年，屈出律篡位。1218年，西辽被蒙古灭亡。辽国兴盛时，在与大宋和其他各国的交往中，注意融会众长，有效地促进了军事、政治、经济和文化各个方面的全面发展，成为一个与大宋并存的独立国家，为开发蒙古和东北地区起到了极为重要的作用。它创造的灿烂文明和辉煌历史有待学者们深入研究。

太阳红灿灿的，在天空中编织着古往今来的梦幻。它在提示我们，辽代的文明没有消失，它的"珍宝"都在一个不为常人所知的地方。只要用心，只要不肯放弃，就一定能够获得极其有价值的重要发现。

我们本来还想到庆州城的东面，好好地看一看辽国皇帝的几座陵墓，可是想到明天还要到巴林左旗，到辽国建立时的帝都去，只能告别这被绚丽、被壮观织染的天地。我们恋恋不舍地一步一回头地走着，就连开车也倒行了将近两公里，拐弯后才顺着查干沐沦河水流的方向，往一条不见踪影的沙石路上走着。我们要去寻找曾经记载过这一段凄婉故事的其他地方；寻找塔宫地面为什么置放了一座彩色涅槃佛像的其他有关道场；寻找心中的想象和鸟语、和花香、和长调组成的荒凉世界。那里也许有更迷人的传说，等待着我们去发掘。

浔阳楼的烟雨

劈开大洪山的汉江来到江汉平原温顺了许多，它与闯过赤壁的长江汇合之后又恢复了凶悍，撕开桐柏山、幕府山、大别山，经过虎视眈眈的"武穴"，换上了一副迷人的笑脸，它披着风的笑语卷起浪的洒脱来到了名人辈出的九江。还没下游船，脑海里就浮现出电视连续剧《三国演义》中周舟饰演的蒋干难以掩饰的得意笑容。这使得九江成为人杰地灵的地方。大诗人苏东坡顺流而下，情不自禁地吟出了"大江东去，浪淘尽，千古风流人物。故垒西边，人道是……"这首千古名篇。想着、吟唱着就来到了俯瞰着大江的那座流芳百世的名楼。

从外表看这座楼不如风采洋溢、有王勃为其作序的滕王阁，也不如连李白来到楼下也没曾题诗的肆意抚摸和任意拍打着激流的黄鹤楼。比起其他动不动就十几、几十层的高楼它低矮了许多，只有三层，可是它却有着其他楼无法比拟的豪迈。关于它最早的记载是唐朝，当时的江州刺史韦应物来到这里，居然情有独钟地题诗："始罢永阳守，复卧浔阳楼。"那时它只是一座酒楼。虽然《中国名胜词典》里没有记载，可是它却因为一部《水浒传》名闻天下，由此升格成了著名的旅游景点。更让人过目难忘的是，它二楼的墙上挂着一幅书法作品。施耐庵老先生用绝妙的笔锋出神入化地写出的狂妄诗篇："心在山东身在吴，飘蓬四海漫嗟吁。他时若遂凌云志，敢笑黄巢不丈夫。"谁能有这种胆量，敢笑横行天下把大唐搅得天翻地覆、一度攻陷长安当了大齐皇帝的黄巢不丈夫？诗仙李白虽然有"我本楚狂人，凤歌笑孔丘。手持绿玉杖，朝别黄鹤楼"的狂妄，可也没有如此胆大包天；苏东坡最豪放的词句就是"乱石穿空，惊涛拍岸，卷起千堆雪。江山如画，一时多少豪杰"。而黄巢的诗却是在杀气中"躔躔夺目，烁烁戳心"："飒飒西风满院栽，蕊寒香冷蝶难来。他年我若为青帝，报与桃花一处开。""待到秋来九月八，我花开后百花杀。冲天香阵透长安，满城尽带黄金甲。"至于白居易在《琵琶行》中"浔阳江头夜送客，枫叶荻花秋瑟瑟"更是"无病呻吟"的小妾了。如果用个人的行为相比，黄巢是顶天立地的伟丈夫，后面的人只能是随波逐流的"雅士"了！

看样子列数唐代以后有这种气魄的人却是不会写诗的成吉思汗、朱元璋和李自成一类的大英雄，他们以实际行动彰显了黄巢的"不丈夫"。老夫子施耐庵在他的大作《水浒传》里却把这惊天地泣鬼神的诗巧妙地扣在了义军首领宋江的脑袋上。

这座楼一层柜台里摆放着108个烧制得造型各异、生动形象的梁山好汉。他们为这座楼增添的不只是风景，还有引人入胜的传说。我觉得水浒故事妇孺皆知，宋江也成了顶天立地名贯古今的豪杰，可是在此地发生的另一段历史，知道的人也许就不是很多了。

南北朝时期的宋文帝刘义隆是一位很有抱负的皇帝，他登基之后开始实施他的宏远的计划，就是想夺回被北魏占领的几个州，还想荡平盘踞在北方的北凉、西凉、西秦、夏、北燕等五个国家一统华夏。元嘉七年（430），他发动了首次北伐。大军虽然一度打下了洛阳、虎牢、滑台等河南重要城池，但是入秋之后，北魏的军队得到了补给发动了反攻，把失去的城池夺了回去。前往救援的大将檀道济也被击退，第一次北伐失败。

文帝虽然不甘心失败，可是为了全局不得不养精蓄锐。元嘉二十一年（444），北魏深入山东、河北一带，抢夺了不少民众和物资。文帝再次提出北伐计划。御史中丞何承天上奏章提出在边疆坚壁清野，厉兵秣马，等敌方出现灾祸时，一举彻底解决问题。而彭城太守王玄谟为了迎合宋文帝屡屡上书北伐，甚至还写了一篇《封禅书》，意思是等北伐成功，皇帝就可以登临泰山昭告上天了。公元426年，刘义隆生了一个儿子，取名为刘劭。这个孩子自幼聪明伶俐，深得刘义隆的喜爱，小小年纪就被立为太子，他跟父亲一样极力想征服北魏。此时的太子刘劭已经长大成人，也有了雄才大略的模样，他制订出详细的北伐计划。在太子和王玄谟二人极力倡导之下，文帝下定决心要彻底征服北魏。经过一系列准备，在元嘉二十七年（450），10万人马分三路大举北伐，但未取得胜利，伤亡惨重。

第二次北伐失利之后，刘义隆父子之间产生了深深的隔阂，他认为儿子过于轻浮，对他的态度日益冷漠，也不再予以重任。时间来到了二月，北魏太武帝拓跋焘决定要彻底消灭宋国，就率领大军乘胜追击，他们日夜兼行妄图一举拿下汝南城。守将陈宪一面顽强抵抗，一面派人求援。宋文帝派大将臧质立即赶往寿阳与司马刘康祖共同援救，来到汝南遭到了北魏大将乞地真的拦截。臧质一马当先，如出山之虎扑向敌军。看到主帅冲在前面将士们也前赴后继奋力拼杀。拦截的军队没想到宋军如此英勇终于落败，乞地真也被杀身亡。看到得力干将横尸疆场，万般无奈的拓跋焘只能撤军。臧质以少胜多、以弱胜强，取得了胜利。

时间转瞬即逝，同年十一月，虎视眈眈的太武帝不甘心上次的一无所获，再次指挥大军南侵围攻彭城（今天的徐州），文帝任命臧质为辅国将军，率兵一万前去援救。魏军围攻不利，转而攻打盱眙（其旧址在今日的盱眙北面，已被洪泽湖水淹没）。臧质马不停蹄抢先入住盱眙城，严防死守。北魏大军采取了投石机、挖地道等多种战术也未能越雷池一步。拓跋焘想收买臧质，他派使者送去一封信，一番关怀之后假仁假义地向臧质讨要酒水，而后想进一步拉拢关系。臧质识破了对方的花招，他借机给拓跋焘送去一坛子马尿，在里面还放了一点香料和酒曲。马尿被送到大帐，倒进酒杯中，在灯光下，看着碗里晶莹透彻的马尿闻着"酒香"众将领还以为宋军服软献来了贡酒，就纷纷碰杯相庆，喝了一口才知道上了大当。摔碎酒杯，太武帝下令长期围城，一旦破城，格杀勿论一个不留。臧质泼墨挥毫给武帝写了一封信内容大意是："有童谣说'虏马饮江水佛狸（太武帝小名）死卯年（公元451年为辛卯年）'。你此次前来就是送死。如果运气好是被乱箭射死，否则一旦被我捉住，就把你五花大绑地驮在驴背上，拉到城中最繁华的西市当众开膛。"

看到来信太武帝嗷嗷乱叫，发完雷霆他立即让工匠制作了一张布满了蒺藜的铁床，并且咆哮道："抓住臧质就放在上面，半个时辰一翻身，让他尽情地享受。"随后他又缓缓地说："我要让所有的官兵都看到跟我大魏作对是什么结果。"臧质得到消息毫不恐惧，他立即印了许多布告发给士兵，许诺道："谁杀死拓跋焘封万户侯，赏赐布、绢各一万匹。"重赏之下，将士们个个奋勇争先用性命与狂妄至极、凶狠无比数倍于己的敌人展开了长达一个多月的生死拼杀，丝毫不落下风。无论魏军用冲撞车撞城门还是用钩索车爬城墙都一一被斩杀在城墙下。城下尸体堆积如山，城外尸横遍野，天上除了老鹰还有乌鸦从早到晚不停地叨血食肉。寒冬渐近，将士们无力再战，拓跋焘只能悻悻而归。臧质又一次以少胜多、以弱胜强。

为了表彰臧质的卓越功勋，宋文帝提升他为宁蛮校尉、雍州刺史，兼四州诸军务。

元嘉二十九年（452），太武帝拓跋焘被中常侍宗爱谋杀，北魏大乱。宋文帝乘机兵分两路杀向北方。东路军的将领张永迟迟不能攻克坚固的碻磝，反而被敌人挖地道偷袭烧毁了营寨，无奈之下只能铩羽而归。西路军的臧质和鲁爽缺少了东路军的大力配合只能无功而返。

太子刘劭在二次北伐中的过激表现，使文帝对他的言过其实有了深刻的认识，觉得他难以继承大任有意废掉他。刘劭担心失去皇位继承人的宝座，于元嘉三十年（453）二月，干了一件大逆不道的事儿，他先是用巫术诅咒父亲早日死亡，事情败露之后竟然率兵杀入皇宫，杀害了生身父亲宋文帝。得到这个令人惊恐的消息，臧质立即派人向文帝的第三个儿子武陵王刘骏以及南谯王刘义宣和江州刺史、荆州刺史报告，然后率领五千人马连夜启程向国都建康进发。得知父亲被杀，刘骏率太尉沈庆之等将领从西阳（今湖北黄冈东）向首都出发，刘义宣和司州刺史鲁爽等人也起兵响应。四月，各路讨伐大军来到建康城外，他们在新亭拥立刘骏为皇帝，就是孝武帝。五月，各路讨伐大军攻破城池活捉了刘劭，并且立即诛杀。孝武帝即位后为了巩固权力大肆排除异己。自认为从无败绩的臧质并没有把孝武帝看在眼里，他本来也不积极拥戴刘骏，看到此人"飞鸟尽良弓藏"的种种行为后就劝说孝武帝的叔叔刘义宣当皇帝。这位皇叔胆小怕事极力推脱。孝武帝当了皇帝、排除完异己后就日夜泡在后宫，据说还与自己的叔伯妹妹——叔叔刘义宣女儿乱伦。得知二人淫荡的丑事，刘义宣再也按捺不住内心深处的怒火，命令臧质联系豫州刺史鲁爽、兖州刺史徐遗宝约定在孝建元年（454）秋季共同起兵。由于鲁爽喝多了酒记错了日期，就在当年正月提前造反。刘义宣和臧质也只能响应。他们乘船顺江而下直奔建康。

　　孝武帝派大将王玄谟驻扎在梁山，命垣护之驻兵历阳，命柳元景驻军采石共同阻击叛军。臧质建议派一万人马牵制王玄谟，自己带领大军从梁山直取建康。这本来是高人一等的妙招，刘义宣的门客颜乐之却说，这个办法虽然可行，可一旦成功，那么功劳就全都变成他臧质的了，建议他改派自己的部下去。刘义宣的部下没有智勇双全的得力战将，此事居然不了了之。臧质拼力攻下王玄谟占领的梁山，却被赶来增援的薛安都和垣护之等人的数路大军围住，受到了重创。臧质想找到刘义宣商量下一步的作战计划，没想到这个胆小如鼠的家伙却逃之夭夭。臧质万般无奈也只能逃回老家浔阳。不知道那时的长江边上有没有这个浔阳楼，也不知道他在里面喝没喝过酒。我想即使那时浔阳楼已经建起，他也没有时间在里面从容地吃喝。

　　回到家里他一定是一分钟也不敢停留收拾完东西，一把火烧掉房屋带着妻儿老小乘船藏到了南湖之中。追兵闻讯追到湖里一顿狂砍，一代有勇有谋、智勇双全的将才就这样悲惨地殒落了。李延寿在《南史》卷十八末尾论评说："含文（臧质的字）以致诛灭，好乱之所致乎？"我以为李延寿的说法自然有几分道理，可是不能抹杀臧质军事奇才的事实。我还有一点看法，这位战神与战国时期赵国的最后一根顶梁柱李牧的遭遇有几分相似。真是太可惜了！

　　660多年后的宋江自然没有来过九江，更不要说在这座低矮的浔阳楼喝酒消愁了。为了故事情节的需要，《水浒传》的作者施耐庵硬是把宋江放到了这里，还写了一首反诗，真是煞费苦心。历史上宋江领导的起义部队不过百十来人。我去过山东的水泊梁山，此山不高也不陡峭还很狭窄，不要说千军万马，就是几百人也没有地方安营扎寨。宋江带领手下36名好汉自然是杀富济贫式的流窜抢劫，先后在河朔京东一代活动，曾遭数万官兵围剿，连是否被招安也有争论。还有一种说法，宋江被俘投降后，正赶上方腊起义，宋朝让他和手下好汉带领一部分军兵围攻方腊，目的就是让这两股造反势力自相残杀。宋江自然明白朝廷的用意就逃跑了，在鲁西南一代继续战斗，曾一度乘船出海，在由海上登陆时被知州张叔夜伏击。又有说法是，朝廷剿灭方腊后派能征善战的将领围剿宋江，宋江和他率领的几百人在朝廷大军的围追堵截之下寡不敌众纷纷被捕。

浔阳楼不高，站在楼上也不能把天地尽收眼底，可是这里发生的故事或者跟此地相关联的故事却像长江的江水一样源远流长。披着风的硝烟、挂着云的烟雨，唱着"不丈夫"的挽歌，我继续沿江东下，去寻找另外一处能剖开肌肤、能撕开心肺的地方。

偏关逸事

离开吴城遗址，我们的车就像离弦的箭向偏关飞驰。苍凉的商朝遗迹在脑海中淡入淡出，就像河川河、偏关河的水时断时续，如同夏初刮过山野的风带着强悍与冷峻。

大路右侧东山上的文笔塔饱含着朝霞的笑意，迎接着我们远方的客人。建于明朝天启年间的七层塔身几经修建成了现在九层的模样，由于来此地主要不是来文笔凌霄塔一展其娇容便匆匆而过。

城关下的偏关河大桥将近上百米长，由于河里没水当地政府就在河道里修了一条带栏杆的观赏路，它从大桥底下无奈地蜿蜒穿行，希望晶莹的河水早日流淌。明朝修建的城门楼还矗立着，没被整修过的砖墙似乎残留着几百年前的硝烟。城楼下门洞上方的城墙中央从左至右阴刻着"偏头关"三个大字，其落款太小难以辨识。门洞内古城的街道很窄，看不到古朴更谈不上古色古香，临街的店铺多数是几十年前整修的房子，有些破旧。城关内外来往着的小排量的轿车和小型货车，行人和路人多数人穿着深色衣服，他们与昏黄的天地、老旧街容合为一体，给人的感觉就是质朴。

1915年,《偏关志》这样记载:"明洪武二十三年(1390)镇西将军张贤始建(偏关城)。"后宣德、成化、嘉靖、万历诸位皇帝在位期间均有修建。明朝成化二年(1466),总兵王玺对长城又进行了扩建,把北面的老牛湾与外长城相连,南经寺沟渡口又与河曲县石梯口隘相连。由此,偏关境内的长城达到了40千米。万历二十六年(1598)又在西关南关筑女城、水门各一座,同时沿河筑堤,规模逐渐扩大,开始被称为"九塞屏藩"。现在南门至西门一带还残存着一些城墙,足以想见当年宏伟的气势。长城和黄河悬崖天险构成的屏障使北方的鞑靼和瓦剌再也不敢随随便便南下。

关门外的小广场上修建了一个喷泉水池,虽然是五一劳动节的当天却没有喷水。几位老人懒散地坐在花岗岩的池台儿上闲聊着,抑扬的山西本地话与卖菜、卖肉小贩们的叫卖声此起彼伏,给热闹的早市增添了几分喧嚣。趁着小广场人少的时候拍了几张照片,我感觉除了我们夫妇没有其他游人。

在好心人的指点下我们开着车沿着河道向西行去,准备过桥上山。突然剧烈的爆竹声响了起来,迎面又开来了一行结婚的车队。现代派的迎亲仪式已经取消了燃放鞭炮,在敞篷吉普车上架着八门"钢炮",需要时就可以不停地爆炸出惊天地泣鬼神的喧叫,其效果自然是震耳欲聋。短短的一个小时,在这么一个偏远的县城就遇到了五六对披着花朵的迎亲队伍,给我们带来了更多的喜悦。过桥后开上了一段极窄的小路,一阵七拐八绕,才抵达了山顶,顿时天高地远。

我游历的地方一般极少有游人,停车场只停着两辆施工车。虽然护城楼早在2014年7月25日就建好了,也举办了声势浩大的庆典仪式,可是依然还在施工,几位修路工人铺着水泥砖。眺望着远处刚刚冒出绿芽的荒山,看着峡谷中间东西四五里、南北二三里狭小的偏关县城，我暗想，这里就是大宋王朝抵抗辽国的固若金汤的城池。从赵武灵王在此处进行的胡服骑射开始，一直到清朝雍正三年（1725）这里设县，就有了"雄关鼎宁雁，山连紫塞长。地控黄河北，金城巩晋强"的百年绝唱。它地处外三关的最西侧，往往首先遭到敌人的攻击，由此也诞生了许多抗辽名将。护城楼正南的山顶上塑造着一位全身戎装、骑在马上审视远方的将军形象。仔细观看却发现，他右手勒缰绳、左手攥着一卷书。正在琢磨雕塑家为什么不让将军手持刀剑，却以这种姿态展现在游人面前时，一位施工监理走到我身旁主动介绍："这里正在整修之中，这位将军叫万世德，是我们偏关人。"看着监理黑黑的脸上油然升起的自豪，我暗想他们没在这里修建杨六郎的塑像，却竖立了万世德的塑像，自然有他们引以为豪的原因。也许那时杨六郎镇守的主要关口是现在河北省霸县一带的益津关和瓦桥关而不是这里。走到西侧，只见雕塑底座刻的金字是这样介绍明代兵部尚书万世德的："1546—1603年，字伯修，号邱泽，晚年更号震泽，出生于将门之后。自幼聪颖奇慧，熟读兵书，曾有五岁解对句之美传。时人称赞其为'三晋奇才'。万世德入仕一生，赤心许国，倾身下士，守边抗房屡建奇功。戎马倥偬之暇，挥笔成文。文笔宏丽风格别具。隆庆四年（1569）高中进士，历任……"这位偏远山区诞生的名臣，最后逝于任上，被追赠为太子太保、兵部尚书。在偏关城内的十字街上专门为他修建了一座牌楼，上面的对联是这样写的："身显道隆，一代殊勋垂国史；德高望重，千秋洪范仰乡贤。"

在大明王朝，除了开国将领外，名声最为响亮的自然是家喻户晓、天下皆知的抗倭军神戚继光，还有把努尔哈赤炸伤致死的明朝末年的蓟辽督师袁崇焕。在这边远的山区能够横空出世了这么一位很有作为的高级将军的确是乡亲们极大的荣耀。广场的南墙，油工们正在往一组长长的浮雕上涂抹着金粉。这组将近百米长、七八米高的浮雕记述了万世德从小读书到考中进士再到南北驱驰保家卫国一生的英雄传奇。可惜底色是黑色的，逆光之下难以一睹它的风采。

不知什么原因，设计人员在城楼的前面做了一个既不是杨家将中的将领也不是开国元勋的雕像，却是古建筑学家罗哲文。他那双被镜片放大的眼睛就像阳光打在黄土高原上一样，放射着灿烂的光彩，就连高高挽着裤腿也显得神采奕奕。奇怪的是，他脖子上挎着一架相机，手里还拿着一架稍小的相机。看样子相机是他随时随地都要使用的、得心应手的工具。也许他是这座护城楼的设计师，为了纪念这位梁思成的高徒，纪念他为保护古建筑做出的卓越贡献，人们就制作了他的雕像。他走遍了祖国的山山水水，探访了众多古建筑，来到居庸关长城时曾写诗赞叹道："千峰叠翠拥居庸，山北山南处处峰。锁钥北门天设险，壮哉峻岭走长龙。"如今他也守卫在了雄关的前面，谁说他不是外三关的又一道雄关。

走进被匾额"月曦"守护的门洞，扫描了"二维码"才进到城楼，里面正在举办文化遗产展览。整个展厅只有我们夫妇二人！一层是当地出土的文物，有陶器瓷器，还有刀枪等兵器。二层的墙壁上挂满了摄影照片，有城关华构、偏关县衙、关头掠影等名胜古迹，还有凌霄塔影、华光夜色、喷泉吐翠等新建筑。有关人员在玻璃橱窗里精心制作了"一带一路"群雕塑像，有骑马赶路、有驼队运送物资、有宿营做饭，还有骑兵、步兵联合作战的战争场面。

在二层展厅的中间是一幅规模宏大的沙盘。偏关城外的地形地貌、山川河流村村寨寨的位置用蓝牌、红牌清清楚楚地标了出来。蓝牌标志的一般是村镇的名字，红牌标志的大多是关口、重要地点的名称。沙盘后面嘉靖皇帝双手抄在衣袖内端坐在龙椅上，曾铣和王玺二位将军手持刀剑分别站立在两侧。展览的工作人员似乎用沙盘、用塑像暗示人们嘉靖皇帝了不起，在明朝帝王中是出类拔萃的，否则就会把开国皇帝朱元璋或者明成祖朱棣安放在这里了。嘉靖皇帝是以藩王身份继任皇帝位的，从进宫的第一天起，其刚毅、聪慧、倔强的手段使大臣们不得不服。史学家对他褒贬不一，前期他任用张璁大刀阔斧地清理权贵的田园地产、改革科举、抑制宦官的权力、废除外戚世袭等，取得了显著效果。正如《明史》卷二百七说："今明天子综核于上，百执事振刷于下，丛蠹之弊，十去其九，所少者元气耳。"他也曾派遣将军戍守边关。由于晚年信奉道教追求长生不老，很少上朝，后来又任用严嵩，致使南倭北虏一直成为沿海和边境的祸患。所以史学家们说他"忽智忽愚，忽功忽罪"，连大清官海瑞都被下到监狱，千古忠臣杨继盛更是被折磨致死。

  偏关城真是镇河之宝，黄河只能绕着走，它既不敢发狂发怒也不敢肆意妄为。其实偏关一带还有许多名胜古迹，真想成为偏关人，在这天高地远的魅力山水间探寻个天翻地覆，探寻个天长地久。

羑里城的玄妙

"目眺眺太行山兮，苍松断。足踌踌汤水浊兮，鹭飞难。戈烁烁烟尘浓兮，影迷乱。泪荡荡突不尽兮，血潸潸。"哭诉着从心底涌出萦回在胸腔堵塞在喉头的诗句，我驾驶着轿车缓缓驶过汤阴岳飞庙。阴沉的天匍匐在迷茫的地上不停地呜咽，英灵荡气回肠穿越千年至今不散，集聚在山的核心水的穴道。就这样，披着细雨抵达了同样阴郁的羑里城。

牌楼显然是新修的很光鲜也符合规制，用绿色的琉璃瓦加盖的顶子比下面红色的柱子、彩绘的图案、金黄色大字显得沉稳。在雨水的抚摸下整座牌楼少了一份妩媚多了几许庄重。即使是这样，我还是觉得它有些轻浮。厚重的历史告诉我，它不应该带有多种色彩，不应为发生在此处惨痛的历史故事披上这件华丽的外装。它的大铁门上威严地端坐着八卦图，明白无误地昭示，这里不是令人心旷神怡的乐园而是锁住人们心身的玄妙之地。

大门内，周文王肃穆地站立在基座之上。我想他的祖上后稷这个中华大地上首屈一指的农业和医学专家一定非常忙碌，不会这么安详。他不但发现了稷和麦，要忙着率领拥护他的百姓种植各种谷物、要尝百草，还要给人治病。周文王并不是不忙，而是由于他发了同情心被关押到了这个狭小的地方，只能收敛雄心壮志闭门演易。

　　一座花岗岩建成的四柱三门长方形冲天式牌坊立在眼前，它的柱子上、横梁上没有任何雕饰，只在立柱前后放置了抱鼓石。横眉处有三个黑色行书大字"演易坊"。后面就是"周文王演易处"，是一座像寺庙大门一样的建筑。台阶左侧石狮子旁，神龟驮着明朝成化年间竖立的黑色大理石碑，上面字迹斑驳地阴刻着"周文王羑里城"。它的右侧是一块四周被水泥砌成的外框保护起来的、长方形的，原名称作"岣嵝碑"的黑色"禹碑"。其原碑立在曾经叫岣嵝山的南岳衡山主峰的祝融峰上，明朝嘉靖二十三年（1544）汤阴县知县张应吉游览时看到此碑，觉得其篆书的书法结构严谨平和自然，不以重心欹侧取势，不以左紧右松取妍，笔法圆润委婉含蓄；其内容简明扼要，文采洋溢，就拓了下来，刻了一块石碑立在了周文王的庙前。碑的主要内容是歌颂大禹治水的功绩，可以称为一块功德碑。

　　此处不只是曾经囚禁周文王的国家监狱，还是一处商周时期龙山的文化遗址，它的文化层厚达七米。在城墙的东面有一座那个时期的房屋遗址，工作人员特意制作了一座玻璃大房子，精心地把它保护起来。室内还画了一张"龙山文化方形圆形房屋示意图"挂在了墙上，解释了当时房屋的样式和结构，说房屋是多种多样的，以半地下的为主。修建房屋的土大部分是黄色的，中间夹杂着几条橙红色的土壤，看样子这种土壤有一定的黏合作用。在墙壁前还建了一道铁框玻璃护栏，防止人们踩踏。

　　周文王姬昌跟九侯、鄂侯是商纣王的三公。商纣王天资聪慧、口才极佳、勇力过人，能够徒手与猛兽格斗。他没有把聪明才智用在发展国家的繁荣昌盛上，只知道搜集奇珍异宝、吃喝玩乐。他特别宠爱妲己，让乐师涓为她制作了新的乐曲，招来大批男女戏子赤身裸体，在酒池肉林中通宵达旦地寻欢作乐。谁胆敢不满和议论，他就"炮刑"伺候。九侯不但没有从国家利益的大局出发规劝纣王，还把自己美丽的女儿献给了这位无道的昏君。没想到这个天生丽质的女孩不喜淫荡，纣王大怒，杀她之后还把九侯剁成肉酱；鄂侯看到纣王荒淫到了极致就劝谏了几句，仅仅因为他做了一位臣子该做的事儿，被杀掉后又大卸八块制成肉干。周文王看到此事没敢说话，只是暗暗叹息了几声。佞臣崇侯虎得知后，向纣王添油加醋地进行了告发，纣王本来就对这位励精图治、深得人心的周部落领袖有所猜忌，听到谗言就立即传令把姬昌囚禁起来。

进到仪门，西墙上粘的雕刻画就映入眼帘。一个龙头马身的神马脚踩波涛回头审视着天上的云朵，画的右上角刻着一枚"河图"的印章。马的身上扎了一圈方形的黑色针眼儿，还扎了几行金白色的针眼儿，代表阴阳、五行、四象；东墙上也有一幅画，一只龙头乌龟踩在海水与祥云之间，图案的右上角，刻着"洛书"两个字。它的身上鼓凸出来"八堆儿"没封闭的圆圈和弧线，这些图案围成了一圈儿，中间画着梅花形的几条弧线。有道是河图四象，二十八宿俱全。其布置形意上合天星，下合地理。还有这种传说，伏羲时期，洛阳孟津境内的黄河中突然浮出一条龙马，它背负着"河图"献给了伏羲。伏羲根据此图潜心研究，演成八卦，并叠为六十四卦；大禹时，洛阳境内的洛河中浮出一头神龟，它背负着"洛书"献给了大禹。大禹按照书中的启示治水成功。而后，把天下划成了九州，还制定了九章大法，管理社会。《尚书》中收录了部分内容，名曰《洪范》。《易经·系辞》上说："河出图，洛出书，圣人则之"，指的就是这两件事。不过墙上这两幅雕刻画，有些笨拙，缺少了灵性，自然不是高手所为。

过了仪门、山门，左侧是周文王的"易碑亭"，继续向前西侧就是文王"演易台"了。他身穿布衣，双手扶膝，精神矍铄地坐在石凳上，侧目眺望着南方。台子的背景墙和屋顶中间描画着黑白相间的八卦图。当年的这里可不是花团锦簇、雅曲轻抚的乐园，是把文王囚禁了七年的人间地狱。我的好友福田先生在他的大作《周易原义》中呕心沥血地对《周易》做了全新的解读，纠正了孔子和先贤们论述、注解《周易》的一些错误、补充了他们不严谨和没有讲明白的地方，使人耳目一新、拍案叫绝。他描述的情况大致是这样的，周文王把伏羲八卦演成六十四卦，重新进行了排序，并谓之系卦辞，他的儿子周公姬旦继以爻辞，这就是今天我们看到的《周易》。福田着重道："中国古代流传至今的最早文献就是《周易》，它被儒家奉为六经之首，亦被道家与老庄尊为'三玄'之冠。于古籍中同为儒道两家经典者，唯有《周易》，誉之中国传统文化肇源毫不夸张……用意象说事物表达思想，既称《易》，传说《周易》之前已有两《易》，《周礼·太卜》记载：'掌三易之法，一曰连山，二曰归藏，三曰周易。'"

通俗地讲，《易经》由卦、爻两种符号构成了八卦，分别象征天、地、雷、风、水、火、山、泽八种自然现象，由此占卜吉凶，推测自然和社会的变化。

文王在这里潜心研究，对于其他的事情一概装聋作哑。他的臣子闳夭等人，找来了许多美女、大量的奇珍异宝和好马献给纣王，看到文王和他的部下如此忠诚，纣王就释放了他。出狱之后文王向昏君献出洛水以西的一片土地，请求废除炮烙的酷刑。纣王答应了，还赐给文王弓箭大斧封为西伯，使他能够征伐其他诸侯。就这样文王姬昌成了西部地区的诸侯之长。司马迁在《史记·殷本纪》中是这样记述的："西伯出而献洛西之地，以请除炮烙之刑。纣乃许之，赐弓矢斧钺，使得征伐，为西伯……"

这座庙经历了多少年的风雨沧桑已经很难详细道来，据《汤阴县志》记载：元大德年间（1297—1307）邑人许仪重修，明成化四年（1468）知县尚玘、嘉靖二十四年（1545）巡抚魏有本、天启三年（1623）知县杨朴、清顺治八年（1651）知县杨藻凤、雍正九年（1731）知县杨世达均筹款修缮过这座文王庙。如今大殿及塑像、观景台、玩占亭、洗心亭和刻有"文王之声"的大钟早已没有了踪迹。有的一些"新古迹"则是现代人的手笔。一直到了1996年，羑里城才被国务院公布为国家级重点文物保护单位。清康熙七年（1668）河南巡抚、工部尚书兼都察院右副都御史正二品的官员张自德在重修此庙后写了一篇《重修文王庙演易台碑记》："尝读大易而知文王之所以为文也。周公之法曰'经天纬地曰文'，以圣人而经天纬地。其文王之谓乎圣人，亦人耳，何以经天纬地也？曰：人知有天地然后有圣人，不知有圣人然后有天地。今夫天地之名何始乎？曰，自大易乾坤之始也。万物之名何终乎？曰，六十四卦。以言乎天地之间则备矣，故序六经者以大易为首……后之君子闻王文之风者，其亦可以自悟矣，其亦可以自奋矣。爰志数言，谨再拜具勒于石。"一篇洋洋洒洒的碑文，不但注明了重修此庙的时间、情形，还如碑下的"说明"所说，赞颂了《周易》的经天纬地，"言天地之所未言，言天地之所欲言"。

  走过二殿，西侧的红墙下花岗岩砌成了一座高两米、直径三米的圆形坟冢，上面长满了田间地头常见的狗尾草、紫花地丁、喇叭花等。南面侧立了一块黑石碑，上面伤痕累累地趴着五个寸断肝肠的白色大字"伯邑考之墓"。文王被抓之后受尽了侮辱和折磨，为了彻底打垮他的意志，纣王残忍地杀死了他的儿子伯邑考，并煮成了肉汤送到了他的面前。文王猜测出来这一定是用亲人的肉烹制而成，是纣王为了试探自己使用的诡计。为了部族的生存和平安，文王强忍悲痛喝下了肉汤。之后，他把喝进的肉汤吐到了这里，时间一长就形成了土冢，后人称之为"吐儿冢"。人们为了纪念这骨肉情深的父子二人传颂成一个神话，文王吐出的肉变成了兔子，于是"羑里城的兔子不能打"，也成了不成文的规矩。有了文王在这里演《周易》，人们把羑里城称为中华文化之源发祥地。有道是"西伯囚拘羑里城，韬光养晦留残生。食儿吐儿成孤冢，至今兔味犹带腥"。

不忍看着继续墙塌城毁，当地政府在1993年重新建造了重檐歇山顶的大殿。其正脊上刻着飞龙。虽然明清时代皇帝的宫殿才允许使用这种样式，可是给周文王大庙的正殿也雕刻龙的图案却不为过。因为，他不但是周王朝的奠基者，也是中华易文化的开创者之一。大殿的对联笔力刚劲"七年臣节敬能止，万古天心文在兹"，横批"万古臣纲"。其上联也许可以商榷，下联则掷地有声。至于是不是"臣纲"历史已经证明。全身塑像是铜的他头戴冕旒，从演易台无助的样子，成长为了厚重仁慈的形象。墙上左侧的壁画分别是情深意长的伏羲、深谋远虑的周文王与仁义厚重的孔子，右侧则是众神手舞足蹈千姿百态的形象。文王的两侧是凶神恶煞的哼哈二将、黄袍红棍的土行孙、手持笏板极力强谏的比干、蓝脸尖鼻背长四翼的雷震子、三头六臂的哪吒、手托宝塔的李靖天王等人物塑像。大殿的后面建造的是那位"直钩钓鱼愿者上钩"的姜太公的殿。姜子牙居然身披黄袍坐在中间，左侧壁画是姜公封神，右侧是武王伐纣的牧野之战。

过了伏羲庙一座"八卦城"挡住了人们的去路，只有通过复杂的八卦城才能继续前往《周易》儒学馆和《周易》道学馆。几乎所有的人都会进城，看看能不能顺利走出。当然没有谁走不过的，因为它的城墙很矮只有半人高。如果修建得高大一些遮住了大家的视线，想顺利走出一定困难得多。这座曲折玄妙的城池为游人增添了不少的乐趣。嬉笑的群众中又有多少人能够感知到周文王经受的无边苦难和痛彻心扉的摧残呢!

  历史是撕裂人心的,文化是璀璨夺目的,风雨不但是无情的有时也许是多愁善感的。这座与历史与文化与人们血肉相连的城池在我的心头渐行渐远渐无书,渐行渐近渐无语。

龙泉寺诗话

"步步生野趣,指指月无痕。远山接近水,秋雨连冬春。"我一边低吟着自己顺口占来的五言绝句,一边跋涉在山水之间。虽然久居北京,虽然多次路过,还从没有"到此一游"。右面陡峭的长城雄居在绝壁之上,左侧湛蓝的湖水清澈在山峦之间。就是在这样深邃幽静的路上,我听到了暗含着激烈的蝉鸣,看到了已是明朗着丰茂的浓夏。

有人总爱这么说,白龙潭山灵水秀、峰多石怪、松柏苍翠、秋叶如火、瑞雪暖冬。其实,无论古松盘踞古刹横生、古潭奔涌古像天成,人们所要赞誉的是自己的感受,发出的是自己的感慨,到了极致就喜欢赋诗一首。乾隆皇帝来到这里之后,就留下了下面的诗句:"一川冰雪飞,五月衣裳冷。所见奇迹多,似此颇鲜并。"乾隆一辈子写了四万多首诗,可是没有几首诗给人留下深刻的印象。这几句虽说写得并不高雅,可毕竟是他见景生情之作,也算是有感而发。

去围场打猎,路过此地的乾隆心情一定不错,所以才有闲情雅致诌上几句。

名字叫作龙泉寺的寺庙不算少,可是我为什么对这个龙泉寺情有独钟，这里为什么又成了我心中的一处"胜地"了呢？我是追寻着戚继光的足迹而来的！如果当初没有戚继光刻意留下的石碑，乾隆和留下碑文的嘉庆也好，清末重臣李鸿章和袁世凯也罢，也许他们谁也不会注意到这座隐藏在山深林密中的寺院，更何况我呢？

进了新修的山门"圣镜门"，顺坡而上没几步就朦朦胧胧地看到在一座黑色大理石底座上置放着一尊白色莲花，在莲花之上站立着高大的菩萨像。她左手端着宝瓶放在胸前，右手上扬食指和中指挑着纱衣。慈眉善目的她注视着眼前的山山水水，一心一意地把守在佛祖歇息的庙门之外。我不知道这个菩萨叫什么名字，就向一位正在修剪花木的园林工人请教，他告诉我这个眯着眼睛的汉白玉像叫作露天菩萨。我只知道有观世音、普贤、文殊、地藏等菩萨，从来没听说什么露天菩萨。园林工人看到我怀疑的神色说道："她不是在露天站着吗，所以就叫露天菩萨。"人人心中都有自己的偶像，看样子此话不假。在菩萨像的后面，青槐绿柳遮掩的绿琉璃瓦下，露出了一个门洞。砖墙上悬挂着一块牌匾，"龙泉寺"三个中规中矩的金色大字将牌匾撑得满满的。李鸿章不知被什么感动，居然为龙泉寺题写了寺名，牌匾落款的时间是"光绪二年闰五月"。在一竖条细密的无法辨认的金字下还加盖着他的两枚深红色的印章，在湛蓝色匾额衬托下印章格外显眼。只是它的字太细小了，以致无法辨识。

这座建于元世祖至元二十四年（1287）的龙泉寺，能保留到现在，没有完全毁于战火也算是幸运。与其他寺庙相同，大门过道内竖立着色泽艳丽的四大天王的神像。进到院内首先看到的是两个石兽。这一对模样怪怪的小家伙蹲在四层台阶的两侧，说不清它们是什么动物。说不是狮子，它们踩着绣球；说不是猴子，它们猴头日脑。

在金刚殿与大佛殿之间排列齐整地生长着六棵细高的柏树。有人说这些柏树已经存活了700多年，而寺前竖立的简介牌上说，这些古树的树龄在500年以上。对于树木没有研究的我总有些怀疑，这些直径不超过一尺的柏树，会生长了这么长久？在离地一米多高的树干上，每棵树都钉着一个红色小铁牌儿，上面只有"古树"两个字，并没有说明树木生长了多长时间。也许这座寺庙建成不久就有人将它们种下了。

暖风中，古柏牵拉着枝条依然温馨地相互慰藉着，是在追忆过去还是在渴望未来？我想这些饱经沧桑的枝叶既不愿意回忆也不愿意渴望，而是在向我宣示着一些存在，一些值得思索的存在。

龙泉寺的院子很狭小，长和宽都不超过10米。有一点和其他寺庙不同，正殿的左侧架着一只大鼓，可是浇铸着"龙泉寺"三个大字的铜钟却没有放在与大鼓相对应的正殿右侧，而是放在了院门的右侧。铜钟上还浇铸着"风调雨顺、国泰民安"和"佛"的字样。挂钟的亭子是六角形的，亭子的檐脊不是传统的青砖青瓦，而是已经变形的铁皮。可以看出，亭子建造的时间一定不长，或者说重修这座亭子的时间不长，别的地方不说，哪有用铁皮修建亭子檐脊的？

不知是什么人，把寺院中最珍贵、最值得珍藏的戚继光亲笔题写碑文的石碑放在了大殿左侧的墙根下，而且还是背靠着北墙。让我感到一丝欣慰的是，为了保护石碑有人专门做了一个玻璃罩。可不幸的是，玻璃罩前面那块玻璃没有了。玻璃罩的损坏为我提供了便利，我还用手摸了摸那个不易辨识的字。

戚继光是明朝著名的战将，也可以称为中国历史上值得人们研究的军事理论家。我认为他应该与岳飞一样算作一位书法大家。在密云石匣镇练兵的闲暇之余他来到龙泉寺，看到壮美的山色、精巧的寺庙，感慨万分，挥毫泼墨书写了一首七律，并把它刻在了石碑之上。这首诗不但字句精美意气豪迈，而且笔力遒劲、风骨纵逸，丝毫不逊于唐宋时期的书法大家。我把这首诗从石碑上抄录下之后，又定睛凝神地拜诵起来："紫极龙飞冀北春，石潭犹自守鲛人。风云气薄河山迥，闾阖晴开日月新。三辅看天常五色，万年卜世属中宸。同游不少攀鳞志，独有波臣愧此身。"其落款日期为"万历乙亥冬十月"。这首诗称得上是气薄云天的杰作，其功力远远超出了前面提到的乾隆那首绵软无力的小诗。可以说这是一首前无来者的诗，这位大军事家一生也没写几首诗，可是每首都立意高远气势恢宏，使人心潮澎湃。此诗的最后一句，他说自己"愧此身"实在令我感叹不已。他在江浙和福建打得倭寇魂飞魄散，望风而逃；在塞北震得鞑靼心惊胆战，畏手畏脚，不敢越雷池一步。已经取得了其他将领远远没有取得辉煌战果的他，写出了与《孙子兵法》齐名的十八卷本军事著作《纪效新书》、十四卷本《练兵实纪》以及《止止堂集》，仍然觉得"愧此身"，这是多么高尚的情操啊！

寺内还有一块石碑，是光绪二年（1876）重修龙泉寺李鸿章手书的记事碑，这座碑的全名是《敕修密云县石匣龙神庙碑记》，落款也是用漂亮的行书撰写的"太子太保文华殿大学士直隶总督一等肃毅侯合肥李鸿章记"。寺内还有一块光绪三十三年（1907）袁世凯修葺龙泉寺的记事碑。可惜的是，这块石碑被玻璃罩严密而有效地"封存"在南墙墙犄角的房檐下，使人无法细致辨认上面本来已经模糊不清的字迹。

令人拍案叫绝的是，袁世凯不但书写了碑文还把痛骂自己的大学者章太炎软禁在这座寺院内。

拍了几张照片之后我进了正殿。如同所有寺庙一样释迦牟尼坐在中间的莲花宝座上，过去佛和未来佛分列在两侧。大殿南北两侧各有九个姿态各异的罗汉，他们的身上都刷着浓浓的金粉。

由于颜色过重使他们并不中看，更失去了张扬的本性。正想按动快门拍几张照片，可是不知从哪走出一个僧人。他向我施了一礼，恭敬地说道："这里不能拍照！"

失望的我走出了空无一人的正殿。出门才发现小院儿的门房儿有人正在摘菜，僧人一定是从那里走出来的。我无奈地扫了他一眼，然后将视线投向山尖上那座翘首矗立孤苦伶仃的石塔。

小小的龙泉寺究竟有什么大的奥妙，使得明朝的军事天才、清朝的皇帝、清朝的政治重臣和袁世凯都纷纷前来游览、修缮，以至留下墨迹、碑文。也许是因为它的南面有宋代修建的五龙祠？那里"人杰地灵"吗？我悠然地向小白龙喷云吐雾的地方走去，披着暖暖的潮气，不慌不忙地、轻盈地走去。

白龙潭逸事

绕过一路的弯道，闻过一路的清新，甩下一路的想象，看过了潭内龙泉寺中戚继光手书的石碑、李鸿章撰文的石碑、袁世凯修葺龙泉寺的记事碑之后，我终于来到了白龙潭的山门前。在雕刻着两条面面相对的石龙站岗的水坝侧后，安静地坐落着一座道观。它的前面有一座牌楼和两个亭子。牌楼正中的匾额题写的是"石林水府"，两侧分别题写着"天光""云影"四个气派很大的字。

据说，这座五龙祠就是白龙潭的龙王庙。清朝的一位皇帝闲着没事来过此地后，就把无中生有的小白龙封为"昭灵广济普泽龙王之神"。乾隆四十三年（1778），皇帝去围场狩猎路过这里时，亲笔题了"石林水府"这四个大字。而五龙祠的匾额上端端正正地悬挂着他词句中的"普泽昭霖"四个字则是由书法家刘炳森先生书写的。大门立柱上则题写着这样一副充满了美好愿望的对联："宅胜境而灵川淳岳峙，润群生者广云行雨施"。迈进寺内，杂乱的殿中拥挤着五尊泥塑像。由东向西分别坐着灰脸的东海龙王、金色面颊的西海龙王、黄脸白袍的小白龙、红脸的南海龙王和蓝脸的北海龙王。我觉得奇怪，扫了一眼半卧在四手夜叉脚下、折叠床上的，留着八撇胡子的道士。为了表示尊重，我明知故问地问道："大师，请问，东南西北四个龙王是什么关系？"

道士长长的头发散落在左肩上，正无所事事地呆看着我。听到问话他眨眨眼，并不去扶耷拉在鼻梁上的白边儿眼镜，思索了好一会儿才迟疑地回答："可能是兄弟关系。"

"既然是兄弟关系，为什么把传说中东海龙王的儿子小白龙放在了中间，却让四位长辈分列两边？"

"这个嘛，这个嘛"，他思索了一阵才回答道，"这座庙修的就是白龙庙，所以就把小白龙放在了中间。"他对自己的回答很满意，说完话之后，还冲我得意地一歪头。他答的与我想象的一致。我就赞美了他一句："不愧为大师，说得有道理。"

"你是干什么的？怎么会问这样的问题？我到这里许多年了，见过许多人，没有任何人问过我这个问题。"他问道。

"我只是感兴趣，所以随便问问。"

说完话，刚才进门时那位跪在垫子上的中年妇女已经站起了身。她冲着我笑了一下，却把头转向了道士，然后从提兜里拿出一塑料袋桃酥说道："这些点心是送给您的，这瓶'小二'敬给小白龙。"

"放着吧，放着吧！"道士见有了供品，弯弯的眉毛向上挑了挑。

妇女看到我注视着她，就说："我是来求雨的！"

"求什么雨？"我不解地问。

"我们那里自从入夏一直就没下雨，地上已经裂开了口子。"

"您是哪的？"我好奇地问。

"石匣的。"

她说的这个地方我知道，在密云水库的东北方向，距离这里不到二十公里，是戚继光担任蓟州总兵时驻扎的地方。他游览旁边的龙泉寺时还留下了一座诗碑。"那不是离这里很近吗，怎么会一直没有下雨呢？七月中上旬北京几乎天天在下雨。"我奇怪地说道。

"北京城里是下了雨，可是这里没有下呀！"

"你向小白龙求雨有用吗？"

她偷偷看了道士一眼随后说道："有用有用！"

我从来不信这些东西，碍着道士的面不好说什么，于是走出了道观。她也跟我走了出来。我看了一眼天空中散乱的白云，知道两天之内这里应该下一场小雨，于是说道："不用求什么小白龙，该下雨时老天自然会下，我觉得两天之内会下一场小雨。"

"是吗？"她又问。

"你想想，如果这个泥像管用，这三潭会没水吗？"

我刚才走了一圈，看了看所谓的龙潭，除了头潭和二潭有一些水之外，三潭已经彻底干涸，丝毫看不到水的踪迹。使当地人引以为豪的"白龙潭水瀑连天"的景象早已名存实亡，所以我才开导着说了那么一句有底气的话。

她黑黑的脸上露出了不易察觉的苦笑，自嘲地说："求雨也是没有办法的事儿，没准灵呢！"说完，留下一个背影。

走回弯道处我坐了下来。卖沙果的老人就跟我拉开了话匣子。他说，每年夏天他都把自己承包的土地上种植的沙果摘下来卖一些，卖完之后再回密云女儿家。

"您的家离这儿远吗？"

"不远，就在下面。以前是在山上的，后来新中国成立了才搬到山下的。"

老人的话让我很惊奇："山上怎么能生活呀？"我问道。

"山上也有地呀！自打我懂事就是住在山上的。那时主要是为了躲避日本鬼子的。"

"您多大？"

"七十六了！六七岁时候，日本鬼子闯到这里来了。他们别提有多可恶了，杀人放火呀！你看那座戏台就是被他们烧毁的。"老人指了一下旁边那座在露天菩萨俯视下的、新建的戏台台基继续说道，"他们把笤帚泼上汽油，举着它就点着了戏楼。他们还烧民房，那些房子都是草顶子，一把火就点燃了。烧完房屋还抢东西呢！"

我看着老人那只长着白内障的三角眼，不好意思问他的眼睛是不是被日本鬼子打残的。

"日本鬼子投降之后来了国民党军，他们一样可恨，除了抓人就是抢东西。"老人说话的时候，三角眼发出了熠熠的寒光。

"后来，共产党来了！"老人的话里充满喜悦，"我们农民没有不说共产党好的。"

老人又说道："我们白龙潭的水可深了，别看直径只有一丈多一点，可从来就没干涸过，上面还有瀑布，那才叫大呢！"我对什么潭不潭的不感兴趣，初衷不在此，不知也罢。

走的时候，老人向我挥着手说道："以后再来的时候到家里去，沙果一块钱一斤。"说话时，他那只没残疾的眼睛闪烁着与盛夏相匹配的热情。

我走了，听着蝉鸣披着飞扬的云雾走了，依然像来的时候，低吟着自己的诗走的："轻歌独步去，往事梦心怀。山青水不再，雾飞鸟语来。"

重阳的荒芜

重阳节的黎明,"虎踞龙盘"的北京在晨雾里若隐若现,玉泉山的双塔和金山口的山顶也"首尾不能相连"。那条名扬千里的香山路游蛇似的匍匐在花香的"余温"中。顺着"游蛇的脊梁",我们踩着石板路,披着人工制造的与天公赐予的袅袅雾气,穿行在西山的惬意中。

在众人的闲情逸致里,我一直没有忘记的是已经被重阳节"重现天日的阳光"眷恋的金山口。于是在娘娘府(地名),我迈进了总参第一干休所的大门,拐过一个小漫湾穿过高大的银杏树,我的目光就落在了双层牌楼明黄色檐脊下面的门洞里,落在了与神道碑共同组成的画面上。一条现代人修建的青砖路劈开绿地,穿过两棵守卫的龙柏,直抵碑楼的台阶。褪色的红围墙镶上了一块汉白玉牌匾,北京市文物局于2001年10月颁发的这个"全国文物保护单位"的"证书"和青灰色的石碑一样,静静地矗立着。它面向南方,面向玉泉山,向着它的主人——曾经君临天下的北京城。仔细一看却发现,这块石碑并不是墓主人下葬时立在这里的,而是312年之后,清朝的乾隆皇帝为这位"善良"的年轻皇帝竖立的。石碑顶部扣着一块土黄色的、并不般配的"碑头",沉重的碑头中两条瘦弱的游龙互拥着一块微微发黑的长方形。裂纹纵横的石碑上是乾隆大帝的御笔"题明景泰陵"。题字没有了往日的飘逸和洒脱，流露出的却是迟缓和沉重。落款的时间是"乾隆己丑季夏月"。由于石碑损毁，下面被水泥打了补丁，无法探求全部内容。但是，乾隆御用的印章却清晰地留存在石碑上。不知乾隆在题写时，是怎样的心情，是同情是叹息是压抑是恼怒还是愤恨？

石碑背面的碑头两条游龙簇拥着的是，隶书镌刻的两个有气无力的大字——大明。下面的碑文是行书字体，"恭仁康定景皇帝"。不完整的二龙戏珠的须弥座比石碑的命运好一些，少了几分苍凉，多了几分残旧。

在我心中挥之不去的历史定位是，明代宗景泰帝是一位善良的、有作为的，甚至可以说是一位励精图治的好皇帝。他的哥哥明英宗在土木堡被瓦剌俘获后，他临危受命挺身而出。而后就是力排众议、指挥若定。他没有采纳徐有贞南迁首都的馊招，而是任用了千古名臣于谦，以非凡的勇气和智慧挽大明的江山于即倒，不但打退了凶悍的瓦剌骑兵，还迫使他们无功而返。英宗被瓦剌释放回京，他虽然没有匍匐在地隆重地迎接，可还是安置好了这位刚愎自用、不知天高地厚、好大喜功的兄长。

被阴谋家们拥戴后复辟的明英宗又是怎么对待为国为民立了大功的于谦和景泰帝的呢？

为了"名正言顺"，他残忍地杀害了胸怀坦荡的于谦，然后驱除功臣，为拥戴他的阴谋家们升官封爵。在对待景泰帝的问题上他煞费苦心，制造了令后人难以琢磨的历史谜团。为了自己来之不易失而复得的皇权，他把景泰帝降回郕王。在郕王"薨"后，按照亲王的规制把他埋在了金山口。享殿用的不是皇帝才能使用的黄色琉璃瓦，而是绿色的琉璃瓦。他还下诏斥责说朱祁钰"不孝、不悌、不仁、不义，秽德彰闻、神人共愤"。还废弟弟的帝号，赐谥号为戾，称为郕戾王。他用这种方法以表示自己的名正言顺。

秋天的蚊子蜂拥着向我扑来，它们的喧嚣为这里平添了几分寂静。沿着新修的月台走过了民工们换成的青瓦顶子的享殿，我本想瞻仰宝顶和地宫，可映入眼帘的却是，两个绿草茵茵的门球场；再上一级月台又是两个门球场，七八位老年人正逍遥自在无所事事地打门球。地宫早就被盗挖填平了，宝顶的前半部分成了门球场，后半部分成了荒草的乐园。走到场地边，我想沿着围墙走一圈，可是半人深的荒草夹杂在树丛之中，使人根本无法迈步，我只能望着围墙望着两只跳跃的花喜鹊发呆。荒草淹没了小路，也妄图掩盖历史吗？

景泰帝到底得的是什么病，又是怎么死的？为什么第二天就要和大臣们商量立太子的事情，而前一天晚上就发生了震惊朝野的夺门复辟事件呢？谜一样的事件像灰黑色的乱云飘忽不定，穿插着电闪雷鸣在我心头劈来闪去，还不断地变换着忽明忽暗的色调。事件前三天，景泰帝针对御史萧维桢、学士萧镃他们的请立太子的奏章传旨说，"朕偶感风寒，十七日再议"。他纯正善良的胸怀中怎么可能揣测到徐有贞、石亨、张轨、曹吉祥等人的阴险和狡诈的诡计呢？十六日晚上政变发生，而后，就莫明其妙地死去。从他的"偶感风寒"可以分析出，他得的应该是上呼吸道感染，就是普通的感冒。他认为自己三天就能痊愈，就能上朝和大臣们商量国家的大政方针，商量把谁立为太子的国之根本的大事。这说明，他的感冒并不太重。一般说来，只要不发烧，上呼吸道感染七天左右就会痊愈。景泰帝当时只有30岁，普通感冒不至于要了他的性命。

作家当年明月在《明朝那些事儿》中对这一事件是这么叙述

的:"朱祁镇犯了一个天大的错误……什么都考虑到了,却忘记了那个被他赶下皇位的人——朱祁钰!……弟弟生命力很顽强,过了一个月才死……"怎么可能,天底下哪有这么愚蠢的搞政变的阴谋家?夺权后,首先要处理的就是政变的对象,怎么可能高兴得把第一要务忘了,还一个月?哪有这么得意忘形的复辟者!这种说法,多少有"小儿科"之嫌。

虽然《明史》的《于谦传》《徐有贞传》《石亨传》都没有关于景泰帝病死的记录,虽然李贤的《天顺日录》、尹守衡的《明史窃》、杨暄的《复辟录》中把景泰帝的死记成了"薨",可是并没说清楚他是如何"薨"的。《明史纪事本末》记载得简单而明:"郕王薨,祭葬礼悉如亲王,谥曰戾。妃嫔唐氏等赐帛自尽,以殉葬。"《明英宗实录》中也只能得出景泰帝是因病而死的结论。历史的真相果真如此吗?景泰帝的侄子宪宗在登上皇位后,不计前嫌地为这个曾经取消了自己太子地位的叔叔恢复了帝号,部分地进行了平反。给他的谥号虽然没有像其他皇帝有17个字,只有短短5个字"恭仁康定景"皇帝,却也说明了朱祁钰的历史功绩不容抹杀。

宪宗为什么能够毅然地改变了父亲英宗的做法呢?南明弘光皇帝为什么给景帝又加上了代宗的庙号呢?这里面一定有着深刻的历史渊源。正如宪宗在恢复叔叔帝号的诏书中所说:"朕叔郕王践阼,戡难保邦,奠安宗社,殆将八载。弥留之际,奸臣贪功,妄兴谗构,请削帝号。先帝旋知其枉,每用悔恨,以次抵诸奸于法,不幸上宾,未及举正。朕敦念亲亲,用成先志,可仍皇帝之号,其议谥以闻。"由这段话可以看出,宪宗认为景帝在国家危难之际有安邦之大功。

翻开明孝宗太常少卿兼侍读陆钎的《病逸漫记》,当我看到白纸黑字明白无误地记载着"景泰帝之崩,为宦者蒋安以帛勒死"

时，说明景泰帝是被杀的。

我站在坟圈前任凭日光的灰暗、杂草的冷漠。景泰帝真是可惜可叹，他完全可以在皇帝位上找一个借口杀掉英宗。他没这么做，只能说明他天性善良。

乾隆皇帝提着沉重的狼毫、蘸着浓重的墨汁，亲手为大明王朝的这位皇帝恭恭敬敬地题写了碑文。

晚霞忽然变得有了一些色彩，太阳也生出了暗红色，它们开始生动起来，与玉泉山红色的大门、红色的院墙、红色的塔身相映成趣；清晨时的雾气化成了一首歌散作成了龙的长吟虎的呼啸，在这藏龙卧虎的山口不停地徘徊缭绕。

金陵的清雾

一片云霭驾驭着一股清风越过瘦弱的永定河，带着卢沟晓月的残景飘向了西南，飘向了山峦逶迤远去的地方。在云霭和清风的护佑下，我揣着若即若离的思索、带着"半信半疑"的想念，悠然而去。穿过残存的小路，跳过干涸的小河，我抵达了清风雾雨俯视下的一小片开阔地。荒野无声无息地矗立起一座"双龙虎视"的"金祖山"。迈进冷清的大门我似乎就与气象万千的九龙山融为了一体。令我大为惊奇的是，这里没有明十三陵摩肩接踵的游人，没有清东陵怀揣敬畏的看客，有的只是与清雾与愁云相依相伴隐隐轻吟的鸟语。

扶着涂着紫色油漆的木栏，沿着悬崖峭壁边上的小路我们辗转而上。挂在龙门绝壁上的红枫带着惨红的笑脸，飘在九龙山腰间的雾雨含着"醉人"的愁容。到了新修建的木亭前山势豁然开朗。原来帝王陵必须具备的大青石神道杳无踪迹了，取而代之的则是一条宽宽的排水沟。它们被石块砌成的堤坝隔成了几段，有一两段残存着雨水，还出现了一位钓鱼人。一座完整的皇帝陵园为什么会落到如此破败不堪的境地，说起来匪夷所思。明朝末年，后金政权崛起，对大明王朝发起了空前严重的挑衅和侵略。明朝的"有识之士"认为，其重要原因是北京金陵龙脉的王气太重。于是，万历和天启皇帝先后下令摧毁金陵。所以，从陵园的石桥、神道、石踏道、鹊台、乳台、东西大殿、寝室等主要建筑到陵园围墙及各个皇帝、皇妃、王爷、王妃陵墓的配殿、享殿，凡是能够显示帝王霸气的建筑无一幸免地统统被摧毁了。可惜一座完整的帝王陵园就空前绝后的"灰飞烟灭"了。让他们意想不到的是，尽管把金陵彻底铲平，可依然没阻挡住活力十足的后金的杀掠步伐。

在可惜可叹之中，忽然看到右侧出现了一条土路，沿路而上没多远有一处地上铺着青石的大坑。由于没有路标没有指示牌，说不清这直径大约20米的石坑是哪一位皇帝的陵墓。拍了几张照片我们只能快快回到了青石块铺成的小路。

远远地就看到了高大的石牌楼，我们以为那里就是通往金陵的通道。走过用红色油漆醒目地写着"九龙山"的青石，看着杵在地上"山上有猴，小心抓伤"的白字红底的旧木牌儿，我们来到了牌楼下。六根圆形的石柱都盘旋着精雕细琢的石龙，石柱的顶部面向东方坐着带着王气的石望犼。圆柱之间的五座横栏则雕满了龙飞凤舞的图案。顾不上仔细瞻仰就向今天遇到的第七位游人询问。问完才知道，挖开的陵墓在九龙山的正下方，这条路是通往山顶的。我们转身穿过山间的停车场，来到了"正路"。一个玻璃罩子挡在了路中央，到了近前才看到，它罩住了一块大型石雕。残旧的石雕依然充满了"龙腾虎跃"的生机，在石缝间野草的点缀下显现着质朴的本色。绕过玻璃罩没多远一条石墙横在面前，这一定是为了保护"睿陵"而修建的石坝。

由于正面没有台阶，我从侧面爬上石墙。看着一排彩钢瓦搭建的像工棚一样简陋的活动房子，我有些不知所措。一个好心的农民告诉我，这排长长的棚子里就是地宫了。此时，一个身材矮小、弯腰驼背的中年人正在往扣垫上挂锁，我几步跑到跟前，向他作了个揖，表示想进去观看。他瞥了我一眼，摘下挂锁声音嘶哑地问道："你是哪的？想看什么？"

"我是北京的，想看看睿陵的情况。"他看我没说外行话就摘下锁。拉开门，一股潮湿的臭气扑面冲来，熏得我在皱起眉头的同时向后仰了一下身体。考古工作者不就是经常在这种环境，甚至更恶劣的条件下工作吗？想到此，我毅然迈进门槛。

屋内阴森森的，中央是一个长方形的大土坑。它的四周围了一圈钢架护栏。走上坑边的"跳板"，瞪大了眼睛看了好一会儿才适应了幽暗的光线。大约150米长、50米宽、20米深的坑内摆放着一大三小四个石棺。其中两个小石棺没有盖子。土坑外是高低不平的土地，残留着一层破损的塑料薄膜，上面稀稀拉拉还有一些没有清扫的稻草，横七竖八地躺着一些"跳板"和锹镐。看着毫无生机的棺椁，闻着潮湿发臭的气息，之前的兴致勃勃像胃中没有消化殆尽的食物在"胸口"开始翻腾。总想发现点什么"新大陆"，可是搜寻了好一会儿，除了烂糟糟就是臭烘烘。没有留恋、失去了激情，拍了几张照片就一步跳到屋外，开始贪婪地"倒气"。

走在守墓人踏出的小路上，"追寻的心"又止不住地思索起来，我不是考古工作者，没有他们那种极端渴望从陵墓中出土大量的奇珍异宝的心情，所以看到什么都不大入心，可是历史烟云却情不自禁在脑海中飘浮着。金国消灭了辽国又迫使宋朝偏居一隅，并且把两个国家无数的珍宝和文物都掠夺一空。金太祖的陵墓中会埋葬着数不清的奇珍异宝自然是那些专家们藏在心底的一贯想法。让所有人都透心凉的是，在整个金陵中位置最显赫的"神道"尽头，金太祖完颜阿骨打的神秘睿陵居然这么简陋，这么平淡无奇。那么，他和皇后的棺椁中只出土了两个"海东青"的梅花饰件的玉雕和一件金丝凤冠就不足为奇了。为什么棺椁中只有阿骨打的头颅呢？为什么棺椁中陪葬品寥寥无几呢？为什么棺椁被埋在这么深的坑中，上面还压了五层从六七百公斤到上吨重的巨大石块呢？千年的风霜雪雨如疾风如冷雪呼呼而至。

公元1115年阿骨打击败辽国后，在故乡黑龙江的阿城登上了皇帝的宝座。阿城，成为大金的第一个国都，后被称为"上京"和"陪都"。1123年，在大败辽国凯旋的途中阿骨打不幸病逝，死后葬在了阿城的亚沟乡。在一块普通的石头上，至今还能看到他和夫人模模糊糊的石刻像。那时，大金国力不够强大，女真人也没有汉族人厚葬的习俗，所以阿骨打就没有什么陪葬品。他弟弟完颜吴乞买继位后开始在老母山顶修建陵墓，灭亡辽国后，同样是雄才大略的弟弟金太宗于1135年正月病死在明德宫。根据他的遗嘱，把大哥阿骨打的遗骨移到了新建的陵墓中，与自己的恭陵葬在了一处，被称为和陵。

海陵王当了皇帝以后，在北京房山修建金陵，将金国太祖和太宗皇帝的遗骨迁移到这座规模并不宏大的陵墓中。本来就没有什么陪葬品的陵墓经过两次迁移就更没有什么令人期盼的珍宝了。当时女真人的习俗是，普通老百姓死后一律火化；贵族可以不火化埋葬遗体。也许，初葬时他的身体已经火化只剩下了头颅。当然，在棺椁上压上五层大石块也是为了祖宗能够天长地久。他们绝对不会想到，千年以后他们精心埋葬的陵墓还是被挖开了。只不过令所有怀揣着极高期望值的现代人大失所望，收获甚小。

金世宗继位之后，女真人基本上都汉化了。他们也会像汉族统治者一样在陵墓中埋藏大量陪葬品，那只有挖开没被盗墓贼光顾过的陵墓以后再说了。不过1988年在黑龙江金朝发源地的阿城挖开的，一人之下、万人之上的"太尉仪同三司事齐国王"完颜晏的大墓中出土了上百件精美器物，则可证明这种看法。有关人士把那座墓称为"北方的马王堆",可见那座万众瞩目、震惊考古界的大墓在中国考古史中的地位。完颜晏死于金朝第五代皇帝金世宗大定二年(1162),有那么多的陪葬品是情理之中的。

就这么一无所获地离开金陵遗址,虽然不大甘心,可毕竟到此一游了!

我看不明白九龙山到底都有哪些龙,也数不清怎么才叫九条山脉。也许是山头盘旋的薄雾在轻舞,也许是山腰的清风在歌唱;是它们模糊了我的视线,打扰了我的听觉。清雾习习"晚枫"语语,我只能补偿性地饱尝清新而透彻的空气、遗憾地饱览幽静而"迷人"的山水。

玄奘故里的安谧

离开虎牢关的时候云浓风重，古战场的硝烟依然在透彻的朝霞中不停地辗转反侧。顾不上它们无休止的纠缠，我们向着那个名耀千秋的人、向着那个"人一落地"就发出金光的地方跳跃而行。

不规则的巨大"菊花青石岩"庄重地坐在紫红色大理石基座上，"玄奘故里"四个行书大字熠熠生辉，掩饰不住字里行间的欣喜、深邃和绝妙。

进到门来，一条水泥坡道伸向远处。两侧主辅路之间每隔一棵白蜡树就插了一面红旗，使杳无人迹的故里多了一份生动。左顾右盼之间，两只金丝雀叽叽喳喳地从头上掠过飞向河岸，飞向一片盛开着赤橙黄蓝白粉紫的秋菊之中。宋朝大文人欧阳修来到这里触景生情道："青山临古县，绿竹绕寒溪。道上行收穗，桑间晚溉畦。"水稻是见不到了，而大片大片的菊花却和小鸟相拥相抱，跳起了浪漫的华尔兹。它们边唱边跳，歌声洋溢婉转使一向平静的陈河古渡的河水也泛起了漪涟。

向西徜徉了二三百步就看到了在一道红褐色铁栅栏内立着两座石碑，左侧的是青白石底座和碑头，中间黑色大理石碑体上写着"玄奘故里",右侧青白石的石碑上写的是"玄奘之路"。

11岁时他到净土寺当和尚,法名玄奘。隋朝大业八年(612),洛阳度僧,13岁的小陈祎由于才学横溢被破格录取,然后去了洛阳。他就是从这里走到了陈河渡口乘船赶往东都洛阳的。石碑后面有两只石狮子,它们歪着头友好地注视着前来瞻仰的人们。

两段台阶之上是一座白水泥砌成的门楼,门楣横书"竭忠尽智",金色的对联虽然有些褪色,可是不减其工整准确:"观易读经经论玄奥图社稷;谈诗咏词词海漠迹渡苍生"。门楼背面的对联同样精妙:"望缑山山色苍黛物华天宝;临休水水波涟漪人杰地灵"。横批是:"松筠雅操"。可以这么说,这副对联立意高雅,可誉之为妙笔生花。它准确地颂扬了此地此景的人文地理,同时精准地评价了玄奘大师。对于一般人来讲,玄奘是高僧,是汉传佛教经典的翻译家和唯识宗的创始人,但他也可以称作一名诗人。由于人们只注重了他在佛教上的成就,就淡忘了他的文学造诣。就连《全唐诗》也没有收集他的诗作。饱读诗书的他为了到佛教圣地印度取经,途经漫漫荒漠的时候,不只是苦苦行走,还会赋诗作乐:"尼莲河水正东流,曾浴金人体得柔。自此更谁登彼岸,西看佛树几千秋。"当然这是他到印度之后的大作,但是可以这么说,他在大漠上度苍生的时候,一定想到了尼莲河、恒河,更会在唐代和古代的词海里"畅游"。由于战乱和时代变迁,他的诗作大部遗失,只在英国的博物馆发现了几首。

没想到极少题字的国学大师季羡林先生在高僧故里的第一道门柱上题写了这样的楹联:"千秋独步佛教慧日;万里投荒中华脊梁"。季先生的对联可不是凭空写出的,鲁迅先生在《中国人失掉自信力了吗?》一文中曾说:"我们从古以来,就有埋头苦干的人,有拼命硬干的人,有为民请命的人,有舍身求法的人……虽是等于为帝王将相作家谱的所谓'正史',也往往掩不住他们的光耀,这就是中国的脊梁。"我以为"舍身求法"自然指的就是玄奘这一类人。

进入第一层的院落迎面就是一道白色影壁墙,四个遒劲圆熟的大字"六尘六识"赫然而"立"。此为佛教语言,指佛教造诣达到了最高境界,人们的六个感觉器官清净无尘,并产生了相应的六识。其落款很有讲究,台湾同胞靳天锁先生没有题写他的大名而是画了一个打坐的小和尚,以显示自己的虔诚。日本、南亚和世界各地佛教界的友好人士对玄奘也是高山仰止,对他的诞生地、传经出访、游学讲法等地方心驰神往。

在中国普通人的眼中,玄奘只是一个唐代的僧人,可是印度人几乎把他奉为了神明。他的大作《大唐西域记》成为印度佛学家、史学家、建筑学家书写他们国家有关历史的根据。印度史学家阿里曾说过,如果没有玄奘、法显等人的著作,重建印度史是完全不可能的。由此说明当时的印度极度落后,那个地区连历史的记载都没有,是后来人根据玄奘的著作追记的。英国的史学家史密斯则这样评价,印度历史对玄奘欠下的债不管怎么高估都不为过。可见,玄奘到印度取经不只是传播佛教,还客观上对印度的文化与历史做出了重大贡献,成为印度史学的重要奠基人。国学巨匠梁启超更是言之凿凿地讲:"玄奘是中国第一流学者,绝不居第二流以下。"巨匠自然是根据这两个方面而言的,他的话不容置疑。我以为,玄奘不但对佛教事业做出了重大贡献,对弘扬祖国文化和精神也同样做出了极其重要的贡献。他高尚的人格、坚定的信念、顽强的毅力、不屈的精神是中华大地上一座光鲜的丰碑,更是难以超越的巍峨的高山。

为了保护玄奘的祖父陈康开凿的古井,靳天锁先生于1993年在院子的左侧东北角特意捐资修建了一座四角木亭,还涂成了庄重的紫红色，并起名为"慧泉"。看着两个瞪着惊奇的眼睛直视自己的小学生，我抓着木柄摇起辘轳来。一连摇了18圈，才打上了一桶清凉的井水。不劳动者不得食嘛！我毫不客气地先喝了第一口水，我当然不能喝别人的剩下的水。果然，慧泉与崂山的泉水一样清凉甘甜令人神清气爽。

　　掩映在绿竹丛中院落东西两侧的房间都开辟成了玄奘事迹陈列馆，陈列着玄奘翻译的著作，还张贴着他取经路途的画作。

　　说起来中国能出现这样伟大的人物还真不足为怪。到了南北朝时期大量的经文被翻译成汉语，由于精通梵语的人很少，不可避免地出现了许多分歧和争论，也产生了众多流派。为了将原始佛教的尊荣和教义准确无误地展示在大家面前，玄奘决定远赴印度取回真经。为此他几次跟唐太宗上奏此事。由于李世民信奉道教，对佛教不感兴趣，加上当时局势动荡，西域的突厥经常侵犯，所以没有资助他取经，还严格限制国人的出入境。万般无奈，玄奘做出了一个胆大妄为的决定——"偷渡"。他无法向东向南走水路，只能北上而行。贞观三年（629），他一个人趁着"动乱"背着行装，毅然决然形单影孤地踏上了前往印度取经的路途。各种艰难险阻纷纷袭来，超出了人们的想象。历史虽然惊险但是传说也很是动人。玄奘在天水塔尔寺遇到了一位名叫石磐陀的胡人，他十分熟悉西域的道路，一番言语他被感化，就拜倒在玄奘脚下当了大师的弟子。师徒二人夜渡葫芦河来到武威。由于他本身是学识渊博的名人，所以吸引了大量的民众前来听课。有些商人探听到了他的愿望，就把他要去取经的事情告诉了西域的一些国家。此时，唐朝和西突厥的摩擦越来越重。凉州都督李大亮得知玄奘去印度，担心他出事，下令抓住玄奘押送他回西安。胡人徒弟石磐陀担心受到牵连，思前想后还是选择了不辞而别。有人这么解释说"吴承恩顺手拈来，把这个意志不怎么坚定的人'演义'成为《西游记》中的孙悟空"。小说嘛，可以虚构，神话小说更是可以"大显神通"。当地佛教领袖慧威法师真是肝胆相照，派了自己的弟子把玄奘护送到酒泉。信奉佛教的刺史独孤达信接待了玄奘，使他躲过了追捕。

当玄奘遥望到了高昌国城楼时，对他佩服得五体投地的国王早已迎接在了大道前面，以极高的礼遇接待了他并跟他结拜为兄弟，还派人护送他抵达了西突厥的领地。西突厥的可汗十分敬仰玄奘，还委派了翻译跟随大师。至于《西游记》中说是玄奘手拿唐朝颁发的"通牒"则是作者为了美化唐朝皇帝李世民进行的虚构。他前后经过上百个国家和地区，行程两万多里，走沙漠、爬高山、过湖泊、越沟壑，历尽种种磨难，还经历过抢劫，千辛万苦之后终于来到了佛教圣地印度。

在那烂陀，在这座九层高、有着五千僧侣的俗称"九寺一门"阿育王期间辉煌的学术殿堂里，他苦读了多年，成为能够讲解50部经书的名列前茅的高僧。就一般人而言，古印度文难学，佛经的梵文更难学，可是他却通晓这一切，以至于被印度摩揭陀国的君主戒日王请去主持全国的辩论大会。由于他修养高深极为智慧，一连20天驳倒了所有的人，荣获了印度佛教徒心目中"大乘天""解脱天"的神的称号。

如今这座曾经寺庙里面套着寺庙的建筑早已灰飞烟灭。虽然挖掘了多年的遗址，也只是挖掘了只有原来十分之一的面积，这已经令我们十分震撼了。他们每次挖掘都要参考《大唐西域记》的相关记载。印度人在这里不但修建了玄奘纪念堂，还把大师的这部书当成了他们文化的证据之一。一些印度寺庙的壁画上还绘制着玄奘方方面面的故事。

大唐皇帝李世民得知玄奘的事迹极为感动，赦免了他偷渡的罪，玄奘刚刚回国他就迫不及待地接见了他，一度想封他做大官。

玄奘的全部心思在佛教上，他提出要到少林寺翻译他带回来的经文和传播正宗佛教。为了随时能见到大师，太宗专门在长安给他修建了一座译经院。

院子中的正屋"慈恩堂"是玄奘的祖父陈康接待贵客的地方，20世纪90年代重新进行了修建。朱红色的门柱上挂着一副王尚武先生题写的对联："乘危远迈十七载，独行五万里，求大乘贝叶真经，名震五竺，巍巍法门领袖；杖策孤征超百国，译经逾千卷，创法相唯识正教，范垂三界，佼佼民族脊梁"。此联高屋建瓴地多角度地准确评价了大师光辉璀璨的一生。堂内，大师端坐在莲花台上，他的高足窥基和朝鲜族弟子圆测分坐两侧。新修的坐像很是鲜艳，多的是脂粉气，少了几分自然。人物造型上也有些"生硬"，这也许是雕塑大师为了表现玄奘智慧超人勇气绝佳的原因。两侧的墙上绘制着他讲法，涉足、拜见各国国王和会见友好人士的巨幅壁画，看得出画面有些陈旧。可以说壁画是人们通过历史记载，加上想象绘制出来的艺术杰作，自然有着感人肺腑的力量。只可惜保护得欠佳，那幅印度五邦各界人士隆重迎接玄奘大师壁画的下方还浸出了水迹，真是令人遗憾。

看着那棵枯死的老槐树，倒退着走出了小院儿，从心底涌出的是无法形容的恋恋不舍。

站在陈河渡口处，我遥望着陈家花园、凤凰台、马蹄泉、西园墓地，默诵着大师早年的诗作《题童子寺五言》："西登童子寺，东望晋阳城。金川千点渌，汾水一条清。"他刚毅的目光、执着的身躯、沉重的背影都融入了我的身心，像不肯停歇的陈河水夹带着风的伴奏鸟的欢唱不断地流淌、不住地浮现。

沙丘宫逝去的狂飙

寒露的风辗转成一首《十面埋伏》，带着透彻挑动着天上水墨相间的云丝跟随着我们来到了一片空场。它的四周种植着高大的树木，寂静中只有鹧鸪的喧叫和蟋蟀的嘶鸣。

南侧的湖水在微风的抚摸下浮现着惬意的涟漪，细密芦穗摇摆着娟秀的身姿召唤着刺目的阳光。它也许还记得遥远的过去，这里曾经有着让后代没齿难忘的血雨腥风；是商纣王为了欢愉而修建的，让后代徘徊难忘的"鹿台"。司马迁在《殷本纪》中说纣王嬖于妇人，爱妲己，唯她是从，曾经在鹿台的周围安排下众多"男歌女妓"赤身裸体追逐戏耍，放置了大量的佳肴美酒号称酒池肉林。日日湖中泛舟、夜夜逍遥自在，天天与妲己醉生梦死，把朝政大事甩在了九天之外，把不喜欢淫乐的九侯女杀死，又把九侯杀掉后蘸着调料分给官员们食用。把敢于进谏的比干杀死，取出他的七窍玲珑心，以致国破家亡。

看着湖中荷花凋零的景象我在想，被司马迁称为"资辨捷疾，闻见甚敏，材力过人，手格猛兽"的帝纣；滥杀无辜、时时荒淫，把祖宗建立的几百年大好殷商毁于手中，史书中不绝于耳的口诛笔伐的帝纣真是这样荒淫无道吗？

据说在淇河故道中发现了一块不知什么年代竖立的"纣王之墓"的碑，从显露的残破基座上看得出是现代人补修过的。碑后面一圈石墙内还种植着杯口粗的柏树。显然这不是殷商时期的遗迹。有一种说法倒是值得探讨。纣王死后，他儿子武庚遵照他的遗愿，截断河水，凿竖穴把他葬到了淇河之中。因为河水改道，墓穴暴露。从挖掘出的龟甲和兽骨上人们惊异地破译出另一番景象。纣王继位时，商朝处于王权与神权并立状态。"大祭司"是神权的代表也是贵族阶层的领袖，而比干稳坐在这个难以撼动的职位上。他动不动就杀人祭祀，以上天的旨意打压纣王的改革，使纣王无法施行损害贵族利益而有利于普通百姓的政策。时间不长，王权和神权的矛盾越来越激化，就连纣王想向东扩展消灭蛮族统一天下的宏伟计划也时常被他们掣肘。他们不断地杀人不断地祭祀，不断地以上天的旨意封堵纣王，一度使他步履维艰。为了祖宗的江山，为了一展宏图，纣王开始了拼死反抗。因为祭祀时，被杀的人职位越高上天的旨意就越准确，所以纣王就先是杀掉后来的周文王姬昌的长子伯邑考，之后又杀掉权力仅次于自己的比干用以祭祀。清除完障碍之后他开始了征战。

周文王死周武王继位，他趁着纣王忙于东征无力西顾，发动了袭击。纣王的大部队一时无法调动，只能武装一部分民工和一部分犯人进行抵抗。周武王比较得人心，所以纣王的部队临阵倒戈。不得已，雄才大略的纣王撤到"鹿台"跳进火堆自焚而死。

我认为，稍微胆小的人绝不会纵火自焚。司马迁说："纣走入，登鹿台，衣其宝玉衣，赴火而死，周武王遂斩纣头，县之大白旗。杀妲己。"由司马迁的表述可以看出，纣王临死前也没忘自己是大商天子，还要穿上象征他至高无上荣誉的缀着宝石的玉衣赴汤蹈火。

两种说法泾渭分明，相差着十万八千里，司马迁更是把纣王写得一无是处。

　　从湖水、从远处跟鹿台相似的楼宇中移出目光，所到之处一座六角亭隐藏在洋槐细柳的拍打之中。小广场上矗立着高入云端、雕刻着祥云的华表和石柱。站在华表旁边，我的思绪卷入了另一场搏杀。谁说淡黄色的祥云不在怀念两千多年前的赵武灵王？当年，这位雄才大略的英主在 15 岁一上台时就挫败了魏惠王联合其他几个国家企图利用他的父亲赵肃侯葬礼趁火打劫的念头。以后他修政治、抓经济，使国家日益强大。尤其是他率先大搞胡服骑射之后，军力更是空前强盛。经过若干年的励精图治，他抓准时机，干净利落地吞并掉了七八百里之外的、总是蠢蠢欲动觊觎赵国的中山国，减去了一大块心病，此时的赵国达到了鼎盛时期。而后，他却犯了一个让后人看起来几乎比天还要大的糊涂。由于他非常宠爱自己的爱妾吴娃，就答应了她废掉了与自己一样高大一样强悍的太子赵章，传位给了吴娃生的小儿子赵何，一心一意地做起专心搞军事的"主父"。一次朝会，当他看到威猛的大儿子拜倒在瘦弱的小儿子赵惠文王脚下时，怜悯之心不但油然而生，与此同时也产生了夺回大权的想法。

　　此时，小儿子赵惠文王在文臣武将的帮助之下已经牢牢地掌控了国家。赵武灵王就找到小儿子的宰相肥义探寻口风，说是想把赵章封到代郡。一番言语之后，肥义明白了他还想夺回作为国王的权力，就将情况报告了赵惠文王，君臣二人提高了警惕并制定了应对措施。

　　赵武灵王还是把国家一分为二，把赵章分到了代郡，就是今天的河北阳原县的开阳古堡，称为安阳君。三年之后一直不甘心的赵章和宰相田不礼知道弟弟赵何和父亲到沙丘宫一带游猎，就想利用这次机会干掉弟弟，他假借父亲的旨意叫赵何商量事情，诡计被肥义识破后就发动了叛乱，被拥护弟弟的军队打败，逃进了父亲居住的沙丘宫。忠于赵惠文王的公子成和李兑统领的大军冲进宫中斩杀了赵章，把赵武灵王软禁在宫中。赵何为了自己的王位居然听之任之，任凭父亲如何哀求就是毫不动情。宫中的食物很快就吃完了，疆场上叱咤风云的赵武灵王在小儿子面前却英雄无用武之地。他只能拿出射杀敌人的弓箭，射猎空中的飞鸟。宫外的人看到这种情况居然编了许多大网套在宫墙上，使飞鸟不敢在宫中飞翔。空中的猎物没了，饥饿交加的赵武灵王开始爬树，掏鸟巢里的鸟蛋。一代雄主居然落得如此可怜的地步。几个鸟蛋够赵武灵王吃吗？前前后后维持了不到三个月，这位威震天下的大王就饿倒在了搭有鸟巢的大树底下。也许就倒在了我脚下的石台阶上。觉得沙丘宫中没了动静，又过了几天把守的兵士才小心翼翼地打开宫门，发现他的遗体已经腐烂。赵惠文王假模假式地哭祭了一番之后，把装殓父亲遗体的棺椁运到了几百里之外的、地处国都西北方向大山深处的灵丘县埋葬。

清风吹来，我突然觉得这风刮得好凄惨呀！亭台树木都带着浓重的腐朽的味道。

时间转瞬即逝，一个甲子过去了，又过了11年秦国惊天地泣鬼神地统一了六国。又是一个11年秦始皇带着他的小儿子和丞相李斯从咸阳出发，第五次也是最后一次视察天下。他们云游和视察了云梦，在九嶷山"望祀"了尧舜。"浮江下，观籍柯，渡海渚，过丹阳……上会稽，祭大禹，望于南海，而立石刻，颂秦德。"一番热闹之后继续向东"还过吴，从江乘渡，并海上，北至琅邪"。方士徐福为了得到更多的财富蒙骗他说："蓬莱有长生不老的仙药，只是有大鲛鱼守卫，得不到，请陛下派神箭手跟我一块用连弩射杀它。"秦始皇为了得到仙药答应了这个大骗子。徐福趁机又提了很多条件，要了很多工匠和许多童男童女驾船跑了。秦始皇还做了一个梦，他与跟人一样的海神大战。梦醒后他问方士是怎么回事，方士回答说"水神不好见，它派了大鲛鱼在这里守候，只有杀死恶神才能见到水神"。来到荣成山也没见到大鲛，船队到了烟台看到一条大鱼才射死它。来到平原津，又气又累的秦始皇病了，病得很重。他感觉不好，还是朝着国都的方向继续赶路，抵达沙丘宫时就再也支持不住了。知道自己大限将到，他写下遗诏，传位给长子扶苏。小儿子还没把诏书发出去，秦始皇就撒手归天了。

他死在了沙丘宫，死在了赵武灵王曾经睡过觉的地方。他一定死不瞑目，因为他念念不忘的仙药还没有到手，他一定想亲手杀死欺骗过自己多次的大骗子徐福。

得知此事后赵高立即找到丞相李斯，对他说："皇帝去世，赐给长子扶苏诏书，命他到咸阳参加丧礼，立为继承人。现在诏书还没有送出，皇帝去世没人知道。立谁为太子是你我一句话的事儿。您如果听从我的计策，就会世世代代永保荣华富贵，否则一定会祸及子孙，足以令人心寒。聪明的人是能够因祸得福的，您想怎么办呢？"这段话深深触痛了李斯的心灵，他先是仰天长叹然后挥泪叹息道："哎呀！偏偏遭遇到乱世，既然不能以死尽忠，将向哪里寄托我的命运呢！"于是李斯就依从了赵高。二人伪造诏书令扶苏和大将蒙恬自尽。仁义的扶苏自尽了，忠厚的蒙恬也自尽了。

他们的墓葬在了绥德，葬在了陕北这个天高皇帝远的地方。在扶苏墓前，人们铸造了一队铁战车铁骑兵。我站在驾驭马车的驭手左侧装扮成三军统帅，指挥他们杀向东南方，杀向被赵高蒙骗的千军万马。

秦二世继位后立即提拔赵高担任中郎将。爆发农民起义后，赵高每天只哄着秦二世开心，任凭造反大军铺天盖地却谎报军情，说是小盗贼，已经扑杀干净。他忌惮李斯的位高权重，诬陷李斯要裂地为王。局势越来越坏，再也无法隐瞒了，大臣们就去劝谏胡亥。这个昏君不检讨自己的所作所为却对大臣们横加指责，两个大臣自杀，昏君对赵高的话深信不疑，把李斯戴上刑具囚禁起来。在狱中李斯不禁仰天长叹道："可悲啊，无道的昏君，我怎么为他出谋划策呢？从前夏桀杀关龙逄，商纣杀王子比干，吴王夫差杀伍子胥。这三位大臣，难道不忠吗？然而却不免一死，他们虽然尽忠而死，只可惜他们效忠的对象是昏君。我的智慧和能力赶不上这三个人，而二世的暴虐无道超过了桀、纣、夫差，我因为尽忠而死，也是应该呀！况且二世治国理政的方法难道不是乱政吗？"

司马迁的《史记》是皇皇巨著，然而它对李斯的死表述得极其简略，只有六个字"斯卒囚，就五刑"。这五种刑罚就是往脸上涂墨迹、割掉鼻子、砍掉双脚、割掉生殖器、腰斩。除了第一种其他四种刑罚听起来都令人毛骨悚然、心惊胆战。

那一年李斯73岁，跟大思想家孔子去世时一样的年龄。临刑前他跟儿子说："我多想再一次牵着大黄狗，咱们一块儿出上蔡的东门打猎呀！"可惜这么简单的想法都成了奢望，自从他在沙丘宫伙同赵高篡改了秦始皇的遗诏就上了大阴谋家的贼船，一直到死都没明白其中的缘由。秦二世就是这么糊涂，否则农民大起义怎么爆发？君王无道，宦官、奸臣掌权往往国家昏乱引起社会动荡，加上自然灾害民不聊生，就为农民起义埋下了种子。

沙丘宫土堆上的树林中六根红柱子支撑的六角亭没有匾额没有对联，酱褐色顶子显得压抑。也许这里发生的历史故事太多、太惊心动魄，建亭人无论用什么词汇都无法概括其波澜壮阔，用什么语言也无法表达自己的真情实感，索性就仿照陕西乾陵武则天的无字碑，来一个无字亭。小小六角亭寄托了令人难以形容的沉重，只能任人评说。可惜的是知之者甚少，以致冷冷清清。孤孤单单也就成了它最真实的写照。

公元168年，汉桓帝刘志驾崩。桓帝无子，临朝的皇后窦妙和她父亲窦武决定选择刘宏继承皇位，这就是灵帝。汉灵帝时代，又来了一波宦官专权。窦武和主持朝政的太傅陈蕃本想杀掉气焰嚣张的宦官，不料事情泄露反而被杀。汉灵帝只管吃喝玩乐，把国家大事交给了以张让、赵忠为首的十常侍。他们玩汉灵帝于股掌之上，灵帝居然无耻地称"张常侍是我父，赵常侍是我母"。这十个坏人哪管国家的大事，只是横征暴敛，卖官鬻爵，并且把父兄子弟和爪牙安插在重要部门。王侯、豪强、地主大量兼并土地，税赋又极其繁重，广大农民生活在水深火热之中。当时一些比较清醒的官吏，已看出宦官集团的黑暗腐败，他们劝谏灵帝，可是不起任何作用。

巨鹿郡人张角本来信奉道教，他得到一本《太平经》，对里面宣扬的太平世界很是赞同，于是他把这本书作为经典，创建了太平道。面对生不如死的广大生灵，他认为只有推翻腐朽的统治阶级，建立一个公平世界才能拯救民众于水火之中。他开始以破败的沙丘宫为中心，带着两个弟弟，持着九节杖，在民间传统医术的基础上，用符水、咒语为人治病。并以这种方法为掩护，大力宣传《太平经》中关于反对剥削、压迫、敛财，主张人和人之间要平等互爱。兄弟三人深得穷苦大众的拥护。经过十多年的发展，他在河北、河南、山东等地招收了几十万苦难的兄弟。经过精心谋划和布置，于公元184年2月他站在沙丘宫塌落的露台上，召开了起义誓师大会。他向追随自己的、头包黄巾的将士们喊道："苍天已死，黄天当立，岁在甲子，天下大吉！"他自称"天公将军"，二弟张宝、三弟张梁分别为地公将军、人公将军，把青州、徐州、幽州、冀州等八个州的信徒分成三十六方，大方一万人，小方六七千人，每方设一名将帅，由自己统一指挥。由此，惊天地泣鬼神的汉末农民大起义在我脚下这块帝王们常常做噩梦的地方山崩地裂式地爆发了。由于义军的骨干多为流民和衣食无靠的穷苦百姓，很多人生不如死，他们对张角非常崇拜，所以作战英勇、视死如归。义军攻城略地，势不可当。在节节胜利无坚不摧的大好时光，义军领袖张角却突患暴病，在短短的几天时间就病逝在沙丘宫残破的偏殿中。

没有了主帅，各处义军失去了相互之间合理的配合，形成了各自为战的不利局面，只坚持了9个多月，起义就被强大的政府军队和地主武装镇压。这次规模大、时间短、影响深远的农民大起义动摇了东汉王朝的根基，造成了军阀之间的混战，后来形成三国鼎立的局面。

时间虽然过去了1800多年，太平道这个转瞬即逝的宗教没在中国历史上留下多少痕迹，可是在沙丘宫所在地的广宗县却流传下来了"太平道音乐"。这种音乐已经堂堂正正地进入了国家级非物质文化遗产名录，义军领袖张角把自己的主张以及对神的祈祷和《太平经》中一些平等仁爱的语言编成经文让徒弟们咏诵。渐而久之就唱出了韵律，就形成了一种新的音乐形式——经乐。当地的有识之士和音乐艺人每逢庆典、节日、祭祀活动时就进行演唱，逐渐演变成人们喜闻乐见的艺术曲目。

神话传说中鼎鼎大名的张果老就是出生在离沙丘宫不远的张固寨村。看着他飞身跳入大海，倒骑着毛驴的背影，我在想，他往东去，我却要向西行。他去极乐世界游山玩水，我去古战场寻找遗迹，普通人和神仙各有各的玩儿法。

赫图阿拉的流连

披着萨尔浒"小青岛"清纯的雾气，抛洒着元帅林石阶的冷落，怀抱着辽西青山翠岭的联想、感叹着永陵红墙绿瓦的留恋，我们迎着清朗的丽日、沿着绵长小路来到了群山簇拥着的赫图阿拉。

在古树掩映下，在青石块铺成的斜坡上，石块儿垒成了高达十多米的城墙。人们没有把城门楼暴露在公路的正面，而是藏到了突出的城墙之后。所以站在公路上，除了能看到一块被枝叶掩盖的广告牌之外，就是一堆土墙。走过土墙才看到一块不到50厘米高的石碑上写着"赫图阿拉故城"这几个不起眼的小字。它的侧后方有一棵枝繁叶茂的大榆树，粗粗的直径几乎将近两米。它伸着长长的臂膀指向远处，与路边的树木遥相呼应。搞不懂当地搞旅游的是怎么想的，把古城神秘莫测地掩藏起来，是故作高深还是暗含着深邃不得而知。

"赫图阿拉"是满语，意为"横岗"，也就是在连绵的山岗上修建的古城。踏着陡峭的斜坡而上，转过城墙，豁然出现了高高的门楼。在门楣的青石板上从右至左用行书写着五个金色大字"赫图阿拉城"。穿过顶部两侧悬挂着五个红灯笼照耀的城门洞之后，迎接我们的却是三角梅铺成的花丛。正面的右侧是长满荷花的湖水，左侧是一条深入城内的青石板路。沐浴着温暖的阳光，我们没有直行而是拐向左侧坡道之上的城墙。真是别出心裁，城墙上面不是传统意义的三四米宽的墙，而是修成了"墙上城"。八九米宽的路面左侧垛口插着五颜六色的旗帜，右面是矮矮的墙垛紧挨着花园。走了不过五六十米，右侧的草地上立着一块约两米高的石碑，红色的大字告诉我们这里是"汗王宫"。

原来我们进的是后门，它的正门在南面的百米之外。其主要建筑——八角形的宫殿建在十三层台阶之上。在双层檐脊之间立着满、汉文写的"汗宫大衙门"。这里就是清太祖努尔哈赤登基时举行典礼和日常办公的场所了。看着直径不过十米的宫殿，我觉得它不但不能跟北京故宫太和殿相比，就连李自成登基时的武英殿也比这里的建筑高大宏伟得多。它的旁边还有一座同样高的建筑，只是没有游人。汗王殿的西南角有一口"汗王井"，以水质甘甜而著名。南面还有几座屋顶上铺着稻草的平房。看情景那一定是为了跟原貌一致而修建的"原始建筑"。整个广场空空荡荡，只是在临时搭建的台子上一些蹦蹦跳跳的孩子为这里增添了几分吵闹。

出了正门顺路往东，三四百米之外出现了几棵老槐树掩映着一片低矮的白墙青瓦的院落。到了近前才看清楚，我们来到了一个意料之外的地方。在一米多宽的门楣上挂着一块牌匾，上面用绿色行书赫然题写着几个刚劲的大字："努尔哈赤出生地。"噢！威震华夏的清太祖居然出生在这么一个偏远的穷乡僻壤，我被惊住了。放眼望去，不是远山就是近水，找不出多大的平川。按照现在的观点，久居北京渴望绿水青山，在这里生活肯定是惬意的。可是在缺衣少食的460多年前，我都想象不出在这里的人们吃什么粮食。当然，当时女真人的生产方式是半渔猎半农耕，生产力低下，人口自然就不会多。看着半截石块半截青砖还被涂上了白灰的墙，看着加盖了青瓦和檐脊的墙头，我想不清楚这是努尔哈赤出生时的模样吗？也许是的。当时他的父亲塔克世担任建州左卫都指挥使，是建州的最高军事长官，在女真民族中算是高官，有这样的"乡间别墅"不应为过。可是当我走进别墅的院门，却呆住了，真正的院墙是直径七八厘米、高出地面1.5米左右的木桩子扎成的栅栏，院门则是对开的，还是木框加上柳条编成的。右侧院门内有一棵20厘米粗的柳树，显然种植的时间不会超过20年。小院不大，坐北朝南，深约20米、宽约12米，正房和东西厢房都是三间。西厢房的南面是牲口棚，架子上放着空空的铁皮料槽，棚内没拴着牲口。它的旁边放着一挂木轮大车。棚子和西厢房之间是一个高约3米、下粗上细直径约80厘米的烟筒。东厢房相对的位置也有同样高和同样形状的烟筒。只不过烟筒的旁边是一个木栅栏围成的猪圈和用柳条编成的像吊脚楼一样的粮仓。粮仓不大，也许能装四五千斤粮食。东厢房的门框挂着两块竖匾，上面的对联是"承皇室方除骨患；继满医术愈人间"。门楣的横批"八旗秘药"。看着读起来不太顺口的对联，我总觉得有些不协调，东厢房的窗户下垒的不是草药库而是鸡窝，而院儿内也没看到草药房，所以此对联就显得故弄玄虚。

　　三间正房倒是明亮，窗户上层糊着窗户纸下层都是玻璃，显然很豪华。故宫的窗户也没见有这么多的玻璃。在窗户的最上面挂满了带着外皮的玉米，显然是按照当时的情景布置的，玉米不像是从关内抢来的，这说明当时的人们也有一部分人种地，否则单靠畜牧很难养活众多的人口。在窗户之间的木头柱子上还挂着辣椒和大蒜，努尔哈赤家人喜欢吃辣椒和大蒜吗？不得而知，也没有探究的意义。也许就是自作聪明的旅游设计人员随心所欲的行为而已。

看着、琢磨着就跨入了正房。灶膛间的布置有些不可思议，地的中间是一个手推的磨盘，它放在木架子上。屋子的四个角落各有一座灶台，东北墙角的灶台前面放着一口水缸，却看不到碗柜。显然布置房间的人不在这里吃饭，也考虑不到房屋主人还得吃饭，需要有柜子放锅碗瓢盆和筷子等日常生活必需品。

　　拍了两张照片就进了东屋。屋子不大，大约18平方米，南北宽东西窄。南北各有一个炕，上面铺着光秃秃的破炕席。南面的火炕上就是一代雄主努尔哈赤的出生地了。房梁上挂着一个婴儿的吊篮，里面铺着一床蓝底白花的小褥子，还有十来张一块的零钱。其房屋摆放的设计者一定有当地生活的经历，希望婴儿躺在摇篮里就能够抓到钱。也许，钱是参观的人扔进去的，是为了祈福的。婴儿的父母做梦都不会想到，装在这个吊篮里的孩子居然如此的桀骜不驯，如此的雄才大略，活生生地开创了一个中华大地人类历史的新纪元。这个房屋的主人，努尔哈赤的生父塔克世、生母额穆齐，于清朝顺治五年（1648）同时被尊为显祖宣皇帝和宣皇后。

　　北面的炕上多了一个小炕桌，这是北方人最常见的家具了。东面的墙放满了高低不等的柜子，两边炕柜上都叠放着五六床被子。中间是一面镜子，显然是近代的。柜子上摆放着一对带喜字的青花瓷瓶，颜色较淡，看不出有多珍贵。稍有不同的是，屋子的北墙开了一扇窗户，上面的玻璃很干净，说不清是不是当时的本来面目。据我所知，为了保暖北方农村的土房一般的后墙是不开窗户的，所以说这个窗户开得有些特立独行。

　　西屋没有什么特殊之处，与东屋相似。

　　史书上说努尔哈赤靠着十三副铠甲打天下，可是屋里屋外既看不到铠甲也看不到兵器，完完全全就是一个农耕小地主生活的院落。设计人员没有从这方面动更多的心思，把旧居恢复个大概的样子就行了，又不是什么专家不必那么认真地操作。

古城里有一面镶着皇太极画像的青砖影壁墙，其背面笔力刚劲地书写了这位汗位继承人、在沈阳故宫登上大清宝座的第一位皇帝的圣谕："天理国法人情。"这也是他以德治国、以法治国大于人情治国的强有力的宣誓。影壁墙的后面就是"正白旗衙门"。门口立柱上的对联是"明镜高悬昭日月；秋毫明察烁古今"。而院内正殿的对联则是用满、汉文同时书写的"法规严正天心顺；官吏清廉民意安"。那时清朝的官吏虽然远在一隅，可无论是德还是才都远远高于大明王朝官员的水平，哪里有因为贪污腐败被连窝端掉的现象呢？否则也不会打败大顺政权，打败南明王朝入主中原！正殿的龙椅远远比不上故宫太和殿龙椅的威严，像一把太师椅。背后的屏风由三块组成，中间那块稍高一些顶部有点半圆，没有任何图案，色泽发黑。由于被绳子阻拦走不到近前，看不清是什么材质制作的。座椅的前面摆放着一个条案，像是红木。条案的横撑雕刻着花枝莲，案上安放着一方金黄色的绸缎包裹着的大印。不像北京故宫太和殿龙椅后面的屏风顶天立地的高大，这里的屏风后面裸露着白白的墙壁，墙上左右两侧还各悬挂着一套弓箭，箭筒里各插着两支箭。这种场面活生生地表明，马上民族、马上集团的个性与强悍的精神。西厢房的墙上挂满了展览用的图表画像和帝王照片，其底色基本是黄色的，很鲜明。

在渐渐偏西的太阳照耀下，我们看到故城最西侧有一处高出地面约30厘米的场所，很是形单影孤。它好像是农村常见的为庄稼脱粒的"场院"，呈"凸"字形。所有的院墙和东西厢房都已经坍塌，只剩下孤零零的一间新修建的青砖北房。房子还上了锁，不但锁住了参观者的好奇，也锁住了许多历史迷雾。只有门外的一块浅紫色的牌子透露出这其中的一些秘密。牌子上用满、汉文写着"西大狱"几个字。上面是这样介绍的："西大狱，是努尔哈赤时期的监狱所在。这里曾羁押过努尔哈赤长子褚英。褚英统领白旗，骁勇善战、屡立战功，被其父立为汗位继承人，后因褚英居功自傲，诅咒其父，甚至扬言继位后要杀死反对过自己的兄弟和大臣，1615年被努尔哈赤处死，后葬于辽阳东京陵。"为了女真的未来，为了女真能够一统天下，处死自己亲生的儿子、有勇少谋的褚英，努尔哈赤也一定心焦力竭、万不得已。

湖中的芙蕖和着湖边的垂柳不停地摇曳，荷花叶片上滚动着晶莹的、无忧无虑的水珠。在水天一色、湖光水影的天地，在蔼蔼山峦如诗如画少有游人的古城，一切成为历史。大清铁骑不断南征北战的画面在我脑海里重叠，北洋水师惨遭覆没的景象在我眼前浮现。清风告诉我，细雨告诉我，掩藏在树木背后的古城警醒我，不要只是在这里流连在这里忘返，不要忘记大清是从这里出发，而后天翻地覆地开创了一个崭新的世界。

九门口的隧道

　　山夹着海，海连着山，从山海关向北我们在连绵不断的山海之间穿行，渐渐地甩开了海的喧嚣扑入了崇山峻岭的怀抱。道路狭窄崎岖，没有了高速路的轻盈。我们的轿车与婆娑起舞的黄土和沙沙伴唱的砂石相亲相拥。紫薇、云杉、梨花漫山遍野连绵不断，柳莺、黄雀、八哥成群结队翩翩起舞。几个狼奔虎扑我们就飞驰到了九龙洞山的山顶。

　　突然，潺潺的流水如诗如画，形成了一条七色彩虹挂在了烈日炫耀中。它们一路跳跃奔放成了九江河，来到九门口长城的时候已是波涛滚滚。

　　明朝洪武五年（1372），朱元璋派出15万大军分三路进击漠北，除了冯胜率领的西路军从金兰（现兰州）西进，打通了河西走廊，设置了甘州、庄浪诸卫所之外，徐达的中路军大败，李文忠的东路军也铩羽而归。明白了元朝残余势力还很强大，自己的军力有限一时无法将其消灭，朱元璋采取了以守为攻的抵御策略，于洪武六年（1373）批准了淮安侯华云龙提出的"自永平（现卢龙）、蓟州、密云迤西二千余里，关隘百二十有九，皆置戍守"的奏议，命徐达等将领修建北方长城。望着渐渐收拢的山势，看着不断跳动的水流，我知道此处名叫"一片石"。这里的地形两山夹一谷，谷中有河流，是修建关口的最佳场所。所以从那时起开始修建长城，到了万历年间终于建成了带有九座泄洪口的长城，由此这里就被称为九门口长城。它的城门楼虽然没有天下第一关山海关的高大，可是由于有了九座排列整齐的泄洪口，尤其看到汹涌而下的波涛却也令人感到无比的震撼。

穿过后建的、写有"九门口"的大门，豁然出现了关口的全貌。小广场的东面，挨着河道坐东朝西修建了一排普通平房，这些建筑是现代人修的，游览图上并没有标明当时守城的军士们驻扎的营房地点。这里的主要建筑是"将军府"。走进府中，"威震辽西"的牌匾下，几位真人高矮的塑像出现在眼前。身穿铠甲的将军坐在案后，他的左侧坐着手持毛笔的军师，右面站着手扶剑柄的将军；洁白的墙壁上挂着一幅"猛虎回头"的国画，其气势不同寻常。我猜想他们应该在讨论对敌的策略。

小广场西侧的墙壁上是一群青石浮雕，从明朝大将徐达北驱元帝到开始修建长城；从李闯王攻克北京到一片石跟明军清军大战，到吴三桂坐镇云南。过了雕塑群，通过一处没有门的门洞就出了长城，从这里可以顺着台阶登上城墙。因为急于参观长城隧道，草草看了一圈就转身往回走。穿过商贩密集的走廊，走过饲养着野鸡、鸳鸯、鸿雁、天鹅等小型动物园来到了隧道前。为了吸引游人，当地有关部门在入口处还特意建成了一垛城楼，书写了"明长城隧道"五个金字。如果去掉这个门楼可以想象得到，历史的隧道洞口是十分隐秘的。这里的地势很是险要，西南面的老牛山峭壁高耸，下面湍急的河水又宽又深，长城逶迤而上盘旋在重峦叠嶂之上。想要攻克这种屏障总有千难万险。为了节省守关人力，为了取得出其不意的战果，设计人员因地制宜从长城内侧的教军场绕过九门口长城修建了一条全长大约一千米的秘密隧道。

钻进隧道顿时觉得凉爽了许多，外面的酷热一扫而光。两米高、一点五米宽的隧道曲曲折折伸向人们意想不到的地方。它不是土洞，无论墙壁还是地面都是岩石。可想而知，其开凿工程是多么的艰辛。据说一共开凿了29个石洞，分别有指挥中军室驻军室、兵器库练功室，还有粮库伙房碾坊水井，甚至还有禁闭室和祭神拜佛的场所。隧道很阴暗，墙壁滴着水珠，不适合长期居住。似乎没有史书专门记载两千多名军士们在洞中的艰苦日常生活。洞中设计的排风口很是巧妙，不是专业人员很难察觉。

暗道修好后，利用它取得作战胜利最著名的例子要算明末吴三桂勾结清军绞杀李自成农民军的战斗了。

洞中有几处雕像，活灵活现栩栩如生地展现了当时的情景。洞口的牌子"人物场景六"是这样介绍的："公元1644年4月6日李自成为收复边关，派使者李云和劝降吴三桂并威胁吴三桂，如果不降将你全家问斩，吴三桂一怒之下斩了来使。"而洞中的雕像则是，两名粗壮的军人架着双臂被捆的大顺军使者李云和向外拖，使者一面挣扎，一面仰天狂叫。

洞中作战室有这样一组雕塑，一名戴着红色顶戴的清朝将领正在发号命令，他的身旁和桌案前各站着一名文官、一名武将抱拳施礼。这个场面说明接受命令的武将即将领命杀敌。其洞外的牌子"人物场景三"是这样介绍的："公元1644年4月15日，面对临近的李自成大军，吴三桂临危不惧，分派各将领严阵以待，在清军尚未来到的情况下从容布阵。"这个石洞的设计者把那时还没有投降清朝的吴三桂和另两名文官都打扮成了身穿清朝文臣武将的样子，显然是搞错了。他们不是史学家，没有做到细枝末节的准确也情有可原。"人物场景四"的牌子说道："吴三桂得知家人受辱，决心和李自成死战到底，因兵力悬殊，决定联合清军，遂派使者面见多尔衮，请求援兵。清兵统帅多尔衮接到吴三桂使臣马标书信后，决定连夜从沈阳派精锐骑兵8万人连夜疾驰奔向山海关，于4月21日晚上赶到一片石关和隐藏在长城隧道内的吴三桂部下，内外夹击使李自成部溃败。"

我认为这场决定三个集团的生死之战是这样的：1644年3月26日，走到永平西沙河驿准备回京投降大顺的吴三桂得知父亲和家人被抓被拷打，爱姜陈圆圆被霸占后怒发冲冠，一气之下回军山海关，冒充刘宗敏部队进行换防，轻而易举地就俘虏了大顺军队的守将牛大山和绝大部分人马，只有唐通带领几个随从逃跑。然后，吴三桂派部将杨坤、郭云龙带着自己的书信赶往大清的首都沈阳，向清朝摄政王多尔衮明确提出借兵1万，为了表示诚意吴三桂还撤走了守卫宁远的军队。崇祯十四年（1641），蓟辽总督洪承畴率领八路总兵13万大军参加松锦大战，明军被截断归路而战败。在万般无奈下，洪承畴和祖大寿在一年多时间先后投降清军。他俩投降的军队正好是1万。

1643年9月21日，皇太极暴亡之后，长子豪格因为争夺皇位与多尔衮闹得满城风雨。大智大勇刚刚摆平豪格的多尔衮见到吴三桂使者递上来的书信仔细看了起来："……三桂受国厚恩，悯斯民之罹难，拒守边门。欲兴师问罪，以慰人心，奈京东地小，兵力未集，特泣血求助。我国与北朝通好二百余年，今无故而遭国难，北朝恻然念之。……除暴翦恶，大顺也；拯危扶颠，大义也；出民水火，大仁也；兴灭继绝，大名也；取威定霸，大功也。况流寇所聚金帛、子女，不可胜数，义兵一至，皆为王有，此又大利也。王以盖世英雄，值此摧枯拉朽之会，诚难再得之时也。乞念亡国孤臣忠义之言，速选精兵……灭流寇于宫廷，示大义于中国，则我朝之报北朝者，岂惟财帛，将裂地以酬，不敢食言。"看到此信，得知大明皇帝自杀身亡李自成攻占北京，多尔衮如获至宝、喜出望外，他一眼就看透了吴三桂的心思，立即决定利用这个千载难逢的大好时机图谋中原。他首先派兵去接收宁远，然后倾全国之力征兵征粮调集军队。

由此信可看出，吴三桂手下的幕僚也有"才高八斗"之人，寥寥数语把事情的由来、前景、利益分析得头头是道入情入理，充满了极大的诱惑。聪慧勇武绝顶、虎视眈眈、老谋深算的政治军事奇才多尔衮焉有不顺势而为大展宏图的道理。

在冷兵器时代没有现代化交通工具，军队步兵行军要安营扎寨，其标准的行军速度为一天30里。从沈阳到山海关将近800里，从北京到山海关大约700里，从山海关到九门口城关30里。

吴三桂反叛后，李自成命令唐通、白广恩两位部将带领一万多人马立即前往长城的第二道关口一片石扎营立寨，准备攻打防守较为薄弱的九门口城关，截断吴三桂的另一条通路。然后在4月13日亲自率领主力部队从北京出发向山海关进军，于4月20日来到山海关。与此同时，多尔衮派出8万大军，日夜兼程赶往山海关。来到距山海关30里的中前所城，出现了两条路，一条向西偏南通往山海关，另一条向西偏北通往九门口城关。多尔衮认为，山海关城高池深有红衣大炮防守严密不易攻克，九门口的守军相对薄弱，于是兵分两路，他亲自带领一部分人马前往吴三桂驻扎的山海关进行支援，让阿济格带领大部分军队赶往九门口长城，两路人马于4月20日抵达了指定位置。

吴三桂的关宁铁骑有2万多人，在3万名乡勇的配合下分别守卫在山海关至九门口城关30里的长城上。而两处关口的大顺军大约为6万。

4月21日凌晨时分，九门关清军在常胜将军阿济格的率领下突然趁着黑暗从城门杀出，守军从暗道又出其不意地绕到了大顺军的侧后，两军前后夹击，很快就以多胜少击败了一片石的唐通和白广恩的大顺军，然后裹挟着胜利的余威杀向30地里外的山海关。在主战场的山海关，李自成则是在天亮以后指挥大军开始了大举攻城。山海关虽然有红衣大炮，可是它的两端西罗城、北翼城和东罗城却相对较弱。农民军看准了薄弱处，人人奋战英勇争先，一度攻占了北翼城头。

有了清军作为后盾，吴三桂带领他的铁骑殊死一搏，突然放出撒手锏冲出城池，冲向利于骑兵作战、较为宽阔的山海之间的一片石地区，而多尔衮则站在山海关城东欢喜岭长城的威远台上观战。惯于野外作战的李自成看到吴三桂军杀出大喜过望，他调集部队全力围杀。关宁铁骑虽然英勇，可是大顺军队也毫不示弱，人数稍多的他们逐渐取得了战场上的主动权。

到了中午，吴三桂的人马渐渐支持不住开始疲于奔命。观战多时的多尔衮看明白了吴三桂没有使诈而是真心跟李自成拼命作战，就下达了出击的命令。以逸待劳的清军全力杀出，此时又突然刮起了狂风，呼啸的西北风遮天蔽日，把逆风作战的大顺军刮得晕头转向睁不开眼。本来他们就苦战了多时已经疲惫交加体力透支达到了极限，在清军突如其来的鸟枪火炮弓箭飞弩的打击和骑兵刀枪剑戟的冲刺砍杀下崩溃了，只有大败而逃。看到再继续作战就有全军覆没的危险，李自成只能无奈地下令撤军。这一撤，就撤到了100多里之外的永平城，在交出了明朝皇太子朱慈烺之后多尔衮才同意暂时停战。得以苟延残喘的李自成急忙逃回北京，杀死了吴三桂一家38口人。在匆匆登上皇帝位的第二天就逃出北京，临走还采取了宋献策的馊主意，狂暴地放了一把大火焚烧了故宫。大火连烧三天三夜，除了他登基的武英殿没有焚毁之外其他宫殿满目疮痍，所剩无几。以后，他一路南逃，再也无力回天。

有的书上说，由于指挥战斗的李自成事先没有侦察到清军的动向，没有判明清军所在的位置，也没料到清军会这么快地参战，当清军8万骑兵突然从天而降时，他的部队措手不及腹背受敌，只有仓皇而逃。虽然不能说利用九门口隧道是联军取胜的决定因素，可是它的确产生了出奇制胜的效果。阿济格率军击败了九门口长城的大顺军以后，就形成了对山海关李自成军队的合围之势。加上武器精良、人马强悍，又经过了短暂的休整，在天时地利人和的条件下，清军取胜自然在情理之中。

而吴三桂在多尔衮率领的如泰山压顶的大军之下哪里还有丝毫不服从命令的资格，只能乖乖就范，只能追杀大顺军队。至于当了清朝云南王之后被逼无奈打出反清复明的大旗则是后话。

回北京的路上夕阳惨淡淡的，似乎充斥着惋惜和哀叹。下雨了，风吹着雨潇潇洒洒，将闷热的空气一扫而光；将对李自成的感叹、对他葬身之地九宫山的联想吹向了缥缈的远方。

岳麓山的碎语

"远上寒山石径斜，白云生处有人家。停车坐爱枫林晚，霜叶红于二月花。"我们的车向着滋生白云的地方飘然而去，仿佛也成了杜牧笔下悠然的风景。一路望去，黄栌、枫树正是人们心中最美的颜色，红得像血。它与天上杜牧盛赞的白云交织在了一块，将这肃杀的大地铺盖得灵魂离窍，剩下的只有岳麓山凄切的风声和书院留下的不肯远游的读书声。

有普通人讲，它，杨柳轻拂碧水环绕；还有伟人说，它，万山红遍层林尽染。果然他们的描绘大不相同，一个赞初春一个咏秋末，可谓情景交融。这个地方与家乡长沙的岳麓山、爱晚亭却是"南辕北辙"相隔数千里远，但是它的景色美得使人惊异，以致带着血色。

与北京的东岳庙名字一样响亮，由于有了宋朝修建的屹立在小山之上的东岳庙，这座山就被人们称为岳麓山。虽然地处遥远的大西北，可是比起湘江边上的岳麓山它多了几分豪迈。它的怀抱中除了有人们熟知的各种高大粗壮的松树、柏树之外，还有许多不为常人所知的白榆、柠条、山杏、刺沙棘、穗槐等。以至于时节一到，瓜果梨桃漫山遍野。不用夸大其词地说，这一切都记载着小山西面洮河的功绩。

　　走进还没被黄土的苍凉沾染的位于临洮县城城东的岳麓山、走进由两只石狮子镇守的题写着"岳麓山"三个大字的牌楼，就发现这个地方别有风情。在河水的舒缓下，山上呈现出大西北少有的绿水青山的景致。连翘、丁香、牡丹、桃梅、黄花、唐菖蒲、郁金香、大丽花等众多花卉紧紧地把岳麓山公园捧成了"空中楼阁"。顺着花鸟戏耍的羊肠小路，伴着古柳交错的山势，我走过惠桥，从这里开始向上便是十步一楼、五步一阁、美景连连的天地。畅怀亭、悬亭、风雅亭、伏龙阁，这些色彩凝重的建筑便恰如其分地掩映在树影和花草丛中。沿着优雅的林木，走过一段幽静的山路，就看到了坐落在半山腰中的超然书院。

　　站在超然台上，我的视野扑向广阔的山外。洮河水在这里还是清流，到了永靖县茅龙峡洮河黄河入口处时，却变成了"阴阳交汇"的怪景。在这里混浊的是洮河，清澈的则是黄河，水土流失啊！这座地处丝绸之路要道上的岳麓山就理所当然地成为控扼陇蜀的要地，而临洮县也就成了一方重镇。我转过身，这才留意起超然书院来。它的建筑共有五间，向北为新建悬楼，向南为吊脚悬楼，这是明代嘉靖年间曾任南京兵部员外郎的杨继盛被贬为临洮典史时，为了发展临洮的教育事业而自筹资金修建的。可惜，这里已经没有了一代忠臣杨继盛办学时遗留下来的任何痕迹。当时他卖掉自己的车马和妻子的首饰修建的前三间揖见之所杳无踪迹，当年的中五间讲堂、后面高处三间的道统祠和祠里面供奉的上至三皇五帝、下至宋元明的圣人等前代先儒塑像都"灰飞烟灭"了，连乾隆年间重修的建筑也不见了踪影。而他在书院讲学时撰写的镌刻在文峰塔身上的名联"铁肩担道义，辣手著文章"，不但清晰夺目，更使人心潮澎湃。

　　因为弹劾与严嵩"情投意合"的败军之将仇鸾，杨继盛被贬为狄道（今临洮县）主管缉捕罪犯的典史。虽然远离了政治旋涡的中心，任微末小吏的杨继盛却没有忘记"为天地立心，为生民立命，为往圣继绝学，为万世开太平"的政治理想。除了兴修水利、开采煤炭，他还大办教育，使超然书院声名鹊起，不仅吸引了一批优秀文人前来讲学，还使得汉、回、藏各族学生在这里受到了系统的儒学教育。后来仇鸾罪行暴露被诛杀。公元1552年四月，嘉靖皇帝想起当年杨继盛上书时的忠言，就下旨提升他为诸城知县。一个月后调南京户部主事，三日后迁刑部员外郎，后改兵部武选司员外郎。嘉靖三十一年（1552）十二月，他抵京赴任。对大奸臣严嵩的祸国殃民行径早就极端愤怒的他，刚到京城上任的一个多月，就冒死上疏《请诛贼臣疏》，弹劾严嵩"十大罪、五奸"，并要求早加诛戮，以清朝政。对严嵩言听计从的嘉靖皇帝读到奏章后暴跳如雷，将他下诏入狱。面对狱吏滥用的惨无人道的酷刑，杨继盛没有一丝一毫的胆怯，视死如归。在狱中他打破瓷碗，割掉了自己身上感染腐烂的血肉。

公元1555年冬，杨继盛等九位忠臣共同遇害，他年仅40岁。行刑那天全城百姓蜂拥到刑场，为杨继盛送行。哭声震天，使晴朗的天空突然无比昏暗。他死后12年，隆庆皇帝继位后为他平反，追谥"忠愍"，在保定修建了"旌忠祠"；临洮人民在书院内建了"杨忠愍公祠""双忠祠"，直到今天这里还传诵着"国士无双双国士，忠臣不二二忠臣"的千古名句。保存在书院内的清光绪年间制作的、杨继盛手书"赏心况有樽前客，忍负春风寂寞还"对联的石碑虽然默默无语，却追忆着忠臣不畏死的壮举。石碑周围低矮的花草不动声色地眺望着高耸的文峰塔，使超然书院多了几分沉静。

超然书院旁边，在高大的梧桐树稀疏的残叶中，有一座普通的砖石建筑，台基上镌刻着"凤台"二字。当地人说，这是老子飞升之处，它来自"有凤来仪"的说法。这里还流传着老子提笔点太极的传说。为此，人们在凤台上建了一座数十米高的老子飞升阁，里面供奉着一尊高约三米的老子汉白玉石雕像。

别看这个岳麓山不算太高，可是除了超然台、道统祠之外，还有武侯祠、椒山祠，并且还建有先农坛、文昌阁、地母宫、曾观、太平观、奎星阁、三星阁、龙泉寺、东岩寺、画廊亭台、碑匾刻石等40多处景观。其中还有一个姜维墩。它是三国时姜维修筑的作战指挥台，后人把它称作"姜维墩"。蜀国大将军姜维九次讨伐中原，与魏军激战于洮水河畔。他运筹帷幄，指挥若定，骑在马上的身影仿佛就在眼前。

雾在飘、云在乱，历史的悲剧有时离奇得令人不可思议。令老子想不到、令姜维不忍想、令杨继盛无可奈何的事情就在这里，在岳麓山所在地的临洮县，也许就在超然书院的美景中上演过。

公元前112年，汉武帝刘彻前往雍县（今陕西凤翔县）祭祀五色帝。随后，越过陇山登上崆峒山。他为什么要来到这么一个穷山恶水地瘠人贫的地方呢？因为这里是西陲关隘的要道。它北控金城（兰州）、南连巩昌（陇西）、西通陇右（洮、临）、东接会州（会宁），军事位置很是重要，是汉朝首都长安经丝绸之路通往西域的必经之路。春秋战国时，这里属于獂道县，被西戎獂王占领。公元前361年，秦孝公兵出獂道，擒杀了西戎獂王。汉武帝在位时，这里就成了一方重镇。汉武帝把他的游玩美名为视察。他可不是"微服私访"而是兴师动众。陇西的郡长得知皇帝的大驾即将来到，没日没夜操劳了多日仍然没有把接待的食物和用品搞齐，在汉武帝即将迈进郡衙大门的时候，这个历史上没留下姓名的地方最高官员竟然惶恐地"畏罪自杀"了。

在当时生产力极为落后的条件下，食物匮乏，的确无法保证那么多人马。责任心强的官员怕受到皇帝的指责做出这种愚蠢的行动。其实他完全可以将实际情况如实地禀报给汉武帝，然后任凭发落。

现在，这里虽然在经济上与东部还有差距，可是这里雄浑的湖光山色却是小巧娟秀的东部山水无法比拟的。

高远哪，壮烈呀，想着老子的升天，想着杨继盛的惨死。

水泊梁山的宽阔

披着彩云的落日，迎着朝阳的红霞，我们恋恋不舍地离开了藏在人间多未识的曹植墓，从名扬四海的阿胶生产地东阿县冲破雾气顺着黄河堤岸向东向南飞驰而去。风在吹、云在飞、水在唱，到处是春风，到处是惬意。昨天晚上从浮桥上经过的时候觉得泛着粼粼波光的黄河水清亮透彻，可现在极目望去，涌动的河水却变成了由金黄到浅黄，再由浅黄到金黄的浩荡，还匹配着无忧无虑烟波浩渺滚滚而来的生动与豪迈。

再次走上游龙一样的浮桥，近一公里长的桥面上居然只有我们一辆车。像云蒸霞蔚一样的内心油然飘逸起感慨，索性停下轿车站在桥面望着滚滚而去的河水，壮丽的诗篇、华美的词句就喷薄而出：前有李白的《将进酒》"君不见黄河之水天上来，奔流到海不复回"，刘禹锡的《浪淘沙》"九曲黄河万里沙，浪淘风簸自天涯"；后有苏轼的《水调歌头》"大江东去，浪淘尽，千古风流人物"，辛弃疾的《南乡子·登京口北固亭有怀》"千古兴亡多少事？悠悠，不尽长江滚滚流"。那时宋朝偏安一隅，辛弃疾词中虽然说的是长江，他九次上疏北伐都石沉大海。如果他能带领人马打回他的老家山东济南，在踏船渡黄河的那一刻，一定会迸发出更加令人震撼的咏诵黄河的诗篇。

驶过浮桥向南转过一个漫弯儿，刚刚从对黄河的感叹中回过味儿来，就看到在大路的左侧迎面矗立着一座"山"字形墙壁。洁白的墙壁上从右至左、自上而下写着"中原北齐第一佛""梁山好汉首义地"，最左面则是用红笔蘸满了激情刚劲有力地书写了三个行书大字"棘梁山"。这个名字虽然有些陌生，可是因为施耐庵的一部《水浒传》使梁山好汉天下闻名。这个梁山好汉集聚地、本来默默无闻的小山"司里山"便被当地政府开发为"棘梁山"。原来漫山遍野的荆棘没有了，可是从南北朝以来，修建的大佛殿、碧霞行宫、文昌阁、真武庙、娘娘殿等建筑还颤巍巍地留下了遗迹。所以这座位于山东东平县的小山被当地人称作三教合一的名山。其山上还有两块被称为"千佛崖"的巨石，而两侧的崖壁上雕刻着大小780尊像。其中最大的、高约7.5米的是一尊释迦牟尼造像。他的左右两侧分别站立着老子和孔子。可见那时人们心中，中国儒家、道家的创始人只能像侍从一样站在"外来的和尚"两边。这其中的奥秘很是深刻，可是于本文无缘，遂无意探究。

站在梁山县城"水浒街"的牌楼前看不到如雷贯耳的水浒山寨，倒是新铺的奶白色地砖道路两侧，青砖碧瓦的餐馆饭店鳞次栉比、迤逦不绝。绕过几个蹦蹦跳跳的学生的阻挡，突然看到了武松拳打蒋门神的"快活林"酒店。"金眼彪"施恩情深义重地站在石台上，头戴布巾，双手抱拳向所有的人施礼。我感觉塑像适当地进行了夸张，把他的两个眼睛向两侧拉得很开。这一定是雕塑家根据他的绰号"金眼彪"而进行的"艺术创作"。其实《水浒传》里并没有特别提到他绰号的由来，在他第一次出场的时候只是说他"六尺以上身材，二十四五年纪，白净面皮，三绺髭须"。梁山县文化馆馆长孙景全在他所著的《水浒博览大典》中对"金眼彪"是这样解释的："眼珠为金黄色的老虎。"施耐庵之所以给施恩加上这么个绰号，应该想形容他健壮勇猛。酒店匾额"快活林"两侧的廊柱上挂着一副对联："快活林中乾坤大；梁山泊里忠义长"。书法家老兄把"里"字写成上面一个又像"六"又像"元"的字，下面是一个"衣"字。我妄猜是"里"字。日后见到这位高人再请教。顾不上进到"快活林"里观看武松把蒋门神的娘子扔进去的那个大酒缸，很快就站在了大书法家舒同先生题写的"梁山泊"巨石前，看着不宽的湖水多多少少有些失落。施耐庵在《水浒传》中，对八百里浩浩渺渺恨不得能够吞云吐雾的梁山是这样描述的："方圆八百余里，中间是宛子城、蓼儿洼""山排巨浪，水接遥天"，可是看着瘦弱的湖水和几条有气无力的游船忍不住转回头去，暗想经历了八百多年的风雨沧桑，其中有元朝的退水还耕、明朝早期的拓荒移民、清朝重视农耕和现代的农业政策，把耕地极大地扩展，而把水面大量地压缩，不可能再看到梁山水泊有宋徽宗时代的广阔身影。《水浒传》中说得应该没错，那个时期黄河泛滥，位于济水的梁山被黄河泛出的水流围绕，向南与东平湖连接也许还不止八百里。环顾四周，挤不出更多的时间眷顾阮氏三雄来去自由的石碣村，也没有来得及瞻仰"母夜叉"孙二娘开的"辛店铺"、"云里金刚"宋万故里宋村、"摸着天"杜迁故里杜尧洼等被当地人誉为明珠的旅游景点，就迫不及待地顺着狭窄的湖水绕了一公里，匆忙走到梁山大寨的入口处。

　　木檩子搭成的带脊的简易寨门便是水泊梁山的第一道关口了。门楣处三个金色的大字"梁山寨"显得气宇轩昂，门两侧的对联与之相辅相成："撞破天罗归水浒；掀开地网上梁山"。我们无须"撞破"也无须"掀开"，与众人一样信步而入。进了寨门不过十来米就看到了石头砌成的高五六米的城池，上面还架着门楼和长廊。石头城还用繁体字写着"二关"。其背后有石台阶可以登城。关内几乎没有空地，不过几米就开始上山。我们走的是"西路"。

小山不高，不过二百来米，可是依然要穿过树木林立、道路崎岖、两侧峭壁高耸的台阶攀缘而上。山顶左侧是一组浅褐色石雕群像，"豹子头"林冲两边站立着形态各异、刀切斧砍一般的六位首领，"云里金刚"宋万、"九纹龙"史进、"摸着天"杜迁、"赤发鬼"刘唐、"病关索"杨雄、"拼命三郎"石秀。几位英雄都被雕刻成了摩拳擦掌、栩栩如生、英姿焕发的形象。

梁山的主要建筑"号令台"正在修建，四周围着帘布，无法一睹它的究竟。它是整个梁山的军事要地，是四条通道的汇集处。其东北方通向忠义堂，西北连接左寨，面临右寨和下山通道。之所以把"号令台"修建在这里，符合战术需要。如果有敌人攻打，这里是山上道路和下山通道的聚会处。离它不远的山梁上，建筑师特意为"黑旋风"李逵修建了一座"黑风亭"。虽然建造得比较简单，只是四角的青瓦亭，可是在108个好汉中，他却是独一份儿享受这种荣誉的人。亭子对面小路的旁边立着一块两米多高的巨石，上题写着三个刚劲有力的黑色大字"黑风口"。一位身穿黑衣黑裤、头扎黑巾、满脸胡须的大汉手持一对短把板斧比画着各种砍杀姿势的动作。顺着山梁往忠义堂走，远远地就能看到路的左侧立着一座高大的石雕。雕塑家一定喜欢"小李广"花荣，否则也不会在狭窄的山顶单独为他立一尊左手握弓右手放箭后仰天长啸的神姿塑像。再往东就来到了坐落在梁山主峰虎头峰的"忠义堂"。四层台阶的小广场上，立着一根三丈多高的粗木杆，上面迎风飘扬着一面黄底、中间是浅红色、长方形的杏黄旗，旗子的两边长长的辫穗也随风摆动。上面横着书写了四个行书大字"替天行道"。所谓"替天行道"源于老子《道德经》："天之道，损有余而补不足。"大意是代替老天主持公道。

走进"忠义堂"大门，出现了一道木廊，正赶上景区武术队表演散打翻跟头。一群生龙活虎的年轻人跳出大厅，不是"云里来"就是"雾里去"折腾了一个天翻地覆。看完表演人们涌进由"聚义厅"改名的"忠义堂"。正前方是半米高的石台，上面没有桌案，横梁中间挂着红边儿黑底红字竖条旗，上书"呼保义宋江"；右边和左边分别挂着黄边儿白底红字"玉麒麟卢俊义"和"智多星吴用"的竖条旗。大厅两侧则是按照三十六天罡星、七十二地煞星的顺序摆放的交椅，每把椅子后面悬挂着长长的竖条旗却是黄边红底白字，显然跟"大头领"有明显区别。想象不出，当年这些成员复杂的好汉在排座次的时候各自都在想些什么？

看过了道教太虚神的"虚皇坛"和供奉着宋江和吴用事先刻好的梁山好汉座次位置的石碑的"石碣文坛"之后，从木廊而上，经过"靖忠庙"和"天书阁"来到最高处的"雁台"。站在窄窄的雁台上可以俯视梁山的山山水水和梁山县城。山脉不长也不算高大，不过几里地的样子。如果在这小岛上真要驻扎军队，几乎没有合适的平地安营扎寨，不要说《水浒传》中渲染的在接受"招安"时梁山有七万人马，就是七百人也无处安身。与湖水紧密相连的县城倒是高楼林立，一派欣欣向荣的气势。

在宋徽宗宣和年间，宋江的确率领着一些人在此处起义。《大宋宣和遗事》中记载的是除了宋江还有"智多星"吴用、"玉麒麟"卢俊义、"大刀"关胜、"活阎罗"阮小七、"赤发鬼"刘唐等36人。"晁天王"晁盖不仅排名靠后，就连许多在《水浒传》里叱咤风云的英雄人物都子虚乌有。在"天罡星"里不但半神半鬼的"入云龙"公孙胜不在其中，就连"官逼民反逼上梁山"的第一典型林冲和被渲染成"地煞星"并且排名第一的号称"地魁星神机军师"朱武也不在其中，更不要提排在后面的"白日鼠"白胜和"鼓上蚤"时迁了，统统都是施老夫子"出神入化"飞笔拈来的浓墨重彩的人物。

宋徽宗宣和元年（1119）年初，朝廷将梁山八百里水域归为

"国有"并颁布法令规定，凡是入湖捕鱼、采藕等劳动者都要根据渔船的大小上缴税银，违令者按照偷盗论罪。宋江等36人不堪重赋，于梁山揭竿而起。因为山势狭小不是久留之地，他们争斗了一阵就离开梁山这个易攻难守的绝境，转战于山东的青州、济南和江苏的睢宁一带，前后攻下十余座城池。《宋史》记载："淮南盗宋江等犯淮阳军，遣将讨捕，又犯京东，江北，入楚海州界，命知州张叔夜招降之……"《东都事略》是这样记载的："宋江寇京东，蒙上书陈制贼计曰：宋江以三十六人横行河朔，京东官军数万，无敢抗者……不若赦过招降，使讨方腊以自赎。"朝廷采用这个建议，派张叔夜前去招降，结果未能成功。到了宣和三年（1121），宋江从沭阳乘船到达连云港登岸后，遭到张叔夜招募的一千勇士的伏击，船只被焚烧，宋江等人陷入重围，最后战败被俘。至于宋江是否参加过平方腊的战斗和征讨辽国的战争，史学界都有争论。但是他从来都没有攻打过高俅率领的官兵，也没抓住过方腊，应该符合历史的真实。

　　至于宋江义军的规模有多大，我认为其人数最多时不应超过几百。最后宋江的部队被埋伏的一千名官军俘获就可以证明这一点。

　　我想，现在许多人不喜欢读书，他们想过没想过，一部《水浒传》为多少文人雅士带来感叹、享受和痛苦，为多少普通百姓带来欢乐、勇敢和悲伤。作者施耐庵用他惊天地泣鬼神的笔为中华民族文学宝库建筑了一座光芒四射日夜生辉的璀璨丰碑。这部大大夸张了历史事实的著作，可以说"化腐朽为神奇"，把宋江领导的、一支小小的、起义了不到两年就失败了的农民起义军塑造成了"替天行道"、人才辈出、各怀绝技、战无不胜的仁义之师。没有这部著作，这个毫不起眼的小山包怎么能够变成国家5A级旅游景区？又有什么魅力能使国内大江南北、国际五湖四海的各界人士趋之若鹜地前来谈古论今、"战天斗地"？没有这部著作，怎么能够让武松、西门庆、潘金莲、林冲、高俅、宋江、王干娘、李逵、李鬼等形形色色的人物深入人心，成为家喻户晓、耳熟能详的千古人物？

出了南门就看到，武松景阳冈打虎、鲁智深倒拔垂杨柳的神姿塑像熠熠生辉。在广场中央则竖立着名扬海内外、学贯千古的一代宗师施耐庵的立像。36岁时他就跟大明开国元勋刘伯温同榜高中进士，曾参加过元末张士诚的农民起义，后来隐居与弟子罗贯中潜心著书，写出了这部惊天地泣鬼神的"伟作奇书"。

走过了题写着"水泊梁山"的绝壁、离开了"浩气撼山岳"的石墙，五月的风夹带着槐香与春色、留恋齐飞，和天上的云、水中的画一色。

白登无痕

顶着秋天少见的暴雨我们一路向北，越过燕山山脉，沿着桑干河北岸，直扑古平城东郊的白登山。辗转而上，暴雨歇息的时候远远地就看到山坡北侧的树木旁边有一间小屋，门框的小木牌儿上白漆书写着几个字"采凉山值班室"。

看到屋里有人我急忙下车，突然刮过一阵大风，吹得我打了一个寒战。只是一场秋雨就使气温骤降了十多摄氏度。北京正是秋高气爽，在这里却觉得寒气透骨。我裹了裹外套敲开了屋门。值班员指着平缓的山坡告诉我这就是白登山，也叫马铺山。他的话令我大为不解，脱口而出："是吗，这里就是匈奴冒顿单于围困汉高祖刘邦的地方？"看着我迟疑的神色他点点头。无论如何我不敢相信这座平淡无奇、毫不起眼的小山，就是汉高祖刘邦率领着几千先锋骑兵与匈奴40万大军血战了七天七夜、几乎令他死无葬身之地的地方。

关于白登山的具体地点，史学界一直存在争议。第一种说法是，马铺山就是白登山。他们的根据是，北魏郦道元在《水经注》中记载，白登山在平城东七里；《山西通志·山川》云州部分记载得更详细一些，"小白登山在县东七里，高一里，盘踞三十五里"；东汉经学家服虔为《汉书·匈奴传》作注时曾称"白登，台名，去平城七里"；三国时期魏国大家如淳为《汉书》作注中说白登是"平城旁之高地，若丘陵也"。1984年4月，大同博物馆在大同城东的东王庄西北侧挖掘了一座北魏元淑墓，出土的墓志上刻着"葬于白登之阳"。有了这些言之凿凿的史学大家的定论，还有北魏的墓葬为依据，就使得大同市有关部门认为马铺山就是当年的白登山。1993年，市政府在低矮的山顶立了一块"汉阙式"石碑，上面洋洋洒洒地记述了"白登之战"。

站在沟壑的石块上向西瞭望，大同市参差不齐的楼宇在冷云的飘浮中矗立；迟缓的御河河水卷着"风萧萧兮易水寒，壮士一去兮不复还"一样的悲壮歌声"铩羽而去"，闪动的波纹似乎也充满了凄凉与决绝。转回身来，脚下就是平城通往集宁的著名古道"白登道"。像河道一样黄土连连的大道正在重修。值班员指着山顶告诉我，石碑在山顶，是白色的。他还指着远处说道："那就是采凉山了。"又一道小小的谜题难住了我，隐约在至少三十里之外的、被浮云包裹的采凉山怎么会将值班室设在了这么一个不起眼的小路路口，还如此地简陋。由于天气寒冷，我只穿了两件单衣，就遗憾地放弃了询问，钻进了轿车。

我想寻找一条路开车上山顶，于是沿着值班室西侧的小路"挺然而行"。走了二三里柏油路断了，右侧新建了一处滑雪场，空阔的室内寂静无人，偌大的原野只有我们一辆车，室内室外与冷云一样，除了清冷还是清冷。车是无法向上开了，看着在风中颤抖的白杨和摇摆不定的柳条我暗想，在这荒山野岭杂草丛生的荒蛮之地，绝不是我和妻子肆意潇洒的乐园。山虽然不高也不陡峭，可是暴怒的狂风似乎给我下了一道指令："回宾馆睡大觉。"

下面的故事众所周知、耳熟能详。汉高祖六年（前201），韩王信伙同匈奴进攻太原。为了彻底解决北方祸患，刘邦率领32万大军御驾亲征，先后在铜鞮、楼烦告捷后不顾娄敬劝阻轻率先锋骑兵追至平城，被40万匈奴冒顿大军围困在白登山上死战七天七夜。在弹尽粮绝时采用了陈平的计策才死里逃生。至于鬼才陈平使用了什么计策让匈奴单于良心发现至今依然是千古之谜。最通俗的说法是，高祖使者携带了大量的珍宝贿赂了匈奴单于的阏氏，在阏氏被迷乱的两眼放光之际使者突然从怀中掏出一幅绝世美人的画像，并且指着画像"教导"她道："汉皇被困此山，如果被抓，他的这些美人将全部成为你丈夫的小心肝儿宝贝，那个时候你将被取而代之，一定会被冷落在阴山脚下与侍女共度余生。要想保住你独揽后宫大权的最好办法只有一条，那就是请你们单于放一条生路让我们皇上回到平城。只有这样，你才能保住永远被宠的至尊无上的地位。"临走时，使臣又补充道，"你们的人民一贯放马由缰，怎么能够胜任繁重而凄苦的农业劳动呢？再说，我们的大军就在离平城不远的地方，一半天就能赶到，你们虽然暂时围住了我们的皇上，可是大军一到，很难说谁输谁赢，你们不如做个顺水人情，两家永修世代友好。"

使者的奇珍异宝和花言巧语不但迷住了阏氏的双眼和心智，也使匈奴单于听信了女人添油加醋的耳旁风，在迷乱之时令他的部队打开了围困白登山的西南一角，高祖趁机逃出。当然汉高祖一定接受了匈奴人极其屈辱的、无法言喻的条件，否则一代奸雄冒顿单于怎么可能突然犯傻，轻而易举地放飞了到手的猎物呢！

看着荒草连连的山坡，我认为当年高祖被围的白登山绝不可能是现在的马铺山。原因很简单，那就是马铺山太矮、太小了。平地而起高不过一百五六十米，长不过六七里，宽只有三四里，既没有悬崖峭壁也没有沟壑峡谷，可以说平淡无奇，匈奴骑兵只要一拥而上，不要说七天七夜，就连七个小时高祖的军马也抵挡不住，就会全军覆没。再看看屏障叠起的采凉山，虽然没有高耸万丈却是穿云入天，它的海拔2144米，为附近一带的最高峰。从地面到山顶的高度要比其余脉马铺山高出8倍，其面积也有近650平方公里。与北面内蒙古的大盘梁山遥遥相望，与西面的西寺梁山隔壑相峙。有诗赞美："马嘶踏遍银山顶，鸟倦惊飞玉树枝。"在山尖顶下面的山坳中还建有几间房屋。到了明朝，扩大了建筑规模改为地藏寺，形成了前后红砖碧瓦的三层院落。由于有了高耸的嶙峋山势，加上地形复杂、小路崎岖，大兵团无法展开规模宏大的作战。只要守住路口，其易守难攻的优势就自然形成了。尽管匈奴40万大军连续七天七夜的"狂轰滥炸"，却未能攻破雷池一步。

为什么司马迁在《史记》中没有详细记载此事，而是一带而过呢？他只是为了好友李陵辩解了几句就惨遭宫刑，有此众所周知的顾忌无须赘述，也想象得出他肯定不敢再次"犯上作乱"。为什么那么多古代大贤把马铺山当作白登山而著入史书呢？也许因为那时交通不便，他们没有充足的时间和得力的交通工具，一定是没有身临其境，没有亲自爬上白登山考察这里的地势地貌就人云亦云。诸位大家、智识人士有此小小的纰漏不足为怪。

看着白登山中红墙绿顶的三层院落的地藏寺，凝视着右侧枝叶婆娑的冷杉林和左侧的美颜如春的桃花丛，眺望着影影绰绰的大同市，我在想，刘邦真是一代英主。他逃回广武的第一件事就是，把娄敬特赦出狱当面认错，封两千户为建信侯；并且采用了他的政策建议与匈奴和亲，后来的历史证明，强悍的匈奴在一个阶段内与汉朝和平相处。汉朝的几代皇帝适时地轻赋薄税休养生息，从与匈奴交战的困难局面中摆脱了出来，逐渐增强了国力。

突然，一只游隼扑向地面，扑向一只跳跃的野兔。由于有了黄芪、山茱萸等树木的遮挡，野兔钻进密林得以逃脱。游隼只能怏怏地落到了裸露的红石崖上再次虎视眈眈。《大同志》记载，明代简王桂、戾王逊焴、隐王仕㙻、懿王俊杖等九位藩王葬于余脉的马铺山下。清兵入关后放了一把火,使享殿、碑亭和石雕牌坊等建筑都被焚毁,它们被淹没在了历史的烟尘中。我仿佛听见,御河河水在冷风中仍然在无休止地低吟"风萧萧兮'御水'寒,明士再游兮何日还"。

狱中大义

披着壶口瀑布飞溅的"狼烟",穿插在古帝都平阳城后花园火焰山的崇山峻岭之中。还没到重镇光华,雨雪就裹挟着黄土高原浓重的气息飘扬起来。到了临汾我们没有停车,而是穿城而出,向北去寻找"苏三监狱"。

进了洪洞县,一条由南向北的狭窄街道在国槐的"掩护"下伸向雨雪的深处。由稀疏的枝叶漏下来的雪粒在风中游弋。忽然,不知从哪里传来了一阵怪异而高亢的蒲州梆子的腔调。雨雪好像听到了指令,集中地向路东的一座建筑飞去。我这才发现,在一对石狮子护守的门楣上挂着一块黑色匾额,上面赫然题写着"明代监狱"四个金色行书大字。

由于有了苏三,这个明代监狱被人们叫作"苏三监狱";由于有了苏三传奇的故事,这个监狱就与北面几公里外的"大槐树"一样赫赫有名了。

进了暗绿色大门,我就看见了苏三。她像女神一样站立着,手背向上,左手搭在右手上。高高的发髻下,是一副让任何男人都会为之心动的高贵面容;深陷的眼窝蕴含着渴望自由的神情。塑像的后面是她的蜡像馆,里面是她与王景隆结识、沈洪被害、她被诬告、屈打成招、苏三起解和玉堂逢春的蜡像。右侧有一个小门，门口挂着一块写着"牢房"的木牌。走进这个小门，是一条狭长的过道，它的两侧是门对门、窗对窗，只有一米多高的牢房。低矮、阴暗是所有牢房的共同特点，在这里也毫不例外。这排右侧的牢房已经开辟成"明代刑律展览"，里面展示了明朝的律法文本和各种刑具。过道的一头有狱卒值班室，它的旁边有一座狱神龛。狱神龛边上的墙基处有一个小洞，是当年运送尸体的出口。外面临街，犯人死了只能从这个小洞拉出去。过道另一处尽头的左边，门框的上面画着一个样子很像老虎的狴犴头，这里就是死囚牢了。死牢院的右面是一堵高墙，左面就是当年关押苏三的牢房，里面有苏三坐牢时的塑像。院内有一眼井，被人们称为"苏三井"。井旁有洗衣服用的石槽，苏三曾经在这里洗过衣服。天长日久，井台上就留下了绳索磨过的一道道印记。井口的直径非常小，只有半尺多，这是为了防止死囚犯投井自杀而特意制造的。

　　人们在打仗的时候使用过各式各样的武器，常说的就有"十八般兵器"。这些兵器跟拷打折磨犯人时所使用刑具的种类相比就少得可怜了。头顶着牢房的房顶，弯腰站在沾着无数屈死冤魂血迹的刑具前，我从内心感到一阵阵发冷。无法想象这些其貌不扬的破旧刑具当初是怎样大显神威的，在这些没有一丝人性的东西面前，哭号着、挣扎着、扭曲着、乞求着多少普通百姓和曾经无比高贵的官僚。在他们中间，除了身体羸弱的当场惨死，几乎无一例外地都忍受不住酷刑只能供认所犯的罪行和加在身上的罪名。尽管是千古女名人苏三，在大刑伺候的面前也只有"屈打成招"的份儿。又有几个人能够挺得过若干套刑具的"热吻"，能够在生不如死的劫后余生中不为高官厚禄所动的人，恐怕是少之又少、寥若晨星。

当我想起赵国丞相贯高的"英雄事迹"时，从心底冲撞出来的冷战顿时就升华成了沸腾的热血。它迫不及待地扑向了我"空白的大脑"和"一片金光四射的视线"，致使我久久不能自持。

公元前201年，汉高祖刘邦讨伐匈奴和韩王信，失败后返回长安的途中路过赵国时，他的女婿赵国国君张敖已经毕恭毕敬地迎接在邯郸城外。以后的几天，他每日都裸臂挽袖亲自端水送饭进行伺候。生性傲慢的刘邦，这次出兵不但没有取胜反而被围，经历奇耻大辱才死里逃生。十分懊恼的他，把憋在肚子里的全部火气都撒在了张敖身上，稍不满意随口就骂，无礼到了极点。赵国丞相贯高和一批大臣原本都是赵王张耳的门客，张耳死后他们又辅佐他的儿子张敖。这些人都是"燕赵慷慨悲歌之士"，看到刘邦居然将唾沫吐在赵王张敖的脸上，都不由得气炸了心肺。他们认为，唯有德有才之人方可为王为帝，像刘邦这样的流氓地痞不配做皇帝。据说他们决定刺杀刘邦，拥立张敖来做皇帝。张敖听到贯高的想法之后大惊失色，急忙对众臣说道："当年项羽分封我的父亲为常山王，后来陈余打败了我父亲，占领了我们的国土，父亲走投无路才投奔了皇帝。因为追随皇帝打天下建立了功业，又被封为赵王。我今天之所以能当赵王都是皇帝的赏赐，我怎么能够背叛他呢？你们谁都不能陷我于不仁不义。"说完张敖还咬破自己的手指滴血盟誓，永远忠于刘邦。

看到赵王这样的态度，看到刘邦容忍不下异姓王而杀掉臧荼，又看到刘邦逼反了韩王信时，贯高私下与几个意气相投的大臣说："大王是一位道德长者，对皇帝感恩戴德，绝不会允许我们做对不起皇帝的事情。看来，这件事我们不要告诉大王，只能暗中继续准备，再寻找机会刺杀刘邦。如果刺杀成功，就拥立大王为皇帝；失败了，我们自己来承担责任。"他的提议，得到了大家的一致赞同。

他们居然等来了一次千载难逢的机会。第二年，刘邦为了雪耻领兵亲征，平定了韩王信残余人马后凯旋。贯高等人在刘邦必经之地柏人（今河北柏乡县），将一批武士埋伏了起来，只要刘邦一来他们就会立即杀出。刚走到门外的刘邦突然一阵猛烈的心动过速。他立即停下了脚步，厉声问道："这里是什么地方？"随行的官员回答道："柏人。"

"柏人，宰人，迫人……我们走。"有上天的佑护，刘邦成功躲过一劫。贯高等人的暗杀行动虽然暂时没有败露，可是机会永远地失去了。

汉高祖九年（前198），贯高的一位仇人不知从哪里探听到了贯高的这个秘密，他没有丝毫的犹豫，立即赶赴京城，报告了这个惊天大阴谋。赵王张敖立即被逮捕。参与阴谋的十多个人得到消息后，争相表示准备自杀。贯高却大声骂道："这件事与大王无关。如果你们一个个都自杀了，谁来给大王洗清冤屈！"听了贯高的话，那些人都打消了自杀的念头，马上各自准备囚车，打算进京为张敖申冤。

此时刘邦下旨，把张敖单独押送长安不准任何人陪同，违令者诛灭全族。贯高根本不听这一套，他和自己的手下孟舒等人，自戴刑具以赵王家奴的身份，陪同张敖进京。在长安，贯高竭尽全力为张敖辩白。为了从贯高的嘴里掏出张敖参与谋反的证据，狱吏在他身上用尽了鞭打、针刺、火烧等几十种刑罚。最后，他全身上下连一寸好皮肤也找不到了。使无数犯人磕头求饶的狱吏，居然第一次在贯高的身上，竟无刑可用，无计可施。

无论怎么审问，贯高只有一句话，就是只承认自己是主谋，一切与赵王无关。

听了办案人员无奈的汇报，生性冷漠的刘邦对贯高赞不绝口。他意识到，硬的不行，于是派出了贯高的老乡中大夫泄公，希望用软的手段感化这个燕赵志士。

来到监狱，二人谈起往事，贯高的心情逐渐好了起来。临别之时，泄公"不经意地"问了一句："你们阴谋刺杀皇帝，赵王真的一点也不知道？"贯高用全部气力说道："大王真的一点都不知道。你想一想，哪个人不爱自己的父母妻子呢？如今，我的父母妻子三族和近亲因为这件事都被逮捕，马上要被处死了。如果真是大王指使我们干的，我为什么不说出实话，用来减轻一点我的罪责。那样，也许还能保住一些亲人的性命。但是，大王真是不知道这件事！这完全是我主谋策划的，我不能诬陷大王啊！"贯高把事情的前后经过和盘托出。听到泄公详细报告，刘邦这才相信，自己的女婿确实不曾参与谋反，于是，他释放了张敖。

刘邦喜欢上了这个宁死不屈、忠诚赵王、敢作敢当、言出必行的人。他想请贯高当大官，又派泄公来到监狱。刚一见面，泄公就对贯高说张敖已经被释放。他还说："皇帝不但赦免了你的罪过而且还特别欣赏你的忠诚，他有意重用你。你的好日子马上就会一个连一个地开始了！"

贯高摇摇头轻声说道："你知道，当初我为什么没有一死了之吗？就是为了证明大王确实没有参与谋反。如果我死了，还会有谁能说清这件事呢！如今大王的冤屈已经洗清，我的责任已经尽到，就是死了也没有什么遗憾了。"看着泄公迟疑的眼神，贯高继续说道，"非常感激皇帝能够赦免我的罪过，还要给我官职，可我能接受吗？你想想，我背负着谋逆弑君的罪名，有什么脸面在朝堂上与皇帝和大臣们相见呢？虽然皇帝饶恕了我，难道我的心中就没有愧疚吗？请你回复皇帝，就说我感谢他的不杀之恩和知遇之恩，但我实在不能为他效力了！"泄公刚一离开，贯高就割断了自己的脖子，坦然而去。还有一种说法，贯高说完话，当着泄公的面向后猛甩脖子，使颈椎断裂而死。

贯高的英雄事迹很快就传遍了朝野，没有人不叹息，就连刘邦也潸然泪下，久久不能释怀。

贯高死了，他赢得了人们，甚至包括他的敌人和对他惨无人道用刑的狱卒的一致尊重。他比"义士"荆轲死得更悲壮，是最典型的"燕赵慷慨悲歌之士"。司马光这么说："高祖骄以失臣，贯高狠以亡君。使贯高谋逆者，高祖之过也；使张敖亡国者，贯高之罪也。"这个评论，还算公允。

走出苏三的注视，却走不出贯高的惨烈。冒着留连的雨雪，顶着激越的蒲州梆子，我们的车向东向南，向着下一个让我心神不定无法摆脱的历史中走去。

井陉关的落日

看到正定隆兴寺大悲阁殿脊上西侧的神兽已经坐在太阳光环里翘首凝望的时候,我意识到时间不早了。我们恋恋不舍地离开了这座隋朝修建的恢宏庙宇,立即驱车向下一站奔去。车轮与地面的摩擦声飞入双耳,立即就被我耳蜗中的神经细胞演绎成惊天动地的厮杀声。绕过石家庄市区,像当年汉王麾下的大元帅韩信胯下的千里马一样我们直扑井陉关。

一道现代人修建的带城楼的关口挡住了去路。此时的太阳虽然在晚霞的怀抱中流连忘返,可是城墙树梢上的黑暗已悄悄临近,使不大的空场有了几分压抑。城楼门洞前的两侧分别建了两个20厘米高的石台儿。台儿上是高约一米的石座。它们的正面分别刻着两幅石雕,画面应该是秦始皇出行及仪仗的车马。石座上则是两座黑色大理石石碑,右侧石碑四个黄金大字"秦皇驿道";左侧石碑也是黄金大字"背水战场"。两座黑黑的石碑虽然是新修建的,可是它们庄重的姿态依然传承着中华历史古老的神韵,依然记载着中华军史非凡的历程。

穿过门洞,我们沿着灰白色石头铺成的坡道急匆匆向关口走去。没多远,就看到路东侧排水沟与小土山之间的坡上立着一块两米多高的石碑，上面"井陉古驿"四个隶书体的大字格外醒目。它不但注视着过往的游客，还似乎在述说着传奇的历史。照了几张相，我们继续向前走。道路开始陡峭，颇有些山峰耸峙、群山拥立的气概。古人在这里开山辟岭形成了"燕晋通衢"的咽喉要道。也就是说，这条三米来宽的路是古代从石家庄通往阳泉市的唯一通道。河北一侧的关口是井陉关，河北与山西之间的关口是娘子关。据说，国际古迹遗址理事会曾有官员考证，此段路比罗马古驿道还要早100多年。公元前210年，秦始皇第五次出巡病故于河北沙丘平台（今广宗县），其遗体就是从这条驿道运回咸阳的。

走了将近三里地，终于来到一道栏杆前。

看到我们，管委会主任和一位清秀的女孩儿立即从旁边的平房中走出，兴奋地跟我们打招呼，为我们引路。此处青石板的面积比前面的大了一些，一尺多宽、两尺多长。由于常年的人来车往，路面坑坑洼洼。有一段石板上的车辙竟深达30厘米。这条深重的印痕绝对是厚重历史的真实写照。这段路被一圈栏杆围了起来。我忍不住爬过栏杆照了两张相。由于只有我们几个人在此游览，我们和管理人员谈得又很投机，他俩并没有阻拦我。站在这里已经能够看到露出黄土的城墙了。转过一个弯，一段破败的城墙上矗立着那座东天门阁楼，它就是我们向往已久闻名遐迩的、太行八陉之第五陉、天下九塞之第六塞的最著名的井陉关了。因为周围的地势较高中央稍低有些像井，所以人们就给它起了这个形象的名字。它的城楼很小，大约60平方米。在夕阳的围困下，暗暗的逆光身影似乎看不到任何神采。

坡道下起伏的山峦依恋在巍峨太行的苍茫之中。"万山争一险，绝壁鸟飞难。马度黄云合，旗翻白日寒"，其险峻的气势感染了太阳，她像不肯熄灭的灯塔，照耀着热爱她的山川大地。这里发生过许许多多与险要的山势"珠联璧合"的、精彩绝伦的历史故事。

公元前204年击败代国后，韩信的军马被处处提防他的刘邦来了一个釜底抽薪。这位汉王不但调走了韩信的全部精锐之师，还命令他只带领少数老弱残兵东征作战。忠心耿耿的韩信为了大汉的统一大业，虽然兵微将寡却重整旗鼓，毅然决定带领全部的三万部队向井陉关进兵攻击赵国。此时的赵王歇以陈余为相全面负责赵国的军政大事。陈余认为，如果严防死守井陉关，汉军肯定不来。他们不来我赵国怎么消灭他们呢！于是他带领的20万大军不守要塞，在较远的地方——绵蔓河与井陉河交汇处的东面安营扎寨，等待着韩信率军前来"送死"。广武君李左车看到这种情况立即对陈余说："韩信有奇才。之前，他一举渡河俘虏了魏王豹消灭了魏国；紧接着又打败了夏说占领了阏与歼灭了代军；现在又和张耳来攻击赵国。他虽然挟着胜利的余威，可远离后方。井陉关山路狭窄，车马不能并行。他的队伍拉得很长，粮草必定落在后面。请您给我三万奇兵，我断了他的粮道，您守住井陉关口。不出十天，我可以提着韩信和张耳的人头前来见您。"陈余却自以为是地宣称仁义的军队不可以用欺诈的诡计。韩信的军队号称数万，实际上也就几千人。如果这种情形躲避而不出击的话，那么他们强大的后续部队到了，我们又怎么对付呢？这样各国也会耻笑我们的。他的"真知灼见"很快遗臭万年。

韩信得知李左车的建议没被采纳，遂离井陉口三十里处宿营。他挑选了两千名轻装骑兵每人拿一面汉军的红旗，命令他们夜里出发抄小路绕到赵营背后的草山（今河北鹿泉区抱犊寨）隐蔽起来。然后，韩信又派出上万人的先头部队，出了井陉口背河布下阵营。

陈余见韩信背水布阵，大笑韩信不懂兵法。韩信率先带领剩下的部队冲向赵军，激战了一段时间，韩信见时机已到下令丢旗弃鼓，佯装败退。赵军果然倾巢出动追赶汉军。汉军退到河边已无路可走，于是全军殊死反击。埋伏在萆山的汉军趁机杀进空虚的赵营，拔掉赵军旗帜，竖起汉军的红色大旗。赵军见不能取胜，便想退回营寨。他们看见自己的军营插满了汉军的旗帜后大为惊恐，以为汉军已攻破了自己的营寨，军心立即大乱，将士们四散奔逃。汉军前后夹攻大败赵军，在泜水（今石家庄市元氏、高邑一带的槐河，绵蔓河的支流）岸边斩杀陈余，活捉赵王歇。

东天门阁楼下有几间简陋的展室，正对着沙盘，刘禹锡那首被抄录在墙上感怀韩信的诗，不只是令人回味无穷，可以说就是一语道破天机："将略兵机命世雄，苍黄钟室叹良弓。遂令后代登坛者，每一寻思怕立功。"

古战场上能够寻觅到韩信踪迹的，只有白石岭山坡上立着的那块断裂后被水泥粘接的石碑。上面"淮阴谈兵处"五个隶书大字还是明朝崇祯年间范志完题写的，但款识已无法辨认。谱写了人类历史上以少胜多、以弱胜强、置之死地而后生的最经典战例的天才军事家韩信，几乎"烟消云散"。明代所建淮阴侯祠也毁于民国水患。

被历史嘲弄最让人哭笑不得。当我们进到"将军祠"的时候，简直是目瞪口呆。贻笑千古的陈余，居然堂而皇之地被供了起来。理由是，陈余在背水之战中万箭穿身人不倒。可谓，"其志其节可嘉可敬"。也不能说陈余是徒有其名，他就是生不逢时，遇上了军事天才韩信。

而更让人瞠目结舌的是，1901年在井陉"庚子之战"中挫败了法寇企图西进的清朝将领刘光才，胜利后特意在"陈余祠"后的白石岭上陈余墓前为"名将"陈余立了一块"忠碣碑"，上书"赵守将白面将军陈余之墓"，以此叩拜他的神灵保佑了大清将士。

往回走的时候太阳已经落山。它不再眷恋,不再感慨。黑洞洞的是它的未来,还是它的身影,没人能说清楚。

古道蜿蜒,"秋粗梦细",无尽的曲折,就像我的思绪。轻雾飘来,是舞的使者,还是理性轨迹,能把我的"意境"溶解吗?

曹魏遗风邺城边

到达邺城三台的时候太阳刚刚升起，与太阳遥遥相对的是，三串火红的红灯笼。它们静悄悄地悬浮在大门后面长长的弧形藤萝架子上，向冰井台的方向延伸。随着灯笼的晃动，下端黄色的叶穗飘摆着，仿佛一面呼唤一面跳跃迎接远道而来的我们。

东汉末年，丞相曹操在邺城挖出了一飞冲天的凤凰，由此建造了三台。虽然这些庄重华丽的建筑灰飞烟灭在了历史的动乱中，可是当代人不但又重新修建了"邺城三台"的大门，还把大门修建得很别致。整个大门是木质结构，右侧门柱的基座是长方立柱形的，每个面的边都是黄铜制作的，中间的内容各不相同，朝东一面其中央有一条腾云驾雾的金龙，最下端则是随着浮云游弋的隶书古字，隐隐地可分辨出有"贝"字、"各"字，好像还有"胜"字。左侧的门柱是四方体的独柱，左侧是四方体的双柱，上挂着两个巨型木制车轮。门楣的中间一段宽一些，上面用红漆书写着四个大字"邺城三台"。这样的大门并不多见，显得庄重、独特。

顺着左侧的小路往西去，一里地之外就是闻名遐迩的金凤台了。由于铜雀台、冰井台的遗迹更少，金凤台就成为人们游览的胜地了。为了纪念飞阁连天的三台，人们在路边修了一座简陋的砖台，台子的墙壁上还书写了曹丕的《燕歌行》："秋风萧瑟天气凉，草木摇落露为霜。群燕辞归鹄南翔，念君客游思断肠。慊慊思归恋故乡，君何淹留寄他方……明月皎皎照我床，星汉西流夜未央。牵牛织女遥相望，尔独何辜限河梁。"这首充满了思念之情的七言诗，看不出有多少帝王之气。虽然他篡了东汉帝位，在治国理政方面却比他的老爸差远了，后来的事实也证明，他少了许多雄才大略。虽然被誉为建安三杰，他的诗文水准却远不如他的弟弟曹植，既不豪迈也不潇洒，更少了高超的艺术技巧。

信步东来，则是古镇生活的人家。他们的大门都修建成了四角亭子的样式。大门两侧挂着涂成了棕色的木板，都挂着对联与横批，最有代表性的对联则是"邺都怀古思七子；三台寻梦忆建安"，匾额的横批更有韵味"美在邺下"，落款是"翠顺书"。这户具有现代派的人家在匾额上还粘了一幅小字"心想事成"。黄金色的字、牡丹红的纸映在绿色字、棕色底的匾额上更加显眼。这副对联用行书写成，笔锋有力行云流水舒展自如，绝不输于任何大家。梁柱上挂着两个胖胖乎乎显得富态的椭圆形红灯笼，还印着三个金字"丛台酒"。旁边一家的对联也很有水准与特色"铜雀台高望汉魏；漳河水长话帝王"，横批"汉风魏韵"。

看到一位容貌姣好、穿着得体的黑色运动服的中年妇女出了"心想事成"的家门，给门前一小块菜地浇水，我上前说道："你们家家户户都很有学问的。"她眯着狭长的眼睛梳理了一下染成了金黄色的头发笑道："我们哪懂这些，这都是镇政府搞的。""你没有去城里打工？"我好奇地问。"在家里，种种庄稼和蔬菜，养养鸡和猪也挺好的，一年能挣四五万呢！"她开朗地说完露出了洁白的牙齿，笑成了一朵马兰花。这种"采菊东篱下，悠然见南山"的生活不也是许多城里人向往的吗？看看西面如黛的太行山，在她深沉的目光注视下我倒退了几步才转身向东面的小广场的长廊走去。

镇政府为了重振汉魏风骨还修建了长廊，只不过长廊的中间不是空的，而是砌成了灰色墙壁，中间烧制了白瓷砖壁画。每幅壁画大致长 2.3 米、高 1.7 米，由 54 块瓷砖拼接而成。虽然不好说这些瓷砖有多高的艺术价值，但是其流畅的笔调、简洁明快的风格还是令人赏心悦目的。其主要内容是"兵讨董卓、大战宛城、唯才是举、官渡之战、赤脚迎贤、文姬归汉……"看来此地的人们富有实事求是的精神，并不是一味地赞美曹操这位顶天立地的大英雄。从烧制的壁画就能看出，大战宛城绝对是曹操一生征战中不多的败笔，却也"明目张胆"地出现在"光天化日之下"。

公元 197 年，袁绍在河北火拼公孙瓒无力南顾，曹操趁机攻击宛城张绣，迫其投降。曹操好色，把张绣美貌如花的婶子邹夫人纳为妾，并送金银给张绣部下、骁勇善战的将领胡车儿。张绣觉得受到奇耻大辱，在三国时期第一谋臣贾诩的建议下，他突然向曹操发起攻击。杀死了曹操手下著名大将典韦和他的长子曹昂、侄子曹安民。曹操兵败如山，只有于禁全身而退。《三国演义》的作者罗贯中写诗感叹："孟德奸雄世莫同，南阳张绣逞英雄。喊声大震三更后，烈焰争飞满寨红。荀彧逃亡随野渡，曹操绝影恨飘蓬。骏骑激水奔波过，堤畔仍存旧马踪。"诗写得浅显，却也直白，充斥着无奈。大历史学家蔡东藩则认为，"曹操为乱世奸雄，乘机逐鹿，智略过人。袁绍、袁术诸徒皆不足与操比，遑论一张绣乎？乃宛城既下，遽为一孀妇所迷，流连忘返，几至身死绣手，坐隳前功"。

在宛城之战中曹昂把坐骑让给父亲逃命，自己却被乱箭射死。其生母、曹操正妻丁夫人为此与丈夫恩断义绝，死不原谅。如果曹昂不死，在立储过程中哪来那么多复杂错乱的夺嫡之争啊？

说起东汉时期的大文学家、书法家蔡邕，学过古代文学史的无人不知。他的女儿蔡文姬更是千古名女，在董卓、李傕作乱时被匈奴左贤王掳走，曹操羡慕她的才华不惜用千两黄金、一双无瑕的白璧把在北方生活了12年的她赎了回来。本来曹操极度爱慕文姬，却不愿意被人指责纳她为妾，就把她嫁给了董祀。蔡文姬在《胡笳十八拍》一诗中写道："笳一会兮琴一拍，心愤怨兮无人知。戎羯逼我兮为室家，将我行兮向天涯。云山万重兮归路遐，疾风千里兮扬尘沙……两拍张弦兮弦欲绝，志摧心折兮自悲嗟。越汉国兮入胡城，亡家失身兮不如无生……"看着催人泪下的文字，曹操大加赞赏之余产生了悔意，他就给董祀安了一个罪名下令斩杀。蔡文姬得知此事之后，在曹操宴请大臣的恢宏庙堂之上，披头散发光着脚为丈夫求情。曹操说："斩杀的命令已经下达，怎能追回。"蔡文姬不卑不亢地说："您马厩里有的是千里快马，威猛的士卒不可胜数，还吝惜一匹快马不拯救垂危的生命吗？"曹操要的就是让大美人在大庭广众之下向自己磕头求情。目的达到了，心里满足了，就释放了董祀。为此蔡文姬写了《悲愤诗》，诗的最后有这样的词句："要当以亭刃，我曹不活汝。岂复惜性命，不堪其詈骂……"

《后汉书》作者范晔评价蔡文姬："端操有踪，幽闲有容。区明风烈，昭我管彤。"明代文学家陆时雍说："蔡文姬才气英英。读《胡笳吟》，可令惊蓬坐振，沙砾自飞，直是激烈人怀抱。"作诗有屈原、李白遗风的清初诗人屈大均是这样赞叹的："缇萦能代父，蔡琰不宜家。玉石同焚后，芳声振海涯。"清代诗论家张玉谷曾作诗称赞她的五言诗："文姬才欲压文君，《悲愤》长篇洵大文。老杜固宗曹七步，瓣香可也及钗裙。"大概意思是说蔡文姬的才华不但压倒了西汉才女卓文君，就连曹植和杜甫的五言叙事诗也深受她的影响。

思索着、低吟着就来到了小路尽头的一处丁字路口。它的西南角矗立着曹魏古镇的高台，其墙壁上书写着曹操的名作《短歌行》："对酒当歌，人生几何！譬如朝露，去日苦多。慨当以慷，忧思难忘。何以解忧？唯有杜康……月明星稀，乌鹊南飞。绕树三匝，何枝可依？山不厌高，海不厌深。周公吐哺，天下归心。"台子的对面，路北侧雕刻着一尊曹操汉白玉石像。其庄重的神态与他政治家、军事家、文学家的身份很是相符。尤其是炯炯的目光深沉而富有智慧，雕刻大师绝对一流。

我暗想三国时期的邺城政治家、军事家、文学家人才辈出，现代虽然"风水"北移，可是艺术家、建筑家、设计家却后来居上。但愿漳河的水长流，邺城的台长存，把这千古的遗迹转化成现代的壮美镌刻在春风歌唱的深情中、人们欢欣鼓舞的天地里。

还乡祠的失语

过了小浪底水库，过了孟津，没有了大山的束缚，黄河就失去了激荡的波涛开始平缓地向东向中下游向华北平原流去。从表面上看黄河归于平静，可又有多少人知道，它的河底充满了险恶。也就是从这里开始，号称黄河三十六滩的旋涡，一滩比一滩险峻，一个旋涡比一个旋涡幽深，一直流到桃花峪它才有些舒缓。在河南兰考境内，它接近一个九十度的转弯先是向北，然后向东北方向进入山东地界。在宋朝建炎二年（1128），黄河被人为地掘开，使河道"夺泗入淮"，一直到了清朝咸丰五年（1855），这条狂妄成性的河流才从铜瓦厢（现在河南省兰考县）东坝头处决口，向北流去。这样，原来向东南的河道就形成了一条黄土满天的故道。

我们就是走在这条行人稀少，布满了鹅卵石的河道上的。几乎望到了当年刘邦藏身的芒砀山，几乎看到了山上几个人都搂抱不过来的银杏树的时候，我们才直向正南越过巴清河，来到了一处少有游人的地方。

天阴了下来，原来红色的围墙没有了日光的照耀已经由鲜红变得暗淡。虽然没有北京故宫城墙那样高大和广阔，可是围墙外也有一圈护城河。暗绿色的河水漂着柳叶浮着残藕载着冷漠沉静在无人的荒野中。过了几道弯曲的带栏杆的石桥就来到了祠堂的入口。这个入口处建成了大殿的模样。

"孔子还乡祠"五个金色大字赫然镶刻在大殿的横梁上，同时也题写在门前的石碑上。孔子出生在山东曲阜，他一生大部分时间都生活在当年鲁国的土地上，可是他的祖籍却在这里：在这黄河下游的南岸，中原腹地的夏邑。春秋战国时这里属于宋国，距国都睢阳大约一百里地。

过了孔子授课、孔子出游等一系列带有石刻的碑林之后，孔子的巨幅铜像就矗立在还乡祠主要建筑"大成殿"的殿门前。这座"孔子行教处"大铜像是香港孔教学院院长汤恩佳在1998年捐赠的。雕塑家用他精湛的艺术表现手法把孔子塑造得"惟妙惟肖"。这个孔子不但像一位乡村教师，而且就是一位"民办教师"。他扳着手指在谆谆教导着普通贫民的孩子，由此开创了一种区别于以前传统的只有贵族子弟才能享受到的教育，也使得这些普通百姓的子弟能够掌握文化知识，从此有了参政议政的资格，并使得贵族子弟"一统天下"的局面得以改变。这就是孔子一生中最大的贡献。至于教育的其他详细内容，还有崇古复古思想是需要专著阐述的。

飘逸在绿底匾额上的金字"大成殿"虽然不太庄重却很是醒目。大成殿是还乡祠中最主要的建筑。殿内安坐着十位孔子祖先的塑像，他们的双手或举在肋间或揣在衣袖里。从塑像的表情看不出有任何的意气风发也没有丝毫的器宇轩昂，无一例外的端庄老成。他们与门外"站岗"的孔子还真有几分相像，看来面色沧桑的孔子还真是晚辈，还真有"光宗耀祖"的福相。

孔子成年后得知自己的故乡在这里就曾经回到故土祭祖。这里留下过与他周游列国时一样匆忙的脚步；这些脚步不但带着乡土气息，还带着他心底的杀气。

石块铺成的小路躺在毫无生气的大地上，在石块儿的缝隙中发黄的杂草还没有完全枯死。它们在感叹，人们一直都在赞扬"大圣人"孔子的"丰功伟绩"，可是又有谁知道孔子心里的秘密，又有谁愿意提及孔子当年得势后的丑陋行径呢？

　　公元前496年，孔子终于被鲁国国君姬宋赏识，当上了大司寇行代理宰相。可是他上任不到三个月就诛杀了声望很高、深得国人尊敬的文化名士少正卯。他搜集到了这位人人敬仰的学者的五大罪状，并且予以公布：一、居心叵测，处处迎合普通百姓的心意；二、行为举止邪恶，不愿意接受有关部门的劝告；三、满口说的都是胡话，却坚持说的都是实话；四、记忆力超强，学问也很广博，但是头脑里装的都是丑恶的事儿；五、自己犯了错误不认账，却把错误说成是好事（心逆而险、行僻而坚、言伪而辩、记丑而博、顺非而泽）。

　　在古代，知识分子的生存空间是有限的，就难免需要抗争。那么就难免形成对社会的反抗，而统治者是要绞杀这种反抗的。孔子担任了大司寇，他的主要职责就是制裁这种反抗。

　　在那个时候，统治阶层杀人并不鲜见，管你什么名人不名人。少正卯即使属于大夫阶层，也不会是重臣，与孔子担任的"大司寇行摄相事"相差甚远。杀了就杀了，谁能说什么！站在现代人的角度看待历史往往是钻牛角尖的知识分子幼稚病的一种表现。我只是感叹，孔老夫子给少正卯编造的罪名不够理直气壮。

　　由于孔子被鲁国国君所厌恶，在祭天的仪式上就是故意地不给他一个人肉吃，他只能灰溜溜地逃到卫国。

　　孔子在被尊为圣人后，这件杀人事件就被一些人美化。他的学生当然不会在《论语》上记载这件事，他们学生的学生可以篡改史书，"聪明"和谄媚的门徒可以著书立说为他辩护，说孔子没杀人，也不会杀人。他提倡"仁"怎么还会杀人呢？

走在清冷的石板路上我忽然发现，还乡祠完全按照中国文庙建筑的基本格局和形式建造，并且使用像皇宫一样的黄色琉璃瓦顶。

走出大门的时候，雨雪如约而至。我不知道该往什么方向走，是逆着黄河水流的方向向西走还是顺流而下向东北走。突然起风了，漫天的雨雪聚成硕大的雪花，旋转着拧成了舞蹈的世界，它们恣虐汪洋地遮住了我的视线，也遮住了我前进的道路。

开阳古堡的残破

在秋风中游弋的一丝朝霞，翻过太行山之后变得无拘无束起来，像一只孤孤零零的鸿雁向西向南滑翔着，我驾车在它下面的小路上任意狂飙。脑海深处忽然飘出一种久远的思绪，它引导着我在这深秋的清晨，穿破云雾的弥漫前往一直昏睡不醒的古城。

穿过小而旧的村庄，一道高高的土墙就矗立在路口处。见到我们路两边蹿天的白杨树哗啦啦地摇摆起了"春之声"。本以为古城应该有一座城门，没想到它却以"缺口"的姿态迎接着人们。走了二十几步转过一道豁口，就来到一个小广场前。墙根赫然立着一个褐色的宣传栏，其左柱书写着四个隶书大字"关内楼兰"，右柱则是"千年古堡"。栏的右上方是一张古堡的手绘地图，下侧是航拍地图；左侧一张飞檐的照片上面则豪迈地用大小不同字体书写着"开阳堡——京西第一邑"。有心人看到这张宣传栏一定会暗暗叫好，无论古堡将以什么面目让大家领略它的风采，单凭这座引人注目的宣传栏就知道"作者"是一位懂得画龙点睛又恰到好处的人。他与城堡注定有着不解的渊源。

据记载，古堡建于唐代，清朝时曾经重修。建造初期它有玉皇阁、观音殿等大小庙宇十七座，可是如今放眼望去却杳无踪迹，一座也看不到。房屋倒是有，就是太残破了，以致失去了风采，可是这种残破却诞生了文明，诞生了辉煌的文明；说是古建筑它太遥远了，以致风蚀得没有了模样，可是这种模样却记忆了传说，记忆了千古不变的离奇传说。

黄色的半人高的土墙已经被千年的风雨剥蚀得只剩下暗淡，与脚下的土路一样原汁原味。院墙下面生长着一丛丛失去了绿色却依然直立的蒿草，看得出春天时它们一定是趾高气扬。走过两三条街巷就来到了倒塌成一段一段的南墙。出了南墙，天地豁然开朗了！土坡下排列着许多整齐的小土堆，也许堆积的是农家肥料，更有可能是村子的坟地；稍远是没有收割完毕的已经枯萎的玉米；再远就是茂密的森林了。云霭下，树木开始发黄，天地没有音响也没有了孤雁，寂静得像俄国杰出的现实主义风景大师列维坦的名画《金色的秋天》。

许多好高骛远的人总喜欢趋之若鹜地不远几千里跑到内蒙古阿拉善盟额济纳旗去看那里的三千年不倒、倒了三千年不腐烂的胡杨林，殊不知在太行脚下还坦然地生长着与之同样庄重并令人叹为观止的"树木林"。它广阔宏大、无边无沿，一直延伸到苍茫的太行山上；它茂密浓郁、层层叠叠，站在墙头分别不出哪棵是胡杨哪棵是古榆哪棵是冷杉；它们欢天喜地结伴而行是另一道逶迤而上的天然长城。

顺着城墙向东望去，城门楼黯然神伤地为残破的平地平添了几分沉重。它身边两侧的耳房和一座古庙可怜兮兮地被日光、被风雨日复一日地摧残，使得几根支撑着外墙的木柱子失去了欢乐。门楼上一位衣履破旧的老人形单影孤地站立着，看到我们就转到了北面走了下来。

看到我们来到城下，他笑着自我介绍着："我就是这里的人，姓李，你们想知道这里的传说我会讲给你们听的。"看着他木讷的眼神我不以为然也没有在意，只是站在城门洞里看着洞顶。"你知道这个小洞是干什么的吗？"他指了指一个直通楼上的四方小洞，语气带着神秘，不经意地还流露出教导的口吻问道。"还能干什么，无非就是下个篮子传递个文件，或者看到是敌人往下射箭。"听到我的回答，他先是一愣然后露出了一口黄牙点头笑了："你是到这里游览的人中第一个能说出这个小方孔作用的。"对于他的赞誉我没在意，本来就是一个简单问题嘛！

见没有难倒我，他拉长了小脸发起问来："你知道谁曾经把这里当王城的吗？""赵武灵王的大儿子赵章，被封到这里当安阳君，这就是他的王城。"看着他不大的小眼睛被震惊得溜圆，我又补充道，"当时这里处于半游牧半农耕状态，他来到此地一方面加强管理，另一方面扩建王城，才有了这样的规模。虽说如此，这座城还是有些小了。"老李提的，对于一般人来说绝对是一个刁钻的问题。他哪里想得到，我是北京作家协会的作家，曾经就此问题专门写过一篇散文。只能说他撞到枪口上了。我刚刚说完，他紧绷的脸突然放松下来，猛地伸出双手弯下腰握住我的右手鞠躬道："久仰久仰，我可遇到先生了！"看着他，我奇怪地问道："你怎么会知道这些典故呢？""我虽然没有上过几天学，可是对当地古老的传说我十分在意，有时间我就向老一辈的人请教，我还跑到邯郸去打工，到那里追寻赵武灵王的足迹呢！"由于去过邯郸，那里的古迹和有关历史我有所了解，所以我娓娓说道："邯郸有丛台、七贤祠，有黄粱梦、回车巷还有广府古城；赵武灵王的塑像也栩栩如生。""嗨！"他长叹了一声说道，"可惜我的腿有病不能再打工了，只能在这里给游人讲讲故事。"看着空旷的古城和渺无人迹天地我问道："除了我们夫妻哪有游人哪？""是啊，是啊！"他的目光突然暗淡下来，低着头拉着我的手走到了一间房子前说道："我们祖上十分崇拜关羽，所以在这里为他建了庙。可惜里面什么都没有了，房子也摇摇欲坠了！"看着用三块五合板钉着的外墙，我鼓励道："当地政府会想办法的！"听到我的话，他面露喜色，欣然道："但愿如此。"随后他又指着一座建筑瞪大了眼问道，"你知道这个是什么吗？""自然是城隍庙了！"常识告诉我，不会错的。"嘿，你的知识够渊博的呀！""谈不上渊博，就是对有的问题知道一点。"他突然指了指天再一次眯上了小眼睛问道："你知道赵武灵王是怎么死的吗？"老李使出了撒手锏。"饿死的。"我平静地回答。"哎呀，我算遇到高人了！"

他又道："赵章不应该造反。他弟弟毕竟是国君呀！村西头乡政府还为赵章立了一座全身铜像，这太过分了吧？"我暗想，老李虽然没读过几年书，却有相当的分析问题能力。"是啊，为造反者塑像毕竟不多见。"我只能这样回答。看到我不住地抬头看着城楼，他说道："你们先上楼，下来后咱们再聊。"

走过一千多年前用青石板铺成的路面，我们从北面狭窄的楼梯上了城楼，登上了全城的制高点，小城的全貌就统统收入了眼底。没想到城中的房屋比想象的还要破旧，许多房顶长着荒草，只有四五间房子是新盖的瓦房。小城的最北头有一座戏楼，砖头垒的高台子支着两根原色柱子。小楼的正面的门框屋门窗户早已不知去向，被铁栅栏封住。收回目光，我看到了城楼四角的木头檐脊被雕刻成了大象的鼻子，由于年代久远鼻子和周围的卯榫结构已经开裂。看来当地的文物部门一定有更重要的工作，无暇顾及这标志性的建筑。

老李耐不住等待也爬上城楼，见到我就考问起来："你看到楼顶的什么了？""看到了房脊残留着黄色、绿色的琉璃瓦，也看到了檐脊的四个角雕刻成了大象的鼻子。""还看到了什么？"他依然不依不饶。"其他的还真没看出什么。"我如实回答。他似乎有点满意地说道："原来楼顶的中央插着一串铁环，后来不知被谁拆走了，所以你没有看到。"听到他带有强词夺理的说法我笑了笑说道："一定是被人拿走卖钱去了。"他所说的铁环无非是避雷装置，由这两点可以看出唐代修建这座城楼时，人们已经见到过原产地在南方的大象，并且知道了在城市的最高处安装铁环防止雷击。因为还要到小城里面走一走，我们准备下楼。他拉住了我的衣袖："还有一个问题一直困扰着我，向您请教一下。"他终于放下了架子，口气虔诚起来："请问'浮屠讲'是什么意思？"来的路上我看到路标有"浮屠讲"的字样，当时还觉得奇怪，怎么会有这样怪异的地名。听他这么问，我答道："应该这么说，是'讲浮屠'。"老李显然不懂得"倒装句"的语法，听到我的简单的一句话，顿时恍然大悟地连连点头。唐朝时，此处修建了那么多寺庙招来了许多和尚，他们念佛经修佛塔，所以我的回答也许真是正解；还有一种说法，当时有人将流经此地的"桑干河"叫作"浮屠江"，由于方言有口音一来二去就串读成了"浮屠讲"。

小城虽然不大，东西不过400多米，南北更小一些，但是依然按照大唐盛世的修建城市的规定，规规矩矩地修成了横竖都是两条街，"井"字结构的格局，组成了九个部分，并美其名曰"九宫街"。按照八卦的说法就是"乾三连"和"坤三连"，是当时此地的政治文化中心。经过多年的战火焚毁，已经完全失去了昔日的辉煌，怪不得被当地政府自己谑称为"关内楼兰"。

戏台跟城楼一样处于半坍塌状态，早已失去了色彩，裸露出来的木材、石砖都是土色。就连上台子的石梯都倚里歪斜。它旁边的城墙被人为地挖了一个洞，以方便出入。走出墙洞就看到两棵高大的柞树与古城相对而望。老李曾说这两棵树是唐朝时就种下的，怎么也得有1400多年了。看着高达五六层楼、直径将近两米的大树，我觉得它一定看到了此处历朝历代的风云变幻，见证了千百年来古城的昌盛与衰败。它根深叶茂、郁郁葱葱，被一圈青砖保护了起来。挨着它的就是小城北面的道路了。顺路西去，在村委会南墙外的小广场上，当地人为了宣传历史古迹特意铸造了一座铜像，赵章雄赳赳气昂昂地站立在黑色大理石基座上。上面用隶书写着"安阳君赵章"，下面还写着"前321—前295"的金字。他左手持剑、右手掐着宽宽的腰部护带，目光炯炯雄视着南方，雄视着赵国国都的方向。从他怒目圆睁的形象就看得出，他一定至死都不甘心本属于自己的王位被弟弟夺走。

　　顺着赵章的目光我看到了南面的天空中那条云丝消失了，却飞来了一群美丽的鸿雁。它们舞蹈着跳跃着，还高昂着头大声啼叫着，似乎在说它们是我们的卫兵，要掩护我们从浓云的笼罩下冲出，冲向胡杨林和秋水相互依恋的天地，冲向轻松和光明不断交织的远方。

古战道的缠绵

太行山的东缘，曾经激流滚滚的拒马河在风声鹤唳的秋末失去了它"风萧萧兮"的壮志，任凭剩余的有气无力几缕潭水嬉笑在日影的暗淡下。在它的东面，两条绵长的公路穿过阴影伸向太行腹地、伸向一处少有游人的古战道。

20世纪90年代以前，食不果腹的村民经常看到野兔子在荒野中觅食。饥饿的他们追来追去就是追寻不到这些"野精灵"，就连当地的名犬中华狼青、北方狼青和中原细狗围追堵截"三英狂战吕布"也望尘莫及。后来，张坊镇一位村民挖菜窖时无意发现了一个地洞，一个悠长而缠绵的地洞。经过几年的清理，经过有关专家们的挖掘和分析，一个被掩埋了上千年的秘密才逐渐被揭开。此时，村民们才知道了野兔子消失的秘密。

虽然没有亳州古地道那么恢宏、那么悠久，却比北京顺义焦庄户为了打日本鬼子而修建的藏身地道高大宽阔得多、久远得多，走进战道自然而然地就会产生这样的感觉。在指示灯的引导下，走了没多远，左侧出现了大约五平方米的一间房屋，它的门框上挂着一个蓝色小牌儿，上面用隶书写着"兵器室"三个字，在兵器室最里面的兵器架子上插着狼牙棒、三尖两刃刀、大枪和长把朴刀等兵器。两名将领在站着研究兵器使用问题，一名士兵打扮的军人蹲在地上磨着一把短刀。虽说是泥塑，可是将领钢盔上的红缨穗、身上的银战袍以及腰间挎着的箭囊都很精美。他们的姿态、神色真可以用惟妙惟肖来形容，甚至身穿紫红战袍将领的胡子和说话时比画手型都塑得很逼真。由这一点就可以看得出，张坊古地道博物馆的工作人员是下了大功夫的。

　　过了安全出口，过了不引人注目的排水沟，墙上挂着一个灯箱。转过一个小弯，迈上一个台阶右侧出现了一间屋子，它和兵器室大小一样。三名将领围着一张台案在研究作战方案。台案上放着一张地图。站着的将领左手指着地图向一名坐着的和另一名站着的将领说着什么。不用看门口挂着的小牌儿就知道这是指挥室了。除了这几个泥塑之外屋子里没放其他东西。屋子不大，显得空空荡荡的。再走一段距离，来到了生活室，里面只是端坐着两名低级军官，没有摆放桌椅，也没有床铺和其他物品。这种陈设，显然缺少了生活气息。藏兵室内的情况也大同小异，只是塑造了两个相互敬礼的军官，没有更多的兵士，甚至没有兵器架，多少显得简单而刻板。过了带盖儿的水井，在地道侧面居然还出现了古代厕所。所谓厕所就是一间五米多长、一米来宽的房间内摆放着一溜马桶。当然，作为一个生活场所，这是必不可少的。

　　过了通风口，左侧的房间摆放了一个大水缸。奇怪的是，水缸旁边还有一个空水缸，后来才知道，它叫"听缸"，是用来探听动静的。

　　这些战斗及生活所需的房间在地道中连成一线，其中还串联着几个灯箱，里面有照片，讲解和宣传着人们不知道的故事。将近一里地古道的尽头是一座三层阁楼，狭窄的旋转型楼梯有些陡峭。上到三层看到里面供奉着碧霞元君。神话传说中有"南妈祖，北元君"。其中的北元君指的就是供奉在这里的慈眉善目的女神。

很早的时候，善良的人们为了多生儿子就拜在她的裙下，称她为送子观音，并且把泰山老奶奶这个至高无上的称号也堂而皇之地戴在了她的头上。华北地区的道教信徒还把她拜为山神坐镇在泰山顶上，并且把太阳霞光万道的巨大光环简称为碧霞戴在了她的头上。说她能够明察人间的善恶、统摄岳府神兵、庇佑众生、灵应九州。还有传说，她最早出现在战国时期。望着楚楚动人的神女，从不信鬼神的我只能"望洋兴叹"。想拉开阁楼的大门却没有拉开，大门从外面锁上了。

原路走回，上了进口处的阁楼——镇楼。由于是新修过的，这座红柱黄瓦、矗立在村镇道路中央的三层阁楼格外醒目。站在阁楼上向西面眺望，是逶迤纵横的巍巍太行，山脚下几座高大的塔吊正在盖着塔楼；南面400米开外是供奉着碧霞元君的阁楼和房屋错落的小镇；东面是镇楼向外延展的城墙，城墙外是一些在清风中在浓云下使荒野有了诗意的绿柳和村落；北面则是那条通往北京方向的柏油通道。城墙之上阁楼的东侧安卧着两门红夷大炮，据说是明代的产物。从红夷大炮的炮口不是对着城墙外为了打击进犯的敌人，而是向东对着自己城墙的方向就可分析出，这一定是博物馆的工作人员为了招揽游客而摆放在这里的。

想着灯箱中所说的，"目前在张坊、永清县南关、右奕营、蔡家营、瓦屋辛庄、乔街、雄县祁岗、邢村、霸县、信安等地清理挖掘出各类宋朝的古战道，累计长度近800米，截止到目前……包括涞水北部、永清、固安南部、霸州大部、文安、雄县北部，东西长90公里，南北宽30公里的地区都发现了古战道。专家考证，这些战道是精心设计有计划挖掘的"。这个说法自然是成立的。如果说，宋真宗时期因为修建了地道而使辽国不敢进犯则有待商榷。

在宋真宗之前，宋朝两次大规模攻打辽国都大败而归，真宗继位之后与辽国达成了"澶渊之盟",由此若干年宋辽两家相安无事。虽然军事实力相对弱小、经济相对发达的大宋每年向辽国"赠送"10万两银、20万匹绢,但是避免了战争,使广大老百姓能够安居乐业免遭生灵涂炭。所以,签订盟约应该算是一件表面上委曲求全,却以小的代价换取了较大益处的值得肯定的成绩。如果说宋、辽两国以白沟河为界的话,那么,发源于太行山,流经山西、张家口、涞水注入白洋淀的白沟河是在张坊、固安、永清一线的南面。所以说,宋朝时这些有地道的地方都在辽国界内。也许,当时辽国并没有在这些地方修建很高大牢固的城池,加上辽国地广人稀无暇顾及,他们的军队退缩在涿州以北地区,这些地方的实际控制权依然在大宋手里,宋朝就可以堂而皇之地有计划有步骤地扩建地道。也有一种可能,就是在宋真宗即位初期,或者在宋太宗时期,这一带还在大宋的控制区,宋朝就已经开始挖掘地道了。如果是这样,大宋在对辽国的战争中地道并没有发挥出任何重大的作用。而那些对古地道大加褒奖的不实之词只是人们的美好心愿而已。

　　张坊在北京的西南、在太行山的东麓,没有太行山脉北面那种早早来临的生冷。我们正好借着秋末残留的一丝暖意,借着宋、辽两国在这里交织的鼓角声、喊杀声钻到地下、钻进千年的缠绵中,悠然自得地行走在黑暗里、徘徊在烛光的照射下,在那里继续探寻古战道的秘密,这的的确确是一件很惬意的事情。

蠡县婚俗观

农历小雪的节气刚过,西伯利亚第一场寒流就迫不及待地卷着极地的嘶哑,呼啸地扑向北京。而我们则喜气洋洋地向南,冲到华北大平原上。车轮的碾轧声,伴着发动机的"奏鸣声"与寒流相反温馨地演绎着中国华北版的"婚礼进行曲"。与我们的心情一样,它奇妙、庄重而委婉。

不知不觉已经过了保定,我忽然发觉北京的风在这里开始徘徊,歇息。哦,好奇怪呀,大风怎么裹足不前了?我恍然大悟,还没有被寒冷"完全占领"的空旷的大平原,使"锐不可当"的寒流成了强弩之末,似乎肃杀的原野存在着类似宇宙中的黑洞在吸收"各种物质"一样,将400里之外的冷风尽揽怀中。我哪里知道,除此之外还有意想不到的、令人瞠目结舌、乐不可支的奇异婚俗在静悄悄地等待着我们这几位远方客人的第一次光临;等待着我们去欣赏,去欢乐,去融入其中。

进了真正的农家小院,满院子正在吃酒的人都奇怪地看着我们。显然,我们"与众不同"。叔伯妹妹和妹夫紧跟在新郎官儿外甥的后面,用一连串的欢声笑语将我们迎进"贵宾室",不等我们脱去外衣就把我们拉入宴席。此时我们才知道,这里的酒宴从现在，也就是结婚迎娶新娘的前一天中午正式开始。席间的交谈中我们得知，这里农村青年结婚的大致情况是这样的：婆家向全村人发出邀请，几乎每家都会"凑份子"，或一百，或二百。还会来人帮着"忙乎"剪剪纸、贴喜字、包饺子、炸小鱼（当凉菜吃的多春鱼）、炸"甜饼"（一种半发面，切成各种造型的介乎于饼和饼干之间的甜食，一般能保存一个月）。婆家准备席间所有的鸡鸭鱼肉和各种蔬菜，然后请专门办酒席的大师傅主勺。一位具有专业水准的大师傅和他的两个徒弟，在大清早就开车拉来桌椅板凳、锅碗瓢盆和一个烧开水的锅炉、一个大的煤气灶。把这些东西在院子里摆放好之后，就开始了这一轮宴席的操作。一般说，就是从迎亲前一天的中午到新娘子进门后的中午，这四顿正餐（包括接新娘的早餐），费用为800元左右。

　　午餐后，一个妇女将一摞红色"蜡板纸"抱到圆桌上。一位其貌不扬、身材瘦矮的男人，从中抽出几张叠了几下将反面朝上，左手拿着一把普通的剪刀，不用铅笔做任何描绘就剪了起来。他手中剪刀灵巧得就像绘画大师手中的笔，在纸上"游云惊龙"。不过几分钟，一幅"双体喜字"剪好了。我吃惊地问道："你，一个大男人，居然会干这个？"此时，就像"天上掉下个林妹妹"一样，不知从哪"飘"过来一位美丽的外甥女。她脸上浮起一朵"粉色红云"，酒窝都带着笑意，小嘴儿一翘抢先答道："大舅！这算什么，你看吧，这才开始，大作还在后面呢！"说完，她小心翼翼地打开"喜"字开始在擦净的玻璃上粘贴起来。一会儿，一幅《母婴牵手图》诞生了，然后是《喜鹊登枝》《龙凤呈祥》《柿柿如意》《凤凰戏牡丹》……好厉害呀！我忍不住惊呼起来："你跟谁学的……""无师自通！""小酒窝"不等瘦矮男人说话，又抢着回答。看着她纤细指尖捏着的"杰作"我不禁陷入了"空前绝后"的迷惘之中，中国男人会干这个？还无师自通。不是亲眼所见，无论如何不会相信。其貌不扬的男子还在随心所欲的"翻云覆雨"，一些妇女们则擀面，拼图案，然后送到院儿内的大锅里开始了炸甜饼。炸出的第一锅立即就放到了我们的面前。我忍不住拿起一块就吃了起来。又甜又脆，一股香气直入食管，又向五官弥漫起来。外甥女冲我一笑，脸上的酒窝就像蓓蕾一样立刻绽放出瑰丽的红色牡丹花，她清丽的歌喉婉转成笑语："大舅，好吃吧？别着急，有的是！"我鼓着嘴连连点头。

晚上，男人们在院子里拉了几盏大灯玩起了扑克，一些女人们开始包饺子。我不想不劳而获，也加入了包饺子的行列。我的"自觉"行为获得了女人们的交口称赞，使很少受到表扬的我心里暖洋洋的。还有几位妇女却像一群花喜鹊一样进了新房。她们叽叽喳喳地讨论着哪块毛毯最漂亮，应该铺在最上面。我猛然想起，自己专门从北京带来的纯毛毛毯还放在西屋的床上。于是，我提起那块毛毯走进新房。刚一打开，"喜鹊们"就都眉开眼笑起来，我的那块大红牡丹花图案的超厚毛毯被大家一致选中，铺在了所有被子、床单、毛毯的最上面。新房的床是特大号的，又宽又长。紧靠窗户一侧叠放着七八条被子，高度已经超过了窗台。不知他们的父母为他们做这么多被子干什么。睡觉时我盖的也是一床新被子，厚达八厘米，是用十斤棉花做的，压得我呼吸都觉得有些累。有了这样的被子，暖气虽然烧得不热，也没觉得冷。

所有的活儿干完之后，女人们也分成几桌，打起了扑克。男孩们看电视玩儿电脑。屋里屋外，集合了所有的亲朋好友和全村人家的代表。比我还大的妹夫提着一桶煤专门为我们提前烧起了土暖气。和乡亲们边吃瓜子边聊天之中得知，村里的年轻人除了一小部分在附近棉纺厂工作外，大部分外出打工；岁数稍大一些的，种地、种葡萄、办小型养猪场、制作"衡具"、开榨油厂、做小买卖，没听说有谁家为吃喝发愁的。下午我去一位老婶儿家，看到她家养了将近20头猪。种猪足有六七百斤，一般的猪也有三四百斤。热热闹闹的乡亲们，直到深夜一点多钟才各自回家。

清晨天还没亮，院子里已经有了声响，我又眯瞪了一会儿才起床。洗漱完毕，一桌酒席已经摆好。因为一会儿车队要去接新娘，所以没有人大喝。

屋里院外收拾完毕，大门口就响起了惊天动地的鞭炮声。瘦小的新郎官抱着比他还高的新娘刚进了院门，小伙子们就往他们头上、身上喷彩带、彩条、多彩的纸星星。

冒着"枪林弹雨"他们进了"大厅"没有放下新娘又进了新房。半小时后，婚礼在院子中正式开始。新娘子迈过"火盆"之后，司仪大叫"拜见父母"。新娘子拜过了公公，就开始找婆婆。此时，婆婆与四五个本家的"花喜鹊"人人被涂了黑脸，都穿了相同的衣服，身高也大致相似。如果拜错了婆婆，一会儿新娘子是要给拜错的婆婆礼金的。好在新娘子的眼睛又好看又明亮没有拜错。随后，开始了"新颖"的、我从未见过的现场"凑份子"。这时，主持人的位置上站着的是婆婆，她带着"满脸涂的锅底黑"三句两句说完感谢的话之后，就从衣服的口袋里掏红包，然后照着红包朗诵人名和钱数，朗诵完就把红包塞进门口小桌上用红纸包装好的盒子里。她念到某个人时，如果那个人愿意再给钱，就会再把红包或钞票递到婆婆手中，婆婆就会提高了嗓音大声喊道："某某某又给了多少多少元。"这种时候再给的钱一般不会太多，只有他已经给过份子钱的三分之一左右。关系一般的村民，只给100元，就可以在这里热闹两天，吃上四顿饭。婆婆一边高声朗读送礼的钱数，一面还小声地对新媳妇儿说："下面念大爷爷给的了，你不给别人磕头没关系，一定要给大爷爷磕一个头。"新媳妇一般从不给人磕头，由于我们是从北京专门来的，给的钱数又比乡亲们给的多几倍，辈分又高，所以，新媳妇破例象征性地对着客厅内曲了一下双腿,算是给里面的大爷爷磕了头。

司仪宣布新娘新郎入洞房之后,娘家的妈就一把抱住钱箱,在几个娘家人的护卫下,跟在新娘新郎身后进了新房。他们进屋后立即将房门锁住。此时,半大小子们就簇拥在新房门外敲打房门,口中还念念有词:"娘家妈真大方,给钱给的寿命长。给六十,六六顺;给八十,生儿子;如果你要给一百,人人都说你可爱。"从一个人领头,到两个人,再到所有的孩子一块起哄。他们反反复复,乐此不疲。屋里的娘家人把钱收拾好后,就开始隔着房门跟屋外的人"讨价还价"。最后,"口头协议"达成。房门一开小子们一拥而入,每人得到了六十元的烟酒钱。至此,婚礼才真正地结束,婚宴开始。

新郎新娘和他们的父母与娘家的其他客人在新房内摆了一桌,我们被安排在厅内的主桌上。餐桌上就听到那个面容俊俏、大嘴叉的"花喜鹊"说,明晨小两口要回门子,那才叫有意思呢!无论我怎么问,她都不说所谓的"有意思"到底是什么。我问大家,居然没人告诉我,只是笑得"人仰马翻"。我决定,作为"婆家人"明早陪他们回门子。

又起了一个大早,没想到大家早就准备好了。半个太阳还在挂着残叶的树梢上与小鸟戏耍的时候,我们回门子的两辆车出发了。刚进到娘家所在村庄的巷子口,鞭炮声就剧烈地响起。我在第二辆车上看到,前面的车还没停稳,一大群身材高大的女人就围了上来。大家让过第一个出来的新娘子之后,一个最高最壮面色通红的女人弯下身,一把将缩在车里不肯下车的新郎官拽了下来。四五个妇女一拥而上,开始扒新郎官儿的衣服。妇女们越挤越多,只是一两分钟就把刚才还衣冠楚楚的新郎官扒得只剩下一个裤衩。光溜溜的新郎官无论怎么求援,娘家人也没人上前搭救。我主要的目的虽然是"看热闹",可不得不表示婆家人的态度,就上前劝阻了一下，却被高大妇女扒拉到了一边。无助地看着承担主要"护送"任务的新郎官的大爷"无动于衷"的样子后，我也不吱声了。妇女们更加肆无忌惮起来，她们不顾新郎苦苦哀求，有的抓手，有的抓脚，准备将光溜溜的新郎官四脚朝天地"抬走"。我也随后挤了进去。只见新郎官被五六个女人摁在床上。人们一边大笑一边问："西装上衣用多少钱赎回来？""四十！""四十不行！你的新婚礼服就值四十元？""六十！""六十也不行！""八十！""一百少一分都不行！""好好，一百就一百！"被扒下的衣服一件一件往回赎。新郎官从娘家妈手中接过钱，按照刚才答应的金额把衣服一件一件地赎了回来。一位高大的红脸女人突然说，"不行，还没'游街'呢！"说完她以"迅雷不及掩耳之势"一把抱起光屁股男人，把他扛在肩头走出了新房，走到厅里，又在院子里开始慢慢地溜达了。她像女娲捏泥人一样得意，把肩上的小男人倒过来倒过去。在"欢声笑语"和呼叫声中荣耀地站在了"游街示众"的最高处——娘家为小两口准备的新房的台阶上就不动了。她在等待着，等待着天上的馅饼掉进她的大嘴里。最后，新娘忍不住从屋里冲出来，把二百元钱塞到她的兜里之后，她才扛着新郎回到屋里。

　　新郎官再一次出现在大家面前的时候，头发乱了，衣服皱巴了，眼睛没神了。

　　我们的车在卢沟新桥上缓缓地行驶着，成片成片的形态各异、五颜六色的高楼拔地而起，几乎将太阳遮住，就像新娘那么美丽，我的心动了。可看到光秃秃的河床没有水，永定河的河堤上也没有几棵树，荒原在这里延伸，绿色在这里凄迷，就像刚才看到的新郎一样，我的心比新郎往回赎衣服、光着身子被女人扛在肩上"游街示众"时还要别扭。

秋马栏的透彻

想着王维"遥知兄弟登高处"的情深意切、想着杜甫"一览众山小"的广博胸怀,我站在妙峰山妙峰寺的高台上,望着在西风中摇曳的黄栌红枫、呼吸着在晚秋中飘逸的雨丝轻雾,感慨、惆怅就成了胸中久久不肯离去的苦楚和情愫。虽然有悠远漫长的山路匍匐在脚下,虽然有悠然自得的鹞鹰飞翔在天空,可是游移在心头的思索、紧绷在胸口的"浊气"却使"我无以为是"辗转徘徊站立不宁。

左侧高耸着挂满紫红色藤萝的绝壁,右侧恣意着涟漪不断涌起的深蓝秋水,尽管鸟声清丽、晚桂飘香,尽管时间紧迫、还是行驶在游览完毕的回京之路,可是念想着数次经过而不曾瞻仰的胜地,我义无反顾地驾车拐进通往马栏村的道路。一定是胸中的思念牵引着我才执着地直扑而去。一位留着花白胡子的老人告诉我司令部就在前面七八里的村里,他还说,那里正在拍电影。

狭窄的山路很平整,能看出是新修的。没遇到几辆车,就来到安静在峡谷中的村落。果然,通往展览馆的坡道被许多摄影器材挡住了。工作人员说,他们正在拍影视节目不能从这里进村。无奈之下,我只能把车挤进了停车场与上山的木栏杆阶梯的边上。

在这个沟壑纵横的地方特意把山辟开，腾出一块空地修建能容下十多辆车的停车场是多么不容易啊！显然这里经常来人参观、有车辆停放，否则又有谁肯在这么宝贵的地方"大动干戈"呢？

顺着木梯攀缘而上，转过两个弯就登上了马兰村的北山。山腰断崖处，修建了一座秀美的六角形亭子，牌匾上题写着历经沧桑的名字"风雨亭"。站在高崖上，立即就像被秋风洗礼了一样神清气爽。站在马栏山风雨亭中，南山坡上白色大理石砌成的"马栏"二字就扑进视野。尤其是看到两个大字中间的那颗巨大的红色五角星，堆积在我胸中的阴郁一下子就随着山风烟消云散了，顿时感到，满目飘红风开日阔。高高的山脚下是狭窄的山谷，村子就坐落在山谷之中，坐落在满山黄叶、红叶的簇拥之下，山连山水连水、山重水复"柳暗花明"。村西汪洋着秋影千层的斋堂水库，村北则是山西通向北京城的京西古道。

看到停在路中央的摄影车以及忙碌的工作人员，看到高举着录音筒和三番五次走在半山腰摄影机前面的、陪着一个中年男人的一男一女两个年轻记者，我放缓脚步轻轻来到导演前。胖胖的导演并没有因为我们的出现而烦恼，他翘着一寸长的小胡子和蔼地说，他们在拍一部反映此地抗日战争时期的纪录片。之前，我只知道这里是"冀热察挺进军司令部"，哪里知晓，这里还有挺进军十团团部、八路军邓华支队驻地、司令部机要科通讯科供给科、修枪所在地、弹药库、医院等20余处旧址。看到立在村口的、图标俱全的指示牌，激动之后我又泛起了一阵阵好奇，顾不得已经发酸的双腿，抬步走下将近上百级的台阶。

展览馆前的小路右侧是崖壁，左侧是深沟。崖壁上有一幅长长的红褐色壁画，描绘了村民消灭日本侵略者的英勇事迹。顾不得仔细观看，目光就被迎面院门上的一对铜牌死死地吸引过去。院门两侧悬挂着"冀热察挺进军司令部陈列馆"和"北京市青少年教育基地"的黄色铜牌。

在这山沟沟里居然还有青砖灰瓦的四合院，这大大出乎了我的意料。这样齐整的四合院在山区一定不多见。想着、琢磨着，却已经走进了司令部小院，我要仔细看看里面究竟是个什么样子。院子的四个方向每面都是三间瓦房，中间的空地大约有80平方米，北房是第一展室。没看到讲解人，却传来了解说员清亮的声音。原来这里有"声动装置"，只要有人进入话筒就会自动讲解。第一展室主要介绍了挺进军的构成。墙上除了悬挂着老一辈革命家战斗生活的照片、文字说明，柜子中还有一些叠放得整整齐齐的破旧大衣。第二展室介绍了英雄的马兰村民对日斗争的可歌可泣的事迹。被日寇抓住的民兵李秋林趁敌人不备奋不顾身地跳下深深的山崖，他的英勇行为跟狼牙山五壮士一样悲壮，令人万分感动。第三展室是讲军民如鱼如水情意的。

"铁马金戈驱日寇，文韬武略定平西"，红牌绿字对联上面的屋檐下悬挂着萧克老将军亲笔题字"冀热察挺进军驻地"。匾额是深红色的，金黄色的大字光灿灿的。萧克将军是身经百战出生入死的战将，他的题字跟他的人一样，如刀如戟遒劲有力不同凡响。搞不清为什么把挺进军司令部设在了西屋而不是正房的北屋。房子的北头是炕，炕席上面的旧被子一定是老将军盖过的那一条，一定还带着老将军身上的余温。门口的左侧有一个沙盘，京西一带的崇山峻岭就一目了然地展现在人们面前。破旧的太师椅子上的漆几乎全部脱落，和椅子一样破旧的八仙桌上放着两部老式电话和一盏有些锈迹的煤油灯。屋子中最奢侈的要算立在墙角的旧衣柜了，默默不语的它一定承载了许多鲜为人知的秘密。就是在这么一个从外界看来毫不起眼的地方，老将军指挥着千军万马斩敌杀寇，先后开辟了京南的涞水、房山、涿州，冀东的丰润、玉田、遵化、滦州，京北的延庆、怀柔、龙关、崇礼、赤城等敌后根据地，粉碎日寇多次进攻和五路围剿，创造了一个又一个使日寇胆战心惊的神话。

院子的东北角有一个不起眼的小门，推开门却发现它通往后院。原来在这狭窄而拥挤的地方还藏匿着前后两层院落。第五展室设在院子的南屋，墙上挂满了在挺进军中成长为共和国将军们的巨幅照片。看着胸前挂满军功章的将军们微笑着的面容，我陷入了深深的思索。

驾车离开的路上我产生一个想法。有时间的时候，一定要到江西瑞金、兴国、于都深度地走一走，到湘江、赤水、大渡河仔细地看一看，去井冈山、大雪山、六盘山认真地爬一爬，以叩拜先辈们依然辉煌不肯消失的在天之灵，以陶冶自己依然迷茫不能消遣和不够广博的心胸。

千秋台的鸡鸣

有史以来关于鸡鸣的故事，最著名的莫过于"鸡鸣狗盗"。孟尝君为了逃避秦王因为反悔而进行的追杀日夜兼程，来到了函谷关时天还没亮。看到铜墙铁壁似的城门，急得他团团乱转，忙问随从的参谋人员谁有办法将城门打开。正在大家一筹莫展的时候，一位不显山不露水的谋士突然像公鸡一样仰天长啼。就是这别出心裁的一叫，让守城的秦国将士以为东方欲晓就打开了紧紧锁着的城门，使走投无路的齐国人绝处逢生，成功脱逃。这个千古奇闻可谓家喻户晓、妇孺皆知。

闻着孟尝君的鸡鸣，沿着他匆忙的脚步我一路向东而行。到了郑州，望着他曾经仓皇东去的背影我悠然北上。我们一边笑谈着古人的智慧，一面沐浴着五月的春风。来到柏乡县的地界，上天有命的汉高祖刘邦，平安躲过了贯高精心布置暗杀的故事就不断地在脑海中翻腾。汉高祖刘邦是神奇的，柏乡县是奇妙的；而我即将到达的近在咫尺的地方高邑不但是奇妙还是神圣的，因为在这里举行过登基大典的汉光武帝刘秀比他的老祖宗刘邦更加伟大更加神奇。这一切都充满了神秘的色彩，比"鸡鸣狗盗"的奇谈更为生动。

一座高约两米，周长十多米，长满了杂草的土台子沉寂在嫩绿的原野中，它就是生动故事的发生地。公元25年六月，东汉开国皇帝刘秀在这座台子上举行了登基大典，改元建武，开创了一个新的纪元。他专门撰写了一篇精彩绝伦的祝文："皇天上帝，后土神祇，眷顾降命，属秀黎元，为人父母，秀不敢当。群下百辟，不谋同辞，咸曰：王莽篡位，秀发愤兴兵，破王寻王邑于昆阳，诛王郎铜马于河北，平定天下，海内蒙恩，上当天地之心，下为元元所归。谶记曰：刘秀发兵捕不道，卯金修德为天子。秀犹固辞，至于再，至于三，群下金曰：皇天大命，不可稽留。敢不敬承？于是建元为建武。"可以这么说，这篇祝文将刘秀的功绩、部属的极力劝进以及刘秀称帝时的心理状态准确生动地描述了出来。

由此，这里成了文人墨客顶礼膜拜的圣地。南来北往的诗人们登台观景、填词作赋，挥洒着超然的文采、歌舞着醉人的华章。最为有名的要算明朝崇祯年间进士董国祥游览此地时，书写的《登高邑千秋台作》了。欣赏着秋风中飘逸的红叶，眺望着白云下飞翔的白鸽，在诗中他感慨道："千秋台上千秋事，千秋石碣生苔渍。洛阳宫殿委灰尘，岿然之台至今峙。"此诗借景生情、借古论今，有怀念有寄托、有惆怅有感叹。

刘秀虽然是刘邦的子孙，其实他早就成了普通的农民。由于他雄才大略、有胆有谋所以命运总能眷顾他。流传在这一带的故事却也生动传神、令人回味。

王莽为了消灭刘秀的起义队伍，亲自率领大军前来围杀，来到此地天色已晚。王莽看到刘秀驻扎在前村，胆小的他为了防止刘秀偷袭就命令将士连夜修筑工事。疲惫已极的士兵们连声叫苦，不想干活。王莽无奈只好说"等公鸡鸣叫时就停工歇息"。工事还没有修好，只是建造了一座土台，公鸡就"嗷嗷"地鸣叫起来，王莽只好命令停工。天亮以后，王莽下令围攻刘秀，却扑了一个空，刘秀已经远走高飞。原来刘秀驻扎村庄的公鸡前半夜就开始鸣叫，听到鸡叫刘秀就拔营转移，而王莽驻军村庄的公鸡后半夜才啼叫，所以他姗姗来迟。从此"王莽城的公鸡晚打鸣"的说法就在这一带流传起来，而且越传越广。

2013年，当地政府为了纪念这位开国皇帝，专门修建了刘秀公园。错落的塔顶形状的"汉阙式"公园大门在阳光温柔的抚慰下俯视着原野。看着头戴王冠、身披战袍、手持佩剑、举目凝望的刘秀塑像，我觉得他不但在追忆过去，也一定在展望未来。可以说他是继汉武帝之后又一位大有作为的帝王。塑像的作者通过精雕细琢的艺术手法，把这位帝王叱咤风云的霸气由表及里地展现在游人面前，令人无不肃然起敬。塑像的后面，修建了并不高大的三层"千秋台"。汉白玉围成的栏杆中央端端正正地竖立着一块玫瑰色大理石。从《后汉书》中摘录的刘秀称帝的祝文清清楚楚地刻在石上。大理石的背面雕刻着明朝礼部尚书、太子太保、武英殿大学士李标题写的一首有感而发的诗："鄗城古邑几时开，汉业千秋尚有台。大陆关河宜北望，太行形势自西来。秋深禾黍皆成穗，雨后田园半是苔。白水真人何处者，高天吟眺独徘徊。"

听说，台上曾有明代石碑一通，其内容为东汉建武元年（25）六月，光武帝刘秀即帝位于此。也就是在这一年，改鄗县为高邑县。这块"千秋台"上的石碑现在保存于高邑县文物保护所院内。

我突然发现，一块残破的石碑静静地沉寂在台基下面，上面只有"千秋台"几个大字依稀可辨。不知是什么人把它扔在此处，不知是什么时候此碑诞生于此地。也许，形单影孤的它历尽了战火与沧桑，目睹了春夏与秋冬。

在"千秋台"的后面修建着刘秀与大臣们讨论国家大事的雕塑，还修建了观星台、点将台、四将台、二十八宿浮雕等建筑。来到一座活灵活现的将军像面前，上面虽然没有雕刻姓名，可是我觉得他是东汉开国的第一功臣邓禹；那个头别发簪、手拿毛笔的是大科学家张衡，也许是中华四大医学著作《伤寒论》的作者、名冠古今的中医大师张仲景；蔡伦制作纸张时的工艺雕像也成了公园中不可多得的景色。

传说刘秀辅佐汉更始帝刘玄平定河北时，是骑着牛去的。渡过黄河后他改成了骑马，所以公园中左右两侧各雕塑一头强劲刚毅、背戴金鞍的铜牛和一匹神采飞扬、扬首长啸的铜马。比铜牛、铜马更加神采飞扬的要算那只神一样存在的、叫开黎明的公鸡了。它高昂的神态远比函谷关那只仓皇的公鸡塑像雄壮得多。因为，前者叫开了一个时代，后者却只叫开一座城门。

没有鸡鸣孟尝君真的就难逃一死，可没有前半夜的公鸡打鸣光武帝刘秀照样可以夺得天下。传闻就是传闻，一个朝代的兴亡绝不是某个偶然因素就能决定的。

离开的时候天色已经暗了下来，历史和社会总给人留下诸多的无奈和无尽的思索。但愿我们能够与这个"千秋台"共存共生，就像这明媚的初夏，除了鲜花就是丽日。

莫愁湖的伤痛

"东西千里美莫愁，千八百年语不休。谈起身前身后事，亭台楼阁水长流。"根据传说我写下这首七言绝句。说起美女莫愁，江南一带广为流传，可以说家喻户晓。按照时间顺序，早一些的要数战国时期楚国钟祥的莫愁了。

楚襄王初年仲秋的那天上午，一声清亮的啼哭刺破了氤氲。降生在船舱中的婴儿哭声嘹亮，哭声"传神"，渡船漂浮。以摆渡为生的卢公抱过"高歌"的女儿不停地哄着："莫哭、莫哭，婴儿不停；莫悲、莫悲，婴儿不停；莫愁、莫愁。"听到卢公说"莫愁"婴儿不哭了。由此小姑娘有了这么一个进耳难忘流传千古的名字"莫愁"。母亲吃了紧邻着桃花村沧浪湖里的莲子，奶水格外的甜。小莫愁就有了一副向上挑破云霭、向下穿透江河的金嗓子。到了15岁，她就生长为面带红霞、顾盼生辉、亭亭玉立如出水芙蓉一样的大美人。当地的"种瓜调""花灯调"等民歌她无一不会。有传说，大诗人屈原、宋玉听到她的歌唱还亲自进行了指导，从那以后她就能够"翻古传高曲，融楚辞乐声"。从"下里巴人到阳春白雪"，一旦经过她的翻唱都能使十里八乡的乡亲们"倾城而出"赞不绝口。看着孩子一天天长大，卢公把她许给了东边的邻居王襄哥，两家人都非常满意，就等着良辰吉日完婚。她歌声动八方的事情一传十、十传百，被楚襄王听说了。这位最喜欢美女的帅男子立即就把能歌善舞的莫愁抬到了宫中，同时把王襄哥放逐到了离首都郢都千里之外的扬州。古诗《莫愁乐》"情惨义切"地记叙了二人离别时的情形："闻欢下扬州，相送楚山头。探手抱腰看，江水断不流。"见不到心上人，锁在深宫的莫愁日思夜想，夜不能寐，以致痛不欲生。她厉声拒绝了楚王多次的求欢。被逼不过，在一个夜深人静的夜晚，这位绝顶凄美的小姑娘从高高的白雪楼扑入了波涛滚滚的汉江，追寻她念念不忘的未婚夫去了。莫愁的这个举动，可以说是"惊天地泣鬼神"。为了纪念这位大情大义、至死不渝的小姑娘，人们把沧浪湖改为莫愁湖，把桃花村改为莫愁村，把汉江渡改为莫愁渡，把挨着江边的石头城改为莫愁城。

南宋诗人王之望经过渡口的时候感慨万分，提笔写下流传千古的诗篇："沧浪渡口莫愁乡，万顷寒烟落木霜。珍重使君留客意，一樽芳酒对斜阳。"有一种说法，莫愁并没有死，而是被渔夫救起，她最后找到了日日思念的丈夫。这一带也流传起《莫愁乐》："家家迎莫愁，人人说莫愁。莫愁歌一字，恰恰印心头。"由此，人们吟唱莫愁的诗歌传遍了五湖四海。

这个令人心碎的故事延绵不断，顺着浩荡的汉江水传入长江，传入了六朝古都的南京城。八百年之后，梁武帝萧衍年间洛阳洛水河畔，一个乡村医生的寒舍里诞生了一个聪明伶俐的小姑娘。为了使日子好过，父亲给孩子取名叫莫愁。小莫愁聪慧好学，养蚕、采桑、织绣样样精通，不但识文断字，还会采药看病。她15岁那年父亲采药不幸坠崖身亡，被医术精湛的乡村医生救过命的卢员外在洛阳做完买卖前来探望恩人，正赶上乡村医生出事，卢员外帮助小莫愁料理了父亲的后事。无依无靠的小莫愁看到卢员外大仁大义、知恩图报就答应了卢员外的请求，嫁给了他的儿子。来到了南京后，继承了父亲医术精深的莫愁给人看病经常不收费，这个天生丽质、心地善良的姑娘大大感动了十里八乡的乡亲们。他们总说，"我们一见到莫愁就什么病都没有了。"身在皇宫里的梁武帝听说了这件事情之后很是好奇，就假借欣赏牡丹花来到南京城西门外的卢家庄进行微服私访。见到千姿百态的牡丹他无心过问，只是打探莫愁的消息。当灿若朝霞、华彩四射的莫愁走到他面前时，这位身边美女如云的帝王竟然目瞪口呆、神魂颠倒、不知所措。当莫愁扭头离开的时候他才梦如初醒，恨不得立即抱着莫愁"飞回"宫中。为此，这位帝王诗兴大发，铺上纸墨，大笔一挥赋诗一首："仲节犹嫩，春色始娇。湛露未晞，轻云已消。绿竹猗猗，红桃夭夭。香气四起，英蕊六摇。蜂开采花，雀戏新条。"可见他"求美若渴"已经到了"摧心肝"的程度。

第二天莫愁的丈夫卢公子就被一道圣旨召到宫中，担任了知县。几天之后新知县却在游览当时名叫"横塘"的莫愁湖时莫名其妙地坠湖身死。得到丈夫死讯的莫愁从此没了笑脸，终日以泪洗面。百天之后的第一个清晨，门口来了一队皇宫里高等级的仪仗。就这样，莫愁被强行接到宫中、接到梁武帝的龙床之上。莫愁遵守中国良家妇女从一而终的至高信念先是不从，并且说："自己必须到丈夫淹死的地方祭奠，如不同意只有一死。"梁武帝看到烈女子的钢铁态度只能同意。可是他万万没有想到，莫愁在祭奠完丈夫之后纵身跳入深不见底的湖水之中，消失在众目睽睽之下。从此，大慈大悲的人们将横塘改名为"莫愁湖"。

听到莫愁殉夫而去，梁武帝欲哭无泪、夜不能寐，写下了一代帝王少有的悼亡诗《河中之水歌》："河中之水向东流，洛阳女儿名莫愁。莫愁十三能织绮，十四采桑南陌头。十五嫁为卢家妇，十六生儿字阿侯。卢家兰室桂为梁，中有郁金苏合香。头上金钗十二行，足下丝履五文章。珊瑚挂镜烂生光，平头奴子擎履箱。人生富贵何所望，恨不早嫁东家王。"从此，莫愁湖就成了南京市以至全国男女老少们千人参万人拜的游览胜地。莫愁姑娘的白身雕塑不但日日夜夜肃立在莫愁湖中，也使到此瞻仰的人们一旦过目就永远不能忘记。

一西一东两位莫愁姑娘前后八百年凄美动人的故事感动多少人无从统计，虽然事隔两千多年，至今依然令人感慨不已。可是在南京的莫愁湖畔发生过的另一件耸人听闻的历史大事，知之者却甚少。这件事也是发生在这位逼死莫愁的南梁皇帝萧衍在位的时期。

当时的首都南京名叫建康。邵陵王萧纶为了给妻妾、儿女制作衣裤，特意派了下人到当时最繁华的新街口大街最大的绸布店"购买"丝绸和棉布。手下人看到样式众多、色彩丰富的衣料，一连装了几大车将近上千匹，装完之后不给钱挥鞭就走。老板拦住他们要钱，这些人蛮横地说"先赊着"。从来没赊过账的绸布店老板自然不答应，拦在车前不让走。王府下人不分青红皂白，抄起什么就用什么，把可怜巴巴的老板打得瘫在地不能动后扬长而去。此事的发生不仅仅轰动一时，还导致了一连串的反应。街上其他店铺，无论是绸布店、餐饮店还是金银店、珠宝店的老板们得知真情，害怕灾难降临纷纷罢市不再营业。

少府丞何智通看到原来热闹非凡的大街突然变得门可罗雀，经过询问知道了事情的来龙去脉，就报告给了皇上。梁武帝萧衍听到汇报立即把萧纶叫来，不只是简简单单地责备了几句，为了避风口还解除了这位不管天高地厚家伙的职务。恶霸王爷萧纶得知是何智通打了小报告，强忍着恶气回到王府，一分钟都没有耽误立刻就率领着王府的禁卫官戴子高和打手们埋伏在何智通上下班的必经之路上，截住这位忠于职守官员之后二话不说，一把就把他扯下车来，与此同时一条长槊和几把利刃同时刺穿了这位忠良的前胸和后背。何智通认识恶霸，他用尽最后一点力气挣扎着从地上爬起来，蘸着自己的热血在车的篷布上写下了"邵陵"二字，而后气绝身亡。何家人自然不肯罢休，告到了朝堂之上。梁武帝大吃一惊，只能削去了萧纶的爵位贬为平民，还假模假式地用铁链子把这个气焰嚣张的家伙锁在家里，以示惩罚。然而仅仅过了二十天，看到民怨渐渐平息萧衍就一旨令下撤除了对儿子的惩戒，恢复了他的爵位和官位。这个不知悔改的家伙被调任他职以后，依然我行我素，不断地欺男霸女、欺行霸市。

  虽说王子犯法与庶民同罪，历朝历代的统治者也常常把这句话挂在嘴边，可是真正能做到的没有几位。何智通满以为他写下"邵陵"二字就能够让皇帝把凶手绳之以法，还自己一个公道。然而，他的眼睛恐怕是永远不能闭上了。封建社会的皇亲国戚能够真正守法的又有多少人呢！这件事比起卢公子坠湖还要过分。卢公子的事可能是皇宫的人为了得到皇帝的欢心、宠信而下的毒手，皇帝萧衍也许还不知情；而邵陵王萧纶却是亲自动的手，而且是在光天化日之下有预谋地刺杀朝廷命官，其恶劣的影响要大得多。两件事相比一大一小，"一公一私"远远不能相提并论。

  莫愁湖水流不尽，流到哪里才是尽头？

小浪底的清澈

我们的车刚刚跃上黄河大铁桥,就感觉到大桥剧烈地震动起来,其幅度匪夷所思。还没目睹黄河的激流就被它的力量震撼得心惊肉跳,放慢车速才感觉好了一些。大桥上只有一两辆车,难道是激荡的河水使得大桥接受了共振?还没临近小浪底就感到有某种神秘的力量隐隐袭来。

狭窄的公路游龙似的起伏在河岸之上,左侧是浩荡的河水,右侧是成行的树木,仲秋的风夹带着晶莹的水汽扑面而来。过了坐落在高高河岸上的"天爷庙",公路豁然变宽,几分钟后我们来到了"黄河小浪底水利枢纽游览区"码头。彩旗下游船在岸边静候着游客,此时的黄河温顺得忘记了跳跃,清澈的河水浩渺而遥远。对岸的树木和山峦隐隐约约,在阳光的照耀下如痴如醉。

20世纪90年代初,这个浩大的水利工程前期的工作开始进行,三年后主体部分正式开工。21世纪初第一台机组投产发电,一年后主体工程完成,集防洪、防凌、发电、供水、减淤为一体的举世罕见的伟大工程完工了!所有人都无比崇敬地向坐在黑色大理石基座上的黄河母亲塑像行注目礼。我记得塑像应该立在这个小广场上,举目望去却搜寻不到她的踪迹。奇怪呀?

这座空前的水利工程还被开发成游览区供人参观，是一举多得的做法。本以为河岸是黄土坡，进到门来却被眼前的景色震撼了。一眼望去数不清的针叶松树层层密布地伸展向绿色的远方，林间空地种满了欣欣向荣的苜蓿草，阳光洒来烟雾袅袅，山山水水都升腾着日新月异的"秋叶春阳"。

　　左前方出现了岔道，是人们为了方便在草坪上踏出来的小路。还没到近前就听到了轰轰隆隆的咆哮声。看到了，看到了！十几条汹涌的水柱冲出闸门，画着美丽的弧形涌向天空。白色的水花喷散成雾状在蓝天下闪闪烁烁。刹那间，一条七色彩虹横空出世将山川、河流、原野揽入了她宽广的怀抱。河对岸的堤坝上，影影绰绰地看到一座四层白楼，它的后面高高地竖起了一座水塔，粗粗的塔身很是健硕。在红色的栏杆前立着一块木牌，上面用中、英、朝鲜文字写了这个水利工程创下的世界之最："一、世界坝工史上绝无仅有的16个进水口集中布置的进水塔群；二、世界坝工史上绝无仅有的集中布置的大型综合消能水垫塘；三、世界上首次大规模地采用了多级孔板洞内消能技术；四、在砂页岩地层中设计建造了国内跨度最大的地下发电厂房。"所谓进水塔是指储水结构，通俗地讲就是水库，建造它的地方一般在位置较高处，利用落差来送水，这样的方式称为进水塔。河水下落的时候，为了不让它冲刷堤坝修建下游河道和二道坝。另外两点意思就比较好理解了。我知道闸门的后面是规模宏大的小浪底水库。在这崇山峻岭建面积达300平方千米的水库其工程的难度和规模可想而知。它的上游是三门峡大坝，有八里峡、龙凤峡、孤山峡，并起了一个响亮的名字"黄河三峡"。稍远的西面是荆紫山，南面有崤山，东北有太行山和王屋山，这些山脉座座巍峨；近处有柏崖山、红崖山、始祖山、黛眉山，这些山峦处处清秀。它们与镶嵌在水库中星罗棋布的岛屿一样树木成林、花朵锦簇、美不胜收。有如此众多名山的围绕，有漫山遍野的花草森林，这颗璀璨的明珠怎么能够不令人日思夜想、心旷神怡呢？无怪当地人骄傲地称它为北方的千岛湖！由此，当地政府建立了小浪底旅游风景区。建成不久就被有关部门定为国家4A级旅游区、国家水利风景区、国家环保样板工程、国家一流生态精品……大坝下游十几千米外有著名的河洛文化区，那里集聚着汉光武帝陵、被称为伏羲庙的龙马负图寺和巩义博物馆。古代伟大皇帝的陵寝、人文始祖的祭祀地和人文场馆自然又给小浪底增加了"一脉相承"的魅力。

　　看着横贯在两岸之间、高达280米的大坝，就知晓其水深也有270米。站在大坝上，眺望着宽阔而清凉的水面，聆听着鸥鸟的鸣叫，心中的惬意油然而生。如果不是事先告知，只是观察河水，不会有任何人猜得出，这就是危害多年、黄沙滚滚，令人闻声色变的黄河。它太清澈了，以至于看得到鱼翔浅底；它太澎湃了，以至于听得清它轰轰烈烈的欢叫和喧嚣；它太壮观了，以至于围绕着它的山峦都显得低矮渺小。有了这座水库建筑史上的丰碑，原来经常肆虐的洪水被制服，它再也不会危害下游了。不但黄河下游的水患得到解除，黄河每年还向天津、白洋淀、青岛大量供水，使河流的沿途青山永在、绿水长流，更向国家提供了大量的电力。

　　在宽宽的河面有两座桥与天上的彩虹遥遥相望，浮桥好像在说，游人在它的肢体上手舞足蹈、流连忘返；钢筋水泥结构的大桥一定在高傲地宣布，各种车辆在它的脊背上来来往往、风驰电掣。天上的彩虹笑而不语，只是微微的一个点头，就把彩球抛向浮桥，五颜六色的人们就争着抢着欢天喜地奔走相告。它把彩带抛向钢混大桥，流光溢彩的汽车就跑着飞着腾云驾雾仙鹤展翅。

　　人间的美景成千上万，我敢说人们一旦来到了这里，大海呀就枯燥无味，荒山呀就黯然失色。这里是龙的故乡，也是我的故乡；这里留下了建设者艰辛的脚步，也将留下我这位见证者轻盈的足迹。

辽西九华山的华丽

盛夏，风的透彻远不如雨的透彻，沿海的雨滴在风的吹奏下拉开了夏去秋来的序幕。从红海滩廊道沿海而行，这种感觉尤为明显。掠过翠岩山、佛光寺，驰过茶山、班吉塔，山的萦回树的飘逸都成了过目不忘的风景。当年乾隆路过此处一连歇息了三天下诏建庙。走在前朝皇帝流连忘返的地方又怎么能够不惬意横生呢！

到了凌海市的时候，不但风停了雨也住了，霎时间晴空万里艳阳高照，大凌河也收起了羞涩泛起了涟漪。转过弯儿，一道宫阙大门平地而起，横楣上"辽西九华山"这五个金灿灿的大字跃跃欲出。"九华山"在祖国的大地上虽然多达十余处，可是这座九华山却是大有历史渊源。明朝晚期，清朝前身后金军队的指挥所就设在这座名不见经传的小山之上。公元1631年7月，皇太极率领大军把山下的大凌河城紧紧围困了三个月，连续打败了明朝军队的四次救援。有个传说很是动人，一天夜里皇太极梦见了观世音菩萨在后金军队指挥所附近的山上超度，顿时华光四射，他立即惊醒并感悟到不能再因战争让生灵涂炭，于是就给守城将领祖大寿写信劝其投降。内无粮草、外无救兵的明朝将军在走投无路的情况下被迫投降。由于"九"字最大，又华光四射，皇太极就把这座无名小山命名为"九华山"。这里曾出土过商周文化遗址和汉墓群，由此可以证明，自古以来汉族就是辽西九华山的主人。

看到旅游有很好的经济收入，有识之士便集聚东北地区的睿智、东南方向的祥瑞开建了这座荟萃多地名胜古迹的园林。

大门内矗立着一座黄澄澄的三足双耳巨鼎，象征着无与伦比的庄重、精美和华丽。从这一点来看，国内诸位的认识水平高度地一致，无论是公园、纪念场所和博物馆往往都惊人的雷同，那就是"一鼎至尊"，至于显示什么不得而知。迎面是一道青白石铺成的台阶，由下往上两侧面面相对端坐着形态各异的石狮子、石麒麟，一直延伸到小山之上。山顶一座高高的六角形的楼被绿帆布覆盖着，它的外形很像名冠九州的"黄鹤楼"，其真名叫作"望海楼"。此地距海50千米，站在楼上一定能看到海浪的缭绕与云霞的缠绵。西面停着一架高高耸立的大吊车，一位技师端坐驾驶室中，看样子随时都要启动。我们顺着道路左转，一块印刻着"青松岭"的巨石立在了岔路口处，向下是公园东墙的坡道，向上是长城的入口。之所以把"青松岭"立在这么显眼的地方，我猜测其设计人员也许对1973年拍摄的电影《青松岭》情有独钟，加上故事的发生地离这里不远，所以他们就在此处立这么一块大青石作为纪念。

从右侧我们上了长城，由于是缩小版它并不宽，并排只能走三个人。它的左侧修建了一座九层高的六角形白塔，应该是舍利塔。看到这座美轮美奂的白塔，我想到了古都南京，它不但有风景名胜紫金山和栖霞山，也有一座东濒清溪、西靠台城、北倚后湖，虽然高不过一百米却四海闻名的九华山。它曾经叫玄武山、真武山、龙山、龙舟山，因为样子像倒扣的船还曾经叫"覆舟山"。在这座山上，汪伪政府在1944年修建一座三藏砖塔，供奉了佛教大师玄奘的顶骨舍利。日本侵略者血洗南京，烧杀抢掠之后还盗走塔中的玄奘顶骨舍利，在老百姓的拼命保护下才不得不奉还了一部分。这座九华山目睹了他们滔天的野兽恶行。这座清秀的九华山还目睹了历代帝王将相的悠闲自在，也目睹了鲍照、谢灵运和范晔等许许多多文人墨客的闲情雅致；看到了大科学家祖冲之与北魏人索驭驎在山脚下比赛指南车和祖冲之发明水推磨的实验成功；还经受过史称"苏峻之乱"[①]"伪楚之乱"[②]的摧残。所以辽西这座园林的设计者，在祖国数不清的建筑中甄选出了南京这座舍利塔加以仿造可谓之高人一筹、用心良苦。这座塔的建造真是花了极大的工夫。塔正面的台阶分为上下两层，居然都铺着皇宫的台阶中央才能铺设的台墀。汉白玉的浮雕都是龙凤呈祥的图案。塔的门口两侧各立着一座大力神塑像。他们一个持戟、一个扛鞭，一副凶神恶煞的模样。塔身所有的角上都挂着黄色的铜铃铛。由于还没有正式开放无法登塔所以看不到木质的花纹，其结构虽然精巧从外表看却更像钢筋混凝土浇筑的，每层塔檐下都建成了斗拱的样式。它的门和窗有半圆形的、有长方形的，都装饰着青白石雕塑，其人物种类繁多，有坐着的佛像、有立着的战神。塔周围的护栏都是青白石制造的，雕刻着祥云、花卉，隔一层一种图案。

　　长城下，在一座四角形的巨塔旁边塑造了一座很大的酱黄色

[①] 东晋咸和三年（328），历阳内史苏峻以讨中书令庾亮为名，攻入都城，史称"苏峻之乱"。苏峻率二万人渡江，冲开牛渚（今采石矶）的防线，绕到都城东北，进据蒋陵和覆舟山，打败了守将卞壶的部队。突破青溪大栅，居高临下，因风纵火，台城及诸营寺署一时荡尽。苏峻因攻占覆舟山而夺得胜利，控制了东晋朝廷。

[②] 东晋元兴二年（403），荆州刺史桓玄篡晋，国号楚，史称"伪楚之乱"。三年春，彭城内史刘裕等讨桓玄，率二州之众1700人，由京口（今镇江）西进至覆舟山东。桓玄守将卞范之等二万余人，在覆舟山西面严阵以待。刘裕先采取虚张声势的办法，派士卒登山张旗，给卞军造成错觉，然后，"破釜沉舟"，决一死战。进攻前，命将士饱餐一顿，丢掉余粮，轻装待发，攻击开始，又身先士卒，因此，将士无不以一当百。攻上山时，正值东北风急，因风纵火，顿时，烟焰涨天，鼓噪之声震动京邑，打得卞范之的部队大溃。桓玄被迫从长江水路逃走。

雕像，它的中间是一尊被火圈围绕的佛像。前面跪拜着三名上身袒露的女人。巨幅雕塑的两边有僧人讲法、普通人祈福跳舞等图案。由于没有标识，不清楚此图是从哪里仿制而来的，或许是设计者殚精竭虑的创造。

说起九华山最著名的要数安徽九华山，唐朝大诗人李白来到此处看着万千气象大笔一挥，浓墨之下跳出了赞语："妙有分二气，灵山开九华。"它与山西五台山、四川峨眉山、浙江普陀山共称为中国四大佛教圣地，也是地藏菩萨修行的道场。这里有祇园寺、化城寺、大愿金地藏菩萨肉身塔殿等寺院和建筑，还有九华山峰的绵延、九华河水的潺潺，更有数不清的亭台楼阁、奇石怪树。

来到南门大广场，一组恢宏的建筑呈现在我们面前，设计人员居然仿照着西藏拉萨布达拉宫的样子建造了这群建筑。其外形其姿态其样式，惟妙惟肖。布达拉宫是公元7世纪的大唐时期吐蕃王朝松赞干布为了迎娶文成公主而建。他的这种举动充分表明了吐蕃人对大唐帝国的虔诚与忠诚。拉萨的宫殿分为白宫和红宫，而九华山的布达拉宫也有白色的宫殿和红色的庙宇。当然他们建造宫殿的初衷大相径庭。

山坡上的慈海寺是清朝年间修建的，顺着它旁边的路上行就来到了跟北京天坛祈年殿很是相似的"天坛"。这里就是辽西九华山的最高峰了，向西望去，一座金碧辉煌的四菩萨坐在大象身上的千吨观音像就映入眼帘。它应该是四川峨眉山同类塑像的翻版。佛教圣地的金身挪在此处自然理所应当。辽西九华山吸取四大佛教名山精华，建成了规模空前、洋洋大观的佛教建筑群，一定会吸引海内外的高僧来此弘扬佛法传经布道，也会吸引四面八方的游客前来游览朝圣。

二上大冷山

大冷山越来越近，盘在山腰上的云彩飘来飘去，像是一首百听不厌的情歌，在阳光的照耀下不断地变换着多彩的曲调；清澈舒缓的河水蜿蜒曲折，在无际的草原上书写着宁静；白色的羊群，黄色的牛群，枣红色、黑色以及五花色的马群悠然自得，把北国的夏日点缀成一幅使人心旷神怡的山水画。憧憬、向往、激动使我脚下生风，汽车单调的轰鸣声被我多情的心底升华成高亢而激昂的《骑兵进行曲》。

路的左侧是一望无际的油菜花，黄色的花朵在富贵中充满生机；路的右侧是针叶松和白桦林相间的原始森林。初次见到原始森林的我对这一切既陌生又亲切。路越来越窄，森林越来越密。油菜花不见了，取而代之的是灌木丛和连成片的榛柴。这些弯弯曲曲连钩带刺足有齐腰深的植物密密麻麻，布成了龙潭虎穴。

小路断了。

看到这种情况镇南低声说："我虽然放了许多年羊这个地方也没来过。"为了走最短的路只有穿过榛柴和灌木丛从山梁上峰顶。否则，绕道上山就会耽误很长时间。李逵式的镇海则大吼了一声："我开道！"话音未落，他拉起两个半大孩子扒开树枝趟开榛柴钻进密林。

　　说无路可走，就是无路可走。我从未见过这样的路，更不要说去走。

　　两个向导兼保镖在前面趟开榛柴折断树枝，硬是从密不透风的树丛中扒开一条路。我和妻子顾不上树枝树叶剐在脸上衣服上，在密林中钻来钻去。在我拣起一段树枝做手杖的不到一分钟的工夫，几个闯将已经不见了踪迹。

　　当我看到镇南的时候，他正蹲在地上看着什么。见到我之后他站起身，指着脚下的一个洞口说："这是獾子洞。"我发现，地上有直径近一米大的一个坑。坑壁上有一个排球大的洞。这种动物我见过，是人工养殖的。人们养它是为了取它的皮毛。"如果不是天旱，这树林里还有蛇。"自恃捉过蛇的我，则不以为然地笑道："见到蛇我就捉住它，正好泡酒。""你敢抓蛇？"镇南睁大了眼睛。那点儿经历不值得一提，我只是点点头。

　　林子越来越密，路越来越难走。有镇南他们开路，我只管看着脚下，护着脑袋。经过一个小时的艰难跋涉，我们终于登上了山梁。我深深地吸了几口气，然后指着前面的山尖儿问道："这儿就是山顶？""我们才走了不到四分之一路。上到这个山尖儿，还要爬上两座山峰才能到顶。"镇南的话，使我刚刚激动的心又平静了许多。望着山腰一个采药人，我不禁感叹道："到这么高的地方来采药真够辛苦的。"镇南则说："这个采药人在采黄芪。这种药还算值点儿钱。""这山上的药材多吗？"看着漫山遍野的红色百合花我问道。

　　镇南在当村长之前还当过几年教师，在这一带的村子里算是文化人。他停顿了一下然后慢慢说道："这大冷山可真算得上是一座植物王国。光是我知道的药材就不下几十种：佛手参、旋复花、远志、五味子、百合……"

说起百合，很多人都吃过西芹百合这道菜。它能当菜又能入药。当然人们吃的那种百合是人工养殖的，在这里却是野生的。我想起昨天镇南的小外甥女带我去东山坡挖百合的情景。刚出村的时候碰到了大眼睛老婶儿。她听说我们去挖百合就告诉我们，东山坡的百合多，我们就去了东山坡。想着挺容易，可挖起来还真费劲儿。山坡上尽是石头，百合在石头缝里长着。一锹下去只挖出两三块小石头，好几分钟才能挖出一个。挖了半天才挖了20多个，而且没几个大的。回到村里又碰到了大眼睛老婶儿，她看到我挖的跟弹球一样大小的百合，有些遗憾地说道："嗨，我忘了告诉你了。百合开一朵花是一年的，开几朵花就是几年的。年头越多它的个越大。山上有六七年的，能长这么大。"说着，她伸出粗粗的拇指和食指比画成乒乓球大的一个圈儿。"你要是上大冷山，上面有的是七八年的。搁点肉一炒又香又嫩。"老婶晃着大脑袋，舔着厚嘴唇，笑的时候大大的眼睛眯成了一条缝儿。

　　望着满山红灿灿的百合，果然都开了七八朵花。我揪下一朵花放到嘴里轻轻嚼了几口，感到丝丝甜意。镇南似乎没注意我在想什么，还在掰着手指继续说着："黄芪、甘草、草乌、升麻、芍药……"

　　我想起北京植物园里特意开辟出有芍药园，北京的地铁有芍药居站。

　　"红柴胡、白柴胡、白皮、防风、苍术……"

　　记得前些年，我在上中药学的课时，一位年龄偏大、脸色黄的瘦男生，总把苍术的"术"字写成"竹"，老师纠正了两次，他还是记不住。以后他再写错，老师只能擦擦眼镜，无可奈何地摇摇头。

　　"枸杞子、益母草、大黄、黄精……""嗬，都是地道的药材。"我打断了镇南的话。"是啊！益母草是妇科良药，大黄去火泻肚，柴胡能退烧，黄精专治肾虚精亏。"镇南也有一些中医药知识。

来到采药人面前，我问道："上这么高的山采药，够辛苦的。""还是比种地强一点吧？"她打量了我一下说道："我也是听说这里有黄芪才第一次来的。"说完，她咧开嘴露出了与黑黑的脸色完全相反的白牙莞尔一笑。

我爬香山，从进大门到香炉峰顶不到50分钟。到目前为止我们已经走了两个半小时了，可是距山顶还不到一半的路程呢！望着正面高大的巨石堆和远处左前方的山坡盛开着的黄花，我让大家坐下休息一会儿。这时，我才体会到欧阳修在《醉翁亭记》中的名句"醉翁之意不在酒，在乎山水之间也"的真正含义。

喝过"美酒"站起身，我感慨地说道："我们走，从巨石堆中间攀登上去。"两个半大孩子也是第一次上大冷山，听到我说走，立刻兴致勃勃地又成了急先锋。

突然"轰"的一声，一群沙鸡腾空而起，足有20多只。我看到那只领头的公沙鸡还是一只凤头。它金黄色的凤头和颈部深红色的羽毛格外显眼，翅膀也是金黄色的。更让人赞叹不已的是，它高高翘起的尾翼是明绿色的，就像一朵艳丽的花蕾，在一瞬间就绽放成缤纷的花朵，闪着流萤一样的光彩，带着"妻妾"们轻巧舒展的欢笑而去。

"嘿！这里还有沙鸡！""现在禁牧护林了，野生动物越来越多。地上跑的有山猫、黄羊、普氏原羚、梅花鹿，天上飞的有金雕、白琵鹭、白头鹤、秋沙鸭，都是国家的保护动物。山上长的有水曲柳、红松、落叶松、沙冷杉、红皮云杉，都是我们国家的珍贵树种。"

正说着，两行大天鹅从我们头顶优雅地飞过。

看着它们渐渐远去，我的目光又被一闪一闪的波光吸引。大冷山水库反射着从云缝中透过来的阳光，为寂静的群山凭空增添了几分神秘。

看到我望着水库的方向，镇南说："现在是枯水季节，如果赶上大雨，这水库的水就会暴涨。那时，这里的湖光山色还会更美呢！"

说话间，一团团暗白色的积云从东南面积聚而来。镇南喃喃地说："快下雨吧！"

从这几天和乡亲们拉家常中得知，由于都是山坡地，农田无法灌溉，这里还是靠天吃饭。如果在播种、间苗、分蘖、施肥、灌浆期间能下几场及时雨，则是乡亲们最大的心愿；如果该下雨时不下雨，乡亲们就会半夜三更起床，跪在明月当空的地面向老天求雨。

看着由混乱天空发展而来的积云渐渐地形成，我从有限的气象知识中知道，再发展下去天上的云很有可能就会成为积雨云。时间一般不会超过一天一夜。我估计半夜就会出现阵雨，雨量不会太大。于是我信心十足地并且留出余地对镇南说："明天傍晚之前会下雨，即使不是中雨，也会下小雨。"

"真的？""应该问题不大。""那我明天，不！回去之后，就立即给玉米施肥。"

以农业为主的镇南和李逵式的镇海陪我跋山涉水，耽误了宝贵的种地时间，使我极为不安。我暗想，回去之后一定帮助他们干一些力所能及的活儿。想到这儿，我鼓了鼓劲儿，又奋力向山顶登去。离山顶越来越近，风也越来越大，我禁不住打了一个冷战，立刻从包里取出备用的衣服套在身上。天哪！现在可是北京最热的七月底，我却穿着三件衣服在冷风中发抖。在上山之前，山下没有一丝风，可是这里的风力最少也有6级。如果北京的气温是39摄氏度，我估计这里不会高于15摄氏度。这时我才理解镇南在临出发时说的话，山上风大，一定要多带一件衣服，千万别冻病了。

顶着风，攀过石堆，穿过黄花遍野的山坡，我们终于登上了大冷山的山顶。扑面而来的是一排排高大的针叶松，在它们的中央有一座高高的塔楼。两个孩子已经扑进了楼门。

照了几张相片，我和妻子也向塔楼走去。风好大呀！我满以为进了塔楼会好一些，没想到进楼之后风更大。塔楼的二层有一圈儿瞭望孔，在那里集聚的风差点把我从木梯子上吹了下来。我晃了一下身体，急忙攥紧扶手。塔楼跟我们在电影里常看到的炮楼一样，高高的，像一个大烟筒。我们爬到了最上面。

嘿！我们把大冷山踩到了脚下，站在了方圆几万平方千米的最高峰，只有西边的黄岗梁才能和它一比高低。我贪婪地看着夏日里北国醉人的景色，千沟万壑仿佛都带着"巴林王"浓浓的酒香。东面是连绵不绝的石砬子，高大而怪异，虚无缥缈的云雾匍匐在脚下，沟壑山川隐隐可见。再往东，则是与中国宋代同处一个时期的辽国的发祥地。南面是林西县城，山峰重叠、松柏交翠。再往南则是克什克腾旗、乌兰布统、围场、北京的方向，那里曾是康熙大帝胯下乌骓奔腾驰骋，噶尔丹狼狈逃命的地方。西面有将军岭、将军石、蛤蟆石、大冷山水库，是先人为国捐躯的长眠之地，那里有乡亲们洒下血水和滴落的泪水。北面则通向内蒙古高原的腹地，那里除了有广袤的草原，在偏西的地方有一群千奇百怪的阿斯哈图石林，还有大漠深处无尽的尘烟。

看到如同巨浪一样翻滚不停的云团，我想到了黄山的云海，它虽然壮丽却不如大冷山的雄浑；看到高高耸立的嶙峋的石砬子，我想到了泰山的巨石，它虽然记载帝王们封禅的辉煌却不如大冷山的石砬子生来具有的庞大气势；看到直插云霄的绝壁，我想到了华山的北峰，它虽然陡峭却不如大冷山的尖锐；我还想到了恒山、嵩山、衡山，大冷山还有这些名山都不具备的、独具一格的美景。

我俯视着内蒙古高原与大兴安岭交界处的峰峦，我的目光与天地融合在了一起，很久很久我才抬起头远眺。突然，一束强烈的阳光撕破云团，山川大地顿时敞亮了起来。我急忙取出了高倍望远镜，急切地向边墙堡看去。边看边想，如果在这里观测日食月食、观测宇宙中的星空可真是个最理想的地方。

我看到了，看到了边墙堡，它像一块红玛瑙静静地仰卧在山脚下，与公路西侧的大冷山水库就像天空中银河两侧的牛郎星和织女星一样遥遥相望。不！它们不是牛郎星与织女星，而是一对天生丽质的孪生姐妹，无论从哪个方向看都晶莹剔透美不胜收。

银河一样的小路在起伏的峰峦间游刃有余，穿向密林的深处。它在营造一种氛围，又在揭示一种想象，当初秦始皇怎么没有把长城修在这里。这块祖国的风水宝地无论如何不该被冷落的呀！喜爱山川喜爱游历的人们应该骑上宝马良驹看一看你们还陌生的、未被风景名胜的宝典载入画卷的北国胜地。

我敢说，如果国画大师张大千有幸来到过这里，一定能够绘制出比他的《长江万里图》更具有艺术想象力的"北国江山万里图"；假如明代探险家徐霞客生长在北方，那么，他一定会用浓墨重彩的神来之笔，在他的游记中记载下大冷山不可复制的神采。这里可真是集"钻石"、"黄金"、"美玉"、鸡血石、水晶、稀有金属于一身的宝库。

我们随手采摘着肥硕的黄花，向山下走去。

大眼睛老婶儿听说我们从大冷山回来劈头盖脸就问："你们去大石砬子通子和仙人石厅了吗？""没有啊！""那个镇南啊，就是一个废物，不去最有魅力的地方到山顶瞎转悠什么？"

听老婶儿说大冷山最险要、最迷人的风景在山顶西侧的大石硿通子和仙人石厅时，我立即决定推迟回北京的时间，明天二上大冷山。

攀上三叠崖，经过大小石棚，穿过白蛇洞，我们终于登上了大石硿通子。站在通子底下，仰头看去，一条高达百米的窄缝露出了白、灰、黑三色云彩，它们交替翻转像一条游龙在空中戏耍。呼呼的山风在不到一米宽的通子中畅行无阻，向我欢呼。我从通子的东口向西口走去，好长呦！贯穿整个山顶，不下几百米。我发现它与黄山幽静的一线天不同、与峨眉山深邃的一线天也不同，与武夷山绮丽的一线天更不同，它曲曲弯弯有曲径通幽的感觉；它嶙峋粗犷有沧海桑田的魅力；它高大怪异有叱咤风云的能量。我看啊，跳啊！欣赏啊，感叹啊！猛然，我发觉天地一起向我涌来，把我围在了中间，在这心旷神怡的世界中只有我和它们。我们心心相印，融为一体。我似乎成了它们的主宰，成了至高无上的山神。此时，我深深地体会到了什么叫作"我的心头有八面来风"……

窄窄的山梁挤着许多犬牙交错的石硿子，比狼牙山的更突兀。我小心翼翼地走着，不知道此时的太阳转到什么地方去了。天阴沉沉的，正预谋着那场对我来说是极为可怕的冷雨。不能多想，一心只想进到大冷山最险峻、最艰难、最具有魅力的大窟窿眼子山的仙人石厅里。

路又断了。前面是高耸的绝壁，左侧是深达数百米的山谷，右侧是无法攀登的直上直下的石硿子。

镇南此时也陷入了进退两难的境地。看样子只有退回去再绕着走，这是我们最不甘心的。镇南气急败坏地抓起一块石头狠狠砸在了前面的巨石上。随着巨大的响声，一只野兔子受到惊吓突然跳了出来，一头撞到了石头上不动了。我大喜过望，以为我们也碰到了一次正宗的"守株待兔"。我也变得敏捷了，几步跳了过去扑向野兔子；镇南比我更快，他一下就蹿了过去，在狭窄的地方施展了一次类似排球运动员鱼跃救球一样的绝技。他的手刚刚触摸到兔耳朵的一瞬间，那只兔子却来了一个鲤鱼打挺，刺溜钻进了草丛，不见了。

"真是见鬼了！"镇南号叫着，双手将一米多高的剑蒿拔了起来。"哎哟！"我俩几乎同时惊叫起来。一个圆洞显现在眼前，它的直径将近半米。镇南一头钻了进去，比腊肠犬的速度还快。"站住，站住！"无论他怎么喊，野兔子还是逃之夭夭了。

我也迅速钻了进去。尽头的窟窿眼猛地变小，还没有排球大。而拐向上方的出口还是那么大，洞口开在一块巨石的侧壁上。我爬了出去，两边都是石砬子，这个洞口真是太隐蔽了。

镇南看着远处发呆，嘴里在不停地叨咕着："奇怪，太奇怪了。我怎么从来没听人说过这里有个圆洞呢？"

我也感到奇怪。这个洞大概有8米长，向上有一米高，出口还开在石砬子中间的石壁的内侧。如果不下到石砬子里面，根本不可能发现这个洞。再说，谁会到这里来呀？洞的内壁光滑极了，看不到人工打磨的痕迹。在这么高、这么隐蔽的地方出现这样的圆洞，不能不说是一个奇迹。

"意外发现，意外发现！"镇南连连伸头，刚才没抓着兔子的沮丧一扫而光。跳下石砬子，我俩走在了平整的山梁上。山穷水尽，柳暗花明，我们又看到了满山的黄花、红花，还有蓝花，像妖姬。云浓得可怕。

镇南跑出草地、趟入榛柴、绕进石林："快来呀，大哥，仙人石厅到了！"我只听到了声音却看不到人。镇南已经走到了一块大石头后。我走到石头前才发现，脚下踩的是一条窄窄的小路。路的外侧长着半米多高的榛柴，我的脚就是踩在榛柴的根上。榛柴的下面则是垂直向下的悬崖，它最少也有几百米深。路的左侧则是光滑的石壁。我抠着石壁的缝隙一步一步向前走。突然，脚下的榛柴不见了，只有不超过8厘米宽的石缝错出的外沿，猛地呈现在眼前。而外沿儿的右侧就是白云翻滚的沟壑。我大吃一惊，可是却十分清醒。我意识到，自己走在了万丈悬崖的边上。

这时镇南的声音伴随着雾气袅袅地飘了过来："大哥，再往前走20多米就是石厅了。"

再往前走20多米？在这样的"小路上"？智取华山的解放军也没走这种路。它的每一厘米都是"阎王殿"。我看着深不见底的绝壁，看着云雾下面沟底中银练一样的溪水，屏住了呼吸。实在是没有勇气冒着生命危险走这样的路。万一掉下悬崖，不会有任何人把我当英雄。进了石厅又怎么样，能挖到钻石？即使能挖到钻石，也不能玩儿这种命。大丈夫能屈能直，见好就收吧！我冷静地慢慢地转回头、转回身，抠着石缝一步一挪回到了安全地带。靠住一块石头后，吊在嗓子眼儿的心才安然落地。此时我才听到了像是二重唱一样的流水声。骄傲油然而生，我比唐代文学领袖韩愈强多了。我走的路，比华山苍龙岭韩愈投书处危险多了。那里最险要的路有两尺多宽，而这里不到三寸宽。我却没有像老夫子一样先是投下绝命书，后是大哭。

走到绝壁的正面，我才看到了它的全貌。高约500米、宽约600米的绝壁拔地而起，而仙人石厅就位于绝壁中央的上部靠东的地方。我走了一半的石缝就是它唯一的通道。

大窟窿眼子山是大冷山最西侧的一座山峰，在大冷山上百公里的山脉中它是很不起眼的。可就是这么一个不起眼的地方，却有着最险峻的路和最有吸引力的石厅。它的洞口略呈长方形，宽4米多、高5米多，下沿儿微圆深不见底，里面有一条激流涌动的暗河。怎么形成的无人知晓，它跟大冷山顶能发出声响的水窖一定有关。"石厅里还有什么？"我问道。

镇南思索了一下才回答:"除了暗河,我看到在石厅的墙壁上隐隐约约地有几幅画。""画,什么画?"镇南的回答令我十分感兴趣,我立即问道。"我说不好,里面太暗了,画得又特别模糊,其中一幅好像是鹿。""是啊?"我惊叫了起来。"我只是说好像,也可能什么都不是,也许是跟我一样躲过雨的人在墙上胡抹乱画的呢!"镇南看见我惊奇的神态,也含糊起来。

我有些猜不着了,石厅里有岩画也不是没有可能。古人把他们狩猎的场景画在了石厅的墙上是很正常的。阴山和白岔岩不都有岩画吗?离这里都不算远,我应该不畏一切艰险进到仙人石厅,看一看石壁上究竟画了些什么,看看暗河有没有鱼虾和水蛇,又通向哪里。

可是我行吗?专业考察人员如果想进石厅,也必须在山顶挂上保险绳。而我,经过两天的艰难跋涉,双腿已经酸软,也没有任何探险装备,万一走不过去……刚冒出头的想法又缩了回去,到此为止吧!我看过许多岩画的照片,对岩画也有一些了解,可是我没有亲眼看到石厅墙壁上的图画,也无法进行最基本的判断。没准还真是现代的羊倌儿信手抹来的"作品"呢!还是等着有兴趣、有胆量的专业人员前来进洞考察吧!

回到边墙堡天已经黑了。云散了,满天星星铺天盖地,就像挂满了王冠上的宝石亮极了。我又见到了在北京30多年都没见到的大熊星座,同时看到了星座中最暗的、像蒙娜丽莎的微笑一样神秘的"天权"星的身影,又见到了像白色浪花一样奔涌的银河。

两天的大冷山之行给我带来了空前的享受。大冷山不但是壮丽的,也是美妙的,更是神奇的。它不比任何名山逊色,反而更加绮丽。

我走了,我知道我还会再来。不只是为了探索几个未解的谜团,这里有我血肉相连的乡亲们,还有为国捐躯的先烈的在天英灵。

　　回林西的路上，雨停了。我看到巨大的彩虹闪现在了东方的天空中，挂在了黑白相间的浓云上。我从来没有见过这么浓郁的彩虹，它有七种颜色，每种颜色都极其饱和。它们艳丽无比，不停地闪烁出令人如醉如痴的璀璨色彩。太阳突然浮出了云层，火红火红的，并由火红灿烂到金黄。云缝中透过来的金色阳光带着浓浓的酒香，使得云醉了、山醉了、树醉了，使得故乡醉了、沟沟壑壑醉了，我们也跟着醉了。

孤独的天使

"善良和爱"应该是一切美好事物的开端。在长篇童话《绿野红纱》中,尽管红纱女这个长着翅膀的小精灵来自"高山王国",她的母亲再三用梦的形式劝诫她要远离人类、远离苦难,回到仙境,但天真无邪的她却向往人间的温暖,留恋人类的田园牧歌。虽然她不懂得人类的语言,却以自己的方式向人类靠近,把人们吓得惊慌逃散,她却懵懵懂懂莫名其妙;当人类自作自受使灾难到来,她不但拼死用自己的翅膀拯救人和动物,甚至还拯救射杀她的猎人。

这种无邪无私、不计前嫌的爱,在红纱女身上体现得淋漓尽致。她是一个天使,可是,天使在不被人类理解和认可之前,却是孤独的,甚至是被排斥和拒绝的,哪怕是一个渺小的渴望,也是那么可望而不可即。

红纱女的天性中充满对大自然的爱,对未知事物的好奇,为此,她不惜冒着被捕杀的危险飞越千山万水,飞到高度文明的山外世界进行探索。她发现,山外虽然是科技发达的大千世界,却充满了险恶,她的出现被山外的人类视为外星来物,撒下天罗地网试图捕获她,她历尽了千难万险,才终于化险为夷。

《绿野红纱》既描述了山里世界（象征人类的古老田园）不同人物和动物的喜怒哀乐，呈现了他们相依相杀的生活，也描绘了山外世界（象征现代文明）人类的虎视眈眈，无节制的开发索取，使红纱女这个自然精灵的野性天真、纯洁无邪更难能可贵。而她舍弃自己拯救生命的壮举，又使她的灵魂得以更高的提升，最终完成了从一个不谙世事的精灵到英雄的成长，令人扼腕叹息，又荡气回肠。

在暴雨、洪水、冰雹、大雪、烈火等大自然的灾难面前，红纱女义无反顾，用翅膀驮着人类和小动物们一次次逃离，每一次都承受着生生死死的剧痛，她那千疮百孔的翅膀最后也已经残破不堪，再也无法飞翔。当她的生命消失时，她才真正得到了人类的爱与理解，可惜，为时已晚，她的灵魂飞回了接近仙界的故乡。

当我读到这撼人心魄的一幕时，深受感染。这种人物形象在以往的少儿作品中极为少见，可谓独出心裁，弥足珍贵。

这个借助童话呈现的关于自然和人类命运的思索是深邃的，富有前瞻性的，既新鲜活泼，又力透纸背，发人深省。

红纱女的故事，令我不由得想到陶渊明笔下营造的世外桃源，还有《圣经》中记载的创世神话。

陶渊明作为古代田园派诗歌的开山鼻祖，在他的《桃花源记》中，借渔人之口描述了一幅浪漫理想的桃源画卷，人们为逃避战乱，安于一隅，"不知有汉，无论魏晋"，宣扬的是一种偏安逃避的人生观；《圣经·创世纪》中诺亚方舟的传说，则是在洪水和大雨到来之前，诺亚在上帝的授意和安排下精心准备的一场逃离。

而在《绿野红纱》中，红纱女虽然意识到了灾难即将来临，非但不逃避，反而积极面对，主动拯救，从这个角度来说，她更具有积极向善的意义和自我牺牲的精神，可歌可泣，也值得人类惭愧、反思。

也许，红纱女这个形象也是作者内心梦想的寄托，只有灵魂深处储存了太多的善良、美好与爱心，才能笔下生情，把这个孤独的天使塑造得如此令人心动、心痛，从内到外、从上到下，散发着天然去雕饰的野性之美。在从天上到地下全方位呈现的空间里，作者从不同角度、不同侧面把人性的善与恶表现得有血有肉，把小动物们塑造得活灵活现——它们像人一样有思想、有人性，人情味十足，呼之欲出，那些难能可贵的美好，是在浮躁的现实中已经失去的，再也寻不回来的。

我们只能在童话中，才能找到这样令我们心灵安歇的精神家园，而在生活中，那些孤独的天使却仍在继续孤独着，等待着张开翅膀飞起的日子！

附录：文学批评标准之我见

　　文学批评主要的目的是对文学的本质、特征、发展规律、社会作用等进行探讨和评论。同时，在对文学创作进行鉴赏的过程中，起到相应的指导和推动作用。在二者的互动作用下，提高文学作品的写作水准，检验文学理论的严谨性和科学性，使它们共同担负起传承优秀文化，开拓发展空间，启迪教育后人的崇高任务。所以，文学批评的标准问题就不可避免地引起作者和读者的关注。文学批评从诞生的那天起就带有某种社会属性，应该具备审美的科学性、爱憎的倾向性、社会的批判性。它是随着社会的发展而发展、时代的进步而进步、审美观念的提高而提高的，是一个逐步成熟、逐步完善的过程。

　　笔者认为，现阶段文学批评的标准应该从三个方面进行考量：艺术标准、"真"的标准、思想标准。

一、艺术标准

　　一部文学作品的高低优劣是由作家的艺术智慧、艺术创作能力以及气质、修养、才情和真知灼见、道德水准等诸多因素决定的，他们的作品往往体现了这些才能。艺术标准包括以下几个方面的问题。

（一）艺术表现手法应该独特，有出众的能力，不"随波逐流"

无论什么体裁的文学作品，其语言、结构、表现手法等诸要素，都要尽可能地表现出自己与众不同的特色。

语言应该精美精妙，将多种修辞技巧充满活力地、有创造性地编织到一起，让习惯和安乐于大众化"消遣"的人们读到这样语言立即就会激越震颤，久久不能忘怀。运用这样的语言创作出来的文学作品，才能使读者享受到阅读的快乐。那句"没有技巧就是最大的技巧"的话，只有曹雪芹、鲁迅这一类大文豪才有资格说，其他的人只能老老实实地学习语言使用的技术和艺术。所谓"不使用技巧"，则必须在浅显的文字里面包含着一般人察觉或难以理解的、极其深刻的思想内涵。

结构的设计要独具匠心，根据内容需要该开门见山的绝不拐弯抹角，该"出奇制胜"的绝不平铺直叙，该惊险刺激的绝不畏手畏脚，该别开生面的绝不拘泥于形式，该花样翻新的绝不优柔寡断，该干净利落的绝不拖泥带水，使作品精巧、严谨、合理、新颖，不拘泥于他人的常规和套路，为更好地表达其思想内容服务。

写作手法尽可能多样性，将各种叙述方式、各种展示手法从不同角度、不同时段合理精细地组织在一起，充分展现其艺术想象力。使读者被作品的魅力所感染所"迷惑"，在不知不觉中就沉迷于作者精心设计出来的"陷阱"之中难以自拔，以达到"寓教于乐"这个最佳的程度。

（二）塑造的人物要有神韵

作家在塑造人物形象时，不但要用精练的笔墨描绘出他不同于众人的外部特征，更要通过一系列表现手法精雕细琢地刻画人物的性格，或千奇百怪的内心"动作"，挥手投足之处、言谈话语之中尽可能地展现他从内心深处焕发的神采，而不是简单的说明和看似精彩实则平庸的描述。其神采应该成为他的群体中最有代表性的、独有的，也应该是其他人物无法替代的。按照惯常的说法就是，这个人物是一个"典型情境"中的"典型人物"。

作家要给这个形象注入极其鲜明的个性，使他在读者心中独树一帜，无法被模仿，不能更换。这个形象要凝练，还应具备高度的代表性。这种人物形象不应该多，但要有高度和精度，确实能让读者充分地"赏心悦目"、赞不绝口。例如，《阿Q正传》中的阿Q。鲁迅先生用他深刻而细腻的笔，精雕细琢社会地位极其卑微的阿Q，虽然经历了百年风霜雪雨，他仍然"巍然屹立"。阿Q这个艺术形象为什么能够成长为空前绝后的人物？为什么能够在人们心中难以磨灭？为什么能够熠熠生辉了这么多年仍然有着其他人物形象无法取代的"人格魅力"？就是因为鲁迅先生结合历史的状况，提着阿Q的"小辫子"精准地抓住了他的人格特点，再用他无人能够匹敌的"利刃"细致入微地剥开了他保守、狭隘和愚蠢的外表，从他可怜巴巴的内心深处，精准地"雕刻"出他的"精神胜利法"，鲜灵活现地展现在了世人面前。通过这一形象，鲁迅先生把那个时代底层一些人的自私、麻木、欺软怕硬、本来胆小怕事却外强中干的本性无情地、一层一层揭露在光天化日之下。鲁迅先生通过阿Q的形象不但展示了他深刻的思想、敏锐的视觉和犀利的笔触，更使人们认识到了当时社会的状况和人们灵魂深处复杂、落后、无可奈何、难以琢磨的真实情感。

作家在塑造这些人物形象时，应该运用独具慧眼的笔墨把他们每个人身上独有的，此人物不同于彼人物的内在精神深刻而精巧地刻画出来。每个人物的音容笑貌都各有与他人不同的独到之处，或代表一类职业不同的人群，或代表一种社会地位不同的人群。如《水浒传》中的108条好汉都各有名称、各有绰号，脾气秉性、行为举止以至说话的神色声调都不同于其他人，使众多人物的形象立体而丰满、多面而传神。

（三）作品的审美

刘勰在《文心雕龙·知音》中说："慷慨者逆声而击节，酝藉者见密而高蹈，浮慧者观绮而跃心，爱奇者闻诡而惊听。"我以为，他只讲了审美过程中因人而异的初步感受，再进一步，这种感受应当由表及里，也就是由感官的愉悦上升到理性的评判。通过作品外在形式深入作者的内心世界，寻找到作者隐藏在普通言语后面所要表达的深刻含义。而严肃的、高层次的、对文学发展高度负责的作者会把自己的情感，不但言简意赅地渗透在作品的字里行间，还会把自己的真情实意像琥珀、美玉、钻石一样深深地埋藏到作品的"皮肉"下、"血液"中、"骨髓"里。对这种最优秀作品的审美过程是艰难的，比寻找德国哲学家黑格尔在他的《美学》一书中所说的要显出一种内在的生气、情感、灵魂、风骨和精神，这就是我们所说的意蕴的精髓还要困难得多，正如面对《红楼梦》一样，需要许多人前赴后继的讨论和钻研。

周汝昌出版了红学研究史上一部具有开创性和划时代意义的重要著作《红楼梦诗词曲赋鉴赏》，享誉海内外。此书修订版封底的推荐语是这么写的："书中全收了各种版本《红楼梦》中的诗、词、曲、赋、歌谣、古文、书札、谜语、酒令、联额、对句等体裁形式的文字，包括一般不易见到的脂评抄本中独存的诗作，收录最为齐全。为使读者加深理解，每首都加了'说明''注释''鉴赏'或'评说',有的还有'附录'或'备考',较难读懂的《芙蓉女儿诔》,还加了'译文'。书中论述精彩纷呈,给人以很大的启发。'附编'中所收的内容,都是研究《红楼梦》及其作者重要的极有参考价值的资料。其中《红楼梦版本简介》一文吸收了红学界在这方面的最新研究成果,很值得一读。"

这一段摘录的文字,可以证明我在上面所说的观点。

我国历史悠久,文化灿烂,其璀璨程度是其他国家远远无法比拟的。它恢宏而瑰丽、庄重而博大、深邃而奇奥、严谨而奔放、高雅而娟秀、源远而流长、一脉而相承,都是空前的、独特的。继承、发展、弘扬这种辉煌的文化是每一位中国人应尽的义务,更是所有的文化工作者义不容辞的职责。我国东西南北的跨度很大,地形地貌极其复杂,这种天然环境造就了众多民族。他们身上或普通或奇怪或别具一格的生活习惯、言谈举止和脾气秉性,造成的文化素养也不尽相同。不同民族有与中华大家庭相融通的文化,还有本民族自己传承下来的与其他民族有很大差异的独特文化,这些种类繁多的文化交融到一起必然会产生内容千差万别、形式千奇百怪、语言精彩绝伦、结构错落奇妙、手法花样翻新的全新样式。有了这些民族性极强的文化和反映这些文化艺术的、风格各异的文学作品,就必然要有与之相符的文学批评标准。我们的文化工作者、文学家自然就应该在这种有特色的标准指导下创作独具中国特色的文学作品。

审美的民族性不能原地踏步,不能拘泥于以前和现在已有的"框框"中,而应该让它与时代同步。我国文学批评要在民族性的基础上逐步走向世界,与其他国家"交相辉映"。一个时代有一个时代文学批评的标准,从这个意义上说,它的时代性标准会发展会延伸。在今后,这个标准还会得到新的补充和完善,以适应新时代新文学的需要。

二、"真"的标准

为什么我把以往人们在作品中要深入挖掘的，埋藏在作品隐蔽处内在的"实质"提到这么高的层面呢？就是因为，它最能体现文学的本质，是所有文学大家在灵魂深处孜孜不倦追求的、与自己血肉相连的"精神极点"。无论用什么方式，无论采取什么手段，只有把它充分展现在读者面前，才是作者灵魂深处的"真实用意"。

（一）探寻孕育在作品中的"真"

在作品中塑造有血有肉的"真人物"，使其形象真实而生动、丰满、个性鲜明。这些艺术形象不但要深刻地揭示出生活的本质和规律，还要引导、警醒、教育读者，从而提高他们的认知能力和精神需求。

这种"真"与作家的真情实感"心心相印"，能够让读者从某个角度探寻到作家的良苦用心，体会到作者埋在骨血里、藏在肺腑中的"思考"。使读者被这种"真"折服，把自己的真实情感融入其中。

"真"有多种形式。有了"真"，作品更具凝聚力，更有艺术价值。这个"真"，与老子所讲的"道"有些相似，有"本源""规律""法则""真理"的含义。作品中的"真"越鲜明，其人物形象就越鲜活。

这个"真"深藏不露，难觅难寻。"真"字越"深沉"，其社会意义也就越深刻。

曹雪芹在《红楼梦》中运用了大量"隐晦"的写作手法，也是为了更好地表达自己真实意图的无奈之举，应当视作"真"的另一种表达方式。当然，其中"真"的实质也就极其深刻。

古代学者"唯乐不可以为伪"(《乐记·乐象篇》)、"诗者,志之所之也"(《毛诗序》)、"诗缘情而绮靡"(陆机《文赋》)的看法,也表明了对"真"的这种态度。鲁迅先生在《论现在我们的文学运动》中要求作家要有"跳动着的脉搏、思想和热情",也包含着"真"的意识。

"真"构成了文学作品基本的要素,因此可以把它看作文学批评的一种标准。

(二)关于"真、善、美"

有些文学批评家用"真、善、美"的标准检验作品的社会意义和艺术价值时各有看法。笔者在上文已经对"真"有所论述,此不赘述。"善",除了有艺术的倾向性,以及作品所描绘的形象对于社会具有的意义和影响之外,还有赞美宣扬的意思;"美"并不是简简单单的外在表象,而是指作品的形式与内容是否和谐统一,是否有艺术个性,是否有创新和发展,还有"全面""精妙""深刻""出类拔萃""意味深长"等诸多含义。

(三)文学作品中的知识性

第一,掌握知识是人们认识真理的初级阶段,知识掌握得越多,对真理的认识越加深入。为了寻求"真",作家在写作过程中会把许多相关的知识写进作品中。一部优秀的文学巨著,如果没有广阔而深厚的知识是不可想象的,也是不能被广大读者和专家认可的。如《红楼梦》这部小说,有许多专家不只是把它称为文学巨著,还把它誉为一部不可多得的"百科全书"。粗略地统计一下就能发现,它直接间接囊括了社会学、政治学、伦理学、宗教学、医学、植物学、动物学,包含了建筑文化、服饰文化、饮食文化,对儒、佛、道都有很广泛的涉及。正是有了这么多领域广博而厚重的知识，才能让无数的专家学者把这部皇皇巨著奉为中华文学宝库中的经典。

对这样的文学作品进行批评是一个系统工程，不是哪一个人就能单独完成的，也不是哪一个人就能单独研究批评得透的。

第二，文学作品的知识性越广博含金量越高，但是要适量适度。文学作品不是学术著作，也不是专业教科书，作者没必要置入大量的专业知识，应该用简捷的手法把这些知识精巧地置入作品的各个地方，再深入浅出地进行不动声色的启发，让读者易于接受，从而达到潜移默化地接受知识的目的。否则的话，知识越多越深奥，反而成了读者的阅读障碍。

第三，体现在文学作品中的知识可以是多种多样成系列的，也可以是比较单一的；可以是深奥的，也可以是常识性的。作者应该通过精妙的语言技巧把这些知识融入自己的作品当中，使不同文化层面的读者从中受到各自所需的教益。

第四，一些作者为了谋取更多的经济利益，用胡编乱造出来的、没有多少文化涵养的、没有多少艺术性和真实感的内容蒙骗读者。这种行径非常不厚道，不但扰乱了广大读者的视觉，对于文化市场的健康发展也是有害的。

要达到这几个方面的"真"，就要求作者有高度的责任心，还要付出大量的心血与智慧，写出无愧于读者、无愧于时代的著作。

三、思想标准

习近平总书记在文艺工作座谈会上语重心长地说道："树立和坚持正确的历史观、民族观、国家观、文化观，增强做中国人的骨气和底气""追求真善美是文艺的永恒价值""努力创作生产更多传播当代中国价值观念、体现中华文化精神、反映中国人审美追求，思想性、艺术性、观赏性有机统一的优秀作品""讴歌奋斗人生，刻画最美人物，坚定人们对美好生活的憧憬和信心""结合新的时代条件传承和弘扬中华优秀传统文化，传承和弘扬中华美学精神"。我认为，应该把习近平总书记的这些要求作为文学批评思想标准的指导方针。

（一）立意要高，要达到崇高的思想境界

《焦裕禄》（电影批评也可以纳入文学批评的范围）这部优秀的影片中没有美国大片中那些花里胡哨的镜头，很少有先锋导演们喜欢使用的各种令人眼花缭乱的、热火朝天的、"艺术剪切""镜头变换"等表现手法，照样达到了作品思想内容丰厚，蕴意多解而深刻，使观众的认知程度进一步深入，从而达到了精神的满足。在广阔的时空中，对中国的时代精神和本质进行了深入浅出的展示，尤其是对广大观众进行了一次划时代的教育。笔者给这部影片下的结论是：将高境界的思想内涵和巧妙的艺术运用完美结合为一体的真实的优秀影片。

（二）歌颂英雄人物

长篇小说《红岩》自从出版以来就大获好评。小说中塑造的英雄人物江姐可以说家喻户晓。这位宁死不屈的革命女先辈不朽的精神深入到了广大读者的心中。说起江姐，没人不为她坚贞不屈的精神所感动。宁可被敌人严刑拷打，往指甲缝里钉竹签子也不出卖同志，不背叛革命。这位旷世英雄的形象广为传播，为传扬中华民族的精神做出了伟大贡献。通过对江姐等一系列英雄人物形象的塑造，小说阐明了正义必定要战胜邪恶的规律，也揭示了先进的社会制度必然要代替落后的社会制度的历史发展真相。一部文学作品能做到这一点是极其不容易的。应当这么说，《红

岩》这部小说在中国文学史上占有重要的地位。

歌颂英雄应该成为作家一项基本任务，这样才能提升中华民族的正气，颂扬中华民族的精神。读起来令人荡气回肠的长篇历史小说《戚继光》，也是一部使人热血沸腾的好作品。戚继光是我国历史上不可多得的军事家。历数一下各朝各代领兵战斗在第一线的军事将领，我们就能发现，既有实战经验又能写出兵书的寥寥无几。而戚继光既能够将"外敌"打得一败涂地，又能写出军事理论著作。读完小说《戚继光》，我觉得可以这样说，作家张笑天将诡谲的朝政、动荡的历史和军事谋略统统归纳到自己精准的笔下，融入自己点燃的熔炉中，并把历史素材提炼为集艺术性、思想性和历史知识性于一体的著作。

我们可以用多种体裁各种方式歌颂赞美英雄，如小说、诗歌、散文、报告文学等。我在诗集《半熟的青红果》中，用诗歌《拯救赵一曼》《黄继光》《怀念邱少云》等对英雄进行了歌颂。中国诗歌协会理事、教授吴开晋先生在诗评《对理想的追求与艺术手法的多样——读〈半熟的青红果〉》一文中这样说道："特别是《拯救赵一曼》的长诗，不但写了这位革命先辈面对日寇酷刑的宁死不屈，而且倾诉了作为后人对抗日烈士的无比怀念与崇敬之情，特别是设想用自己的热血注入这位烈士的伤口，能延续她的生命，写得慷慨悲壮。……像这样有大气的好诗，近年不是很多，作者的诗情抒发，值得赞许。"

上述文学批评的这几点思考缺一不可。脱离了艺术标准，脱离了"真"中关于深刻的思想内涵，其作品就不能"入流"，就不能进入批评家的视野。道理很简单，就是它还没有达到一定的文学水准。

我国的经济发展突飞猛进，文学作品却没有随着"高唱凯歌"，文学批评陷入了进退两难的尴尬境地。表面看起来文学批评家还有一定的活跃度，还有"多元化"的倾向，可是我仍然认为，文学批评还是处在急需"补钙"的状态。但愿以上这几点思考能浮出"水面"，在文学的汪洋中升起一只小小的"潜望镜"，在昏暗的夜幕中点燃一根蜡烛，对文学批评标准的灯塔起到一点点探寻和补充的作用。

任洪力文选

下册 诗词·美惨了

任洪力 ◎ 著

文化藝術出版社
Culture and Art Publishing House

著名翻译家、画家、文学家高莽先生为作者所作画像

2021年10月，夫人张惠芳女士拍摄于山西鹳雀楼

自序

诗人写诗，应该尽可能地接近最高境界。因为它最能体现诗人的才智，最能展示诗人的学识。什么是诗的最高境界？它既没有统一的标准，看法也不尽相同。有一点应该能够在诗歌评论者、读者和诗人之间达成共识，那就是其内容应该精美，语言应该精妙，意境应该精深。

人们写诗都是抒发、处理情感，通俗地讲就是想表达点什么。这里就有一个以什么方式写，然后给什么人看的问题。我认为，无论以什么方式写，给什么人看，如果能够写得吸引人有特色，令大多数读者从心灵深处感到震颤、激越，产生联想、愤恨、压抑等，或者让读者感受到从未有过的巨大感染与冲击、久久难以平静，以至不能忘怀的程度，就接近了诗歌的最高境界。

诗人应该有广博的知识，对看到、听到以及历史记载和遗留下来的事情也应该有敏锐的观察能力与分析判断能力。这种能力来源于长期不间断的学习与思考。有了超乎常人的知识和能力，才能将自己认真学习、敏锐观察所得到的有意义的东西作为素材储存起来。在适当的时候，在自己的激情和灵感被点燃并且被引爆的那一刻，运用平时练就的娴熟而灵活、独具匠心的写作手法才能写作出优秀的作品，从而脍炙人口以至能够被人们传唱。中国古代的大诗人无一不是如此。当代的年轻诗歌作者还应该具备一定的古典文学基础，对历代诗词也要有较多的了解；应该会写浪漫主义诗歌和朦胧诗，会写后现代诗歌和先锋诗；最后才谈得上较有分量的具有音乐色彩、抒情性和形象性都出类拔萃的抒情诗和叙事诗。无论是哪个时期哪个阶段哪种方法的诗歌写作，作者要表达的主要是内心感受。所以，其诗歌的思想内涵应该尽可能清晰，应该使读者从作品中领悟到作者的意图，顺着诗人的思路能够继续深入地思索下去。如果能赢得这样的读者，也是一种成功。

写诗，应当将比拟、烘托、夸张、象征、通感等众多的修辞方法有创造性地、精巧地、奇妙地结合起来，抒发、刻画、感叹有代表性的或者精彩绝伦、耐人寻味、非同一般的内心情感和自然景物，描绘、述说、记载大千世界的各种各样发人深思的故事或者极有价值的事情，使诗歌更富于想象力和亲和力，使读者真正读懂作者所要表达的思想感情。这种能打动读者使他们辗转难眠的诗才是好诗。有一点值得注意，写作手法的多样性并不等于把诗歌写得极为朦胧隐晦难懂，使人无法理解。这样就失去了诗歌展示自我启迪他人的基本作用。要想做到写出的诗歌手法精巧、意境高深，集思想性、艺术性于一体，让读者得到出乎意料的享受，久久不能忘记、反复欣赏的，才是最难的。

在经济浪潮的拍击下，我国当前的文学处在疲弱无力的状态，诗歌也被挤在了社会潮流的边缘。读者少，懂诗的人更少。诗歌作者有责任把人们拉回到文学的皮筏子上，让更多的人仰慕和喜欢诗歌，以弘扬、发展中国具有几千年璀璨历史的绚丽文化。可是有一些诗歌作者没有经过浪漫主义的洗礼，没有看清楚朦胧诗的面容，也没有经过后现代诗歌的冶炼，一下子就自己戴上了前卫、超前卫的光环。他们未走出迷茫的旋涡，反崇高、反境界、反抒情、反优美，反对一切他们不入眼的东西。还有的人从狭隘的自我出发，写出的诗荒诞、怪异，有的玄虚、缥缈，不明所以。这种写法怎么能够让已经不多的诗歌读者有兴趣、有耐心地继续欣赏下去。

写诗，想故弄玄虚、故作高深，其实并不复杂。东拼西凑，把没有内在联系不着边际的事物生拉硬拽到一块儿，再运用一点儿不为人们常用的写作方式进行一番包装，就算大功告成了。

音乐本是一种极其高雅的艺术，诗歌有时也难以媲美。19世纪上半叶，享誉世界的法国音乐家柏辽兹和匈牙利作曲家李斯特等人，为了使这种高雅的艺术易于理解，让更多的人从音乐的巨大魅力中感受人生，特意创作了大量的标题音乐。他们用文字或标题阐明作品的思想内容，从而使浪漫主义音乐空前盛行。追求玄虚、晦涩、怪异的诗歌作者可以参考，专心体会。如果不能摆脱身在狭缝中而又迷恋一孔之见，只知自我缠绕，怎么能够谈得上真正意义上的探索。

我想，写诗就应该用尽可能通俗而简单的词汇，用普通百姓都能理解的语言和技巧，来表达最复杂最难忘最情深意切的情感。这才能接近写诗的最高境界。

目 录

一、古体诗词

寻祖 / 003

羑里城 / 004

七律·和崔颢《黄鹤楼》/ 004

鹧鸪天·嘉峪关 / 005

江城子·别离 / 005

南乡子·岳飞 / 006

黄河楼赋 / 007

和王之涣诗二首 / 011

鹧鸪天·李广 / 011

鹧鸪天·郊北 / 012

定风波·奏天庭 / 012

南歌子·游 / 013

水龙吟·立秋 / 014

摸鱼儿·神曲 / 015

念奴娇·禅 / 016

水调歌头·赤壁 / 017

戚氏·辛弃疾 / 018

青门引 / 020

诉衷情·盲跳 / 020

临江仙·黄河 / 021

玉门关 / 021

听雪 / 022

晨曦醉 / 023

学士吟 / 023

虎狼山 / 024

五言绝句·龙泉寺诗话 / 024

麻衣 / 024

五言绝句·鹳雀楼 / 025

登鹳雀楼七首 / 025

黄河之水 / 026

小伎俩 / 027

莫愁 / 027

二、现代诗

美惨了 / 031

伤寒论 / 032

青红果的梦境 / 032

我要天葬 / 034

我的新生 / 034

作家 / 037

一饮而尽 / 038

我学会了沉默 / 038

站在门槛上 / 039

来世 / 039

我的背影 / 040

四季 / 042

困苦 / 043

壮美 / 044

通行证 / 045

肋骨的经书 / 045

经书的传说 / 047

又是一尊佛像 / 048

诗与生命 / 049

命运 / 050

哲学 / 050

文字 / 050

专利 / 051

冶炼 / 052

陷阱 / 053

人 / 053

上帝的选择 / 053

雕像立 / 054

五更的彩虹 / 058

李自成出生地 / 059

曾经的殿堂 / 061

贫困诗人 / 062

最后一拜 / 064

昨日的回忆（节选）/ 066

跳水 / 067

心声 / 069

新婚照 / 070

永恒 / 071

云上青烟 / 072

龙门 / 074

讲述今后的事情 / 075

望敦煌 / 077

不是好述 / 080

悼王小波 / 081

哀昌耀 / 082

陈晓旭 / 083

拯救赵一曼 / 084

黄继光 / 087

怀念邱少云 / 088

王杰 / 090

陈独秀 / 091

拜鬼谷 / 094

袁隆平 / 096

黑龙的女儿——张桂梅 / 098

刘长春与索拉诺 / 100

胡雷 / 102

陈祥榕 / 103

杨科璋 / 104

刘盛兰 / 105

鸡鸣三省 / 107

骊軒风 / 109

义和团起义旧址 / 110

手术室的灯光 / 112

不想让 / 113

隐藏 / 113

重阳节 / 114

手和脚 / 115

化开神圣 / 115

春雪 / 116

真想 / 117

三角梅 / 118

处境 / 118

我的黑匣子 / 119

意外 / 119

我将远游 / 120

凡·高为我画像 / 121

向海涅学画画 / 122

前辈的愿望 / 123

祈祷 / 124

向死神祈祷 / 125

我的死法 / 125

李白让我 / 127

伴侣 / 128

牡丹的黎明 / 129

桑葚 / 130

我是使者 / 131

我将点燃名字 / 133

诗的烛火 / 134

普希金的决斗 / 135

墓碑的下檐 / 136

三岔口 / 137

最不浪漫的人 / 137

延安组诗 / 138

西柏坡（组诗）/ 141

月亮醉了 / 143

联峰山 / 144

襄樊春冷 / 145

故乡行 / 147

边墙 / 148

狼牙山 / 150

大冷山（组诗）/ 151

波罗诺 / 160

探究底细的途径 / 161

秋风和火 / 163

十六景的由来 / 164

出乎意料 / 164

标本 / 165

紫荆关（组诗）/ 165

假装文人 / 167

思想者 / 168

女儿 / 168

雪花 / 169

春梦 / 170

天长地久 / 171

醉了 / 172

大自然的儿女 / 172

我多想 / 173

不凋零的生命 / 173

我并不孤独 / 176

提前入土 / 176

重阳节 / 177

灯塔 / 177

等待 / 178

足迹的营养 / 179

为黑夜化妆 / 180

冰雕 / 181

都是母亲 / 182

黑白之间 / 182

生命的守护神 / 183

我羡慕 / 185

复原 / 186

箭头 / 187

箭和翅膀 / 188

琥珀 / 188

下辈子当狗 / 189

经纬线 / 190

随笔 / 191

向日葵和蒙娜丽莎 / 192

跳龙门 / 193

翰林院 / 193

读《戚继光》/ 194

大雁塔的烟 / 194

是我 / 195

起名字 / 197

钢笔与灯罩 / 198

表 / 198

群雕 / 199

梦境 / 200

谜语 / 200

眼睛 / 201

惊喜 / 201

肥瘦之间 / 202

俯冲 / 202

枪口前的鸟 / 203

乌鸦 / 204

宁死不屈的猕猴 / 204

乌龟 / 205

四色梅花 / 206

金凤岭 / 207

达莱诺尔序曲 / 209

拥抱祖国 / 216

一

古体诗词

寻祖

浩滢珙桐,
九陆之冲。
娉婷少女,
誉为后重。
泸河瀛曲,
草盛花丰。
紫鼎沉沉,
其孕妊妊。
男行牧兽,
女试甲纹。
安居乐业,
唯汝独尊。
陶罐刻印,
横竖彩痕。
鱼鹿人面,
简美意深。
大屋小窨,
华中精魂。
铲斧锛刀,
钩叉轮针。
斩蛇东趋,
轩辕拜神。

羑里城

目眺眺五行山兮，
苍松断。
足躇躇汤水浊兮，
鹭飞难。
戈烁烁烟尘浓兮，
影迷乱。
泪荡荡突不尽兮，
血潸潸。

七律·和崔颢《黄鹤楼》

梧桐雨碎秋江去，
名胜神州第一楼。
唐宋大家高歌返，
今朝小辈舞悠悠。
三镇璨璨金冠树，
红梅婷婷鹦鹉洲。
月老天台归元寺，
渔舟唱晚几人愁。

鹧鸪天·嘉峪关

南刺斜阳纵祁连,
北驰月夜马鬃山。
黄风煞血春分日,
飞雪席卷五更寒。

惊火焰,
爆楼兰。
大漠滚滚九重天。
烟尘无语旌旗乱,
折戟沉沙嘉峪关。

江城子·别离

千年雨雪怅秋霜,
夜凄凉,
洞烛香。
月下桃花,
粉艳映轩窗。
醉倒床前人不见,
琴骤起,
水悠扬。

船轻桨阔浪如歌,

困迷茫，
梦衷肠。
院曲亭荷，
怎料高楼击筑处，
离别短，
意绵长。

南乡子·岳飞

贺兰驾飞车，
踏破朱仙草覆辙。
二帝魂惊肝胆破，
婆娑，
铁马冲天大纛烁。

赵构会之说，
令箭莫须话语错。
冤狱千年鹏举坐，
山河，
完颜德基血染阁。

黄河楼赋

　　2021年10月8日驱车经山西、陕西、青海、甘肃赴嘉峪关，回探青龙峡，登黄河楼遥望轩辕故里，江山如画。天奇冷，偌大盛景只有我们夫妇二人，且惊且喜、且哀且叹，作赋咏之。

　　轩辕故里，
　　元畅宁夏。
　　三江翊谧，
　　北上跌宕。
　　帝鸿拜远祖而匍匐，
　　嫘祖隐黄纱而虔诚。
　　同心同德之兼程，
　　亦步亦趋之风尘。
　　驻地脉明远眸，
　　驰渚头辨近目。
　　大漠驭白日巡天，
　　浊浪衔弯月拍岸。
　　封祁连以崇高，
　　禅冰川以弥远。

　　惊鸿猎猎羽翼呼风唤雨，
　　烈笛锵锵五音腾云驾雾。
　　波涛汹涌直指婵娟，
　　浪潮澎湃欲捣天狼。
　　集嘉峪金蛇狂舞，
　　具马鬃银龙喧嚣。

断青铜越巫山云雨，
截贺兰烁艳阳光照。
雷劈三山五岳而欢愉，
雨暴五湖四海而雀跃。
激流争先沟谷共和，
巨浪恐后滩涂成城。
擢东南至沧海，
掘西北抵崇岳。

天庭玉阶金阙奇珍异宝，
地宫垣合紫微珠联璧合。
铜牛拔山趋地风雨无阻，
雄鸡逐幽立明义无反顾。
地支十二相同为定海神针，
黄铜伫天地背靠白玉长桥。
伏羲神农燧人大智大勇，
黄帝唐尧虞舜大能大德。
扶摇九十九层天宇，
上插夜阑宫阙。
盘旋二十二座青殿，
下探无眠神仙。
青龙裂日以护净水，
白虎戮月以养清风。
玄武浩渺且璀璨，
朱雀嵯峨且华丽。

形影孤单日复一日披星戴月，

琴瑟双绝年复一年辗转披靡。
濯清水以明心志，
荡浊流以娱体魄。
文人墨客望而却步，
官宦世家少语寡言。
滕王高阁傲立五湖，
妙语连珠华彩四射。
雁阵列列孤鹜穿云，
秋水排排长天垂泪。
友朋寂寥断鸿声里，
四壁幽静鼙鼓喑哑。
阎都督偃旗息鼓无须感慨，
孟学士绝笔南屏袖手空楹。

黄河之水天上来，
闯到此处气势衰。
黄河之水楼上来，
汪洋恣意任豪迈。
黄河之水洗银河，
千沟万壑彩虹开。

罗马将士突围剿越安息万里寻亲，
西域家小迁流徙跨月氏骊靬下寨；
峰回路转犹叹奇古蓓蕾缤纷，
柳暗花明感恩双地千年佳话。

凄风苦雨叠影游境幻知己，

睡眼蒙眬达夫者来寻夜宿；
季凌与荒山野岭著胡歌，
狼牙共天上人间欢羌舞；
岑幕府八月白雪卷天，
妊后羿仲秋黑云坠地；
飞将军慷慨悲歌抛热血，
步士卒壮怀激烈洒惊心。
金鸡啼月烁星飞霹，
斗牛行空驱神舞雳。

李白易学杜甫难仿，
好问醉醒李煜真伤。
元敬兵书战策鸳鸯鸥鹬，
稼轩文韬武略肝胆辉煌。

风萧萧兮秋骤冷，
雨洒洒兮魂欲断。
来日何年兮霜色凝，
摩羯暗淡兮野菊残。
藕断丝连兮贺兰泪，
洞流默默兮广陵散。

和王之涣诗二首

（一）栖云山

黄河沙画彩虹间，
弯月轻挑栖云山。
胡琴炫舞昨日梦，
沙荆飞刺玉门关。

（二）白塔山

黄河玉碎冷雨间，
有城无锁半片山。
马蹄声隐白塔月，
残雪醉舞嘉峪关。

鹧鸪天·李广

阡陌崎岖九重楼，
云浓雨煞意难收。
将军百战羽没虎，
地北天南夏转秋。
白发重，
志难休。

平生未报鸿鹄酬。
忠魂赤胆拔刀处，
热血涂成万世侯。

鹧鸪天·郊北

北岳青山丽水长，
秋花赏月笑清江。
南来北往船上客，
话语缠绵诉宋郎。

词汇重，
意无霜。
人居僻壤地远乡。
床头蜡炬红霞泪，
灯火辉煌是洛阳。

定风波·奏天庭

银盖双灯暗夜明，
红楼散曲唱平生。
鬼使神差凝血迹，
遮蔽，

凄风苦雨奏天庭。

隐痛长歌千万里，
沉重，
春花深处雪难融。
酷暑寻常嘲旧事，
悲楚，
西天晚霞分外红。

南歌子·游

影澈白塔静，
船迷月洒声。
荷花深处唱蝴蝶，
摇曳芦笙白藕采红菱。

翡翠红唇远，
嘹啼和婉鸣。
莺歌燕舞紫花飘，
彩鸳游霞袭雨忆前生。

水龙吟·立秋

立秋清雨无音，
风轻院落谁低问。
娉婷话语，
莺歌醉舞，
半忧情困。
处暑飘摇，
新天旧地，
雾起迷阵。
奈何时笔砚、
长虹骤霁，
蓝白处，
离人恨。

卷露残阳坠落。
羽飞翔、
雁来又认。
南国觅梦，
无形有影，
墨轻添沉。
婉转溪江，
漂浮万里，
浪花微深。
鼓乐邀楚调、
哀声怨杨柳，
雅吟神韵。

摸鱼儿·神曲

欲忧愁,
数丝伤痛,
琴声如泣似怨。
花飞扬抚摸双鬓,
帆影入江轻远。
鸥舞翳,
雨飞雪,
滕王阁唱德卿传。
梁音弦断。
落日坠霞长,
拥出清月,
荷叶调愁婉。

刀枪箭,
石陨穿梭刺破,
亭台楼宇哀叹。
三山春景何如许,
情未商词难咽。
夫苦楚,
日西去,
清池映照狼烟炫。
离别长念。
拭目语缠绵,
故国神曲,
旌帜绣龙冠。

念奴娇·禅

长城逶迤，
越巍峨断壁，
兵刀鸣戟。
沙暴铺天灼日烈，
风杀旌旗驰地。
阴贺花香，
浊流惆怅，
更引豺狼意。
马蹄踏破，
北国千里疆域。

万古华夏龙腾，
升平歌舞，
焉掩鸿鹄计。
河北击虚实辗转，
收复河南千里。
李广仲卿，
匈奴逃遁，
去病擒贼逆。
燕然石勒，
禅姑衍封居胥。

水调歌头·赤壁

赤壁流云冷,
跳浪洗龙丘。
硝烟肆意照射,
鼓角探吴钩。
战舰山呼海啸,
故郡优柔寡断,
众仕劝仲谋。
羽扇纶巾唱,
公瑾定绸缪。

东风醉,
船舸恨,
戮敌酋。
火烧乱阵,
残兵败将铸新愁。
惨月暗淡坠落,
侥幸华容宿命,
雨雪打名楼。
万古寻常事,
日夜论不休。

戚氏·辛弃疾

陨星寒,
一骑霹雳碎刀尖。
迹镌青天,
玉玺完璧属明轩。
潇洒,
染秋枫,
残云飞舞紫霞间。
子文西域十载,
昼旦皆是鬼门关。
几度生死,
披肝沥胆,
调长歌颂大汉。
忆高堂考妣,
忠孝仁义,
万语千言。

何料命运悲惨。
初见日月,
叛逆毁河山。
超绝影、
电驰风掣,
闯邸擒奸。
阙绵延,
迤逦日翠,
九议十论,

被束高悬。
利钩寸断,
夙愿新愁,
走知府更心煎。

舞榭台歌醉,
金戈铁马,
故土翩跹。
夜深烛光至暗,
鼓吹龙角地覆天翻。
蓦然剑雨花开,
挽弓怒放,
惆怅狼牙箭。
稼轩词、
崇岳千弦管。
永遇乐、
古今雄篇。
李广血,
热泪封禅。
越前朝满腹大圣贤。
溯诗经始,
庆元嘉泰,
旷世璀璨。

青门引

晚秋风犹冷,
深夜雪飘无声。
长亭美酒更向谁,
滴滴挂泪,
苦楚为心病。

婵娟笑洒天外音,
百媚桃花生。
但求灵魂夙愿,
染红百年美梦。

诉衷情·盲跳

悬崖陡峭万重峦,
巨浪滚浓烟。
山崩地劈裂,
云海跳盲川。
天俱陷,
死神笑,
壮人寰。
血流绝壁,
泪水含声,
情意缠绵。

临江仙·黄河

大浪拍天集野水，
分明泾渭唱平生。
潼关深潜紫晶宫。
云花飘万里，
血泪战旗红。
鹳雀秋寒登险境，
初冬雨雪连营。
梁山断谋走麦城。
平添千帐戟，
纵扫旧时风。

玉门关

落日熔血，
长河大漠圆。
金色残断，
粉彩至，
尽是一江楼兰。
雨聚飞，
卷杀北疆霞丹。
胡杨横笑，
倒映岁月，
雾凇唱欢。

黑云撕月，
七彩洒万千。
劈星碎灏，
陨落十方，
边地眷河山。
胡声催，
马影天地龙翻。
祁连落泪，
神雕铭记，
玉门雄关。

听雪

初春听雪梅似开，
瘦风衰。
立夏听雪火入怀，
紫气来。
仲秋听雪睡难梦，
度十载。
隆冬听雪意远涉，
九天外。

晨曦醉

晨曦醉,
画船荡出彩虹。
芙蓉带血,
歌声挂泪,
桨入落影,
卷动西风。

幽廊曲,
桃花吹雨飘零。
怎道是,
佳人又至。
呜咽处,
琴绵笙恸。

学士吟

一岭隐双沟,首尾卧两头。
白鹤冲天红,江水八度流。
北国大雪飞,银花上九州。
金龙吐紫气,麟点万户侯。

虎狼山

大漠刮雪乱,黄沙半边天。
志士行远地,白日冻不圆。
抱衣月下冷,五更夜犹寒。
犬吠闻鸡处,原是虎狼山。

五言绝句·龙泉寺诗话

步步生野趣,指指月无痕。
远山接近水,秋雨连冬春。

麻衣

九州华夏大中央,
千年龙脉两水长。
文臣谋略定天下,
武将龙胆征八方。
贡院青缎拜朱紫,
内廷白袍朝金黄。
水仙伶俐无例外,
苏铁麻衣破天荒。

五言绝句·鹳雀楼

高楼伴云升,嫦娥醉东风。
黄河塞外曲,落阳不肯红。

登鹳雀楼七首

一

白日落不尽,黄河水难流。
华山八千尺,只是第一楼。

二

白日登高楼,明月是中秋。
黄河醉如泥,诗哭水不流。

三

婵娟舞高楼,人睡影不休。
黄河三更醒,诗动水更愁。

四

月摇九层楼,凤舞菊花秋。

黄河思乡曲，日夜添新愁。

五

白日落天外，黄河水断流。
寒鸦塞北曲，不识第一楼。

六

残阳余晖尽，黄河水倒流。
衰草三江曲，鸦啼梦重楼。

七

残阳筑古城，疑是凤凰楼。
黄河投币处，美人锁金秋。

黄河之水

黄河之水楼上来，
三山五岳天地开。
人若有知箴言在，
晚辈诗书不曾衰。

小伎俩

诗人赋词八千尺,
难抵尚书一寸长。
太阳光芒九万丈,
不如县丞小伎俩。

莫愁

东西千里美莫愁,
千百八年语不休。
谈起身前身后事,
亭台楼阁水长流。

二

现代诗

美惨了

我的天塌了

塌得九州崩裂

塌得水深火热

我的地陷了

陷成了万丈深渊

陷成了一往情深

我的血凝固了

凝固成岳武穆的词句

凝固成戚少保的兵锋

我的神经断了

断成了长城的败落

断成了黄河的饥渴

我的心碎了

碎成了昨日的旧梦

碎成了明天的新生

我的基因牢固了

牢固成了西天的王庭

牢固成了落魄的飞天

我的美惨了

惨成了万家灯火

惨成了经史子集

伤寒论

尘埃淹没的阁楼
明月围绕了千年
一个偶然的巧合
伤寒回到人间
传奇延续着正常
神明连接着偶然

明月
你怎么只会散步不会发现
大家的诞生由此成道
孤本成为绝世经典

只愿
我的伤寒不会重蹈覆辙
只愿
没有明月的天空不会雾霭弥漫
只愿
千年之后雨雪封冻的小楼
会迎来又一次偶然

青红果的梦境

彩虹滑落的文字
击中神经

我的诗歌秘而不宣

彩虹纷飞的文字

飘进大脑

我的诗歌五色犹染

彩虹破碎的文字

刺入骨髓

我的诗歌龙凤交织

彩虹抚摸的文字

飘入肺腑

我的诗歌狴饕缠斗

彩虹洗练的文字

潜入心脏

我的诗歌热血成冰

彩虹飘下的雨丝

抚摸了耳廓

天音的祈祷接近了心声

彩虹的雨丝亲吻了面颊

笑容就多了诗情画意

暗夜就有世外的清醒

孤独的身影

徜徉成《半熟的青红果》

朦胧的足迹

凝固成蜿蜒的黎明

彩虹划破群星的臃肿

不是雨丝的手笔

一字一句
青红果的梦境

我要天葬

不想火葬
烈焰炼过的骨骼没有灵魂
不想土葬
虫蚁吞噬过血肉少了思想
不想海葬
鱼虾龟蟹会咬疼我的记忆
不想水葬
浮萍莲花会纠缠不休
不想树葬
贪婪的鼠兔会盗啮我的骨血
不想崖葬
粗糙的悬棺会空洞了我的胆魄
只愿天葬
伴着太阳我自由飞翔

我的新生

雨炸雷疯
冰雹奇异地停顿在半空
它们惊魂未定地等待

等待

一位诗人的诞生

经过漫长的半个世纪

他挑着沉重的笔砚

挥毫

泼墨

李贺的黄河东去

卢照邻的具茨山水

吴道子一日之迹

张择端毕生之作

无不摇曳着千古的神灵

日光熠熠生辉

月色明明如梦

一杯残酒

映照着李太白的舞姿

闪现出苏东坡的剑影

唐诗的残缺

宋词的完整

狼毫千盏

百媚丛生

还有一颗凄风苦雨中

不曾破灭的孤灯

笨拙的步履

嶙峋的山势

阻挡不住激越的词语

妨碍不了天马的飞行

那双扇动雷电的羽翼呀

轻轻一摇

破碎的文字

就排列成遮天盖地的七色彩虹

寒冷的云朵

深秋的晚风

西洋的芭蕾

故土的笛声

奔放潇洒

热烈从容

都是赏心悦目

都是景自天成

任它正几品从几品

管它学者大师著作等身

抽出后羿的狼牙

拽满射日的长弓

将最后一颗平庸的烈日摘落

再牵来一盏绚丽的照妖明镜

就这样

与日与月在长河中畅游的我

便获得一轮惨烈的新生

作家

站在南天门
拉过晨曦的雨丝
将雾雷电编成一个花篮

潜入马里亚纳
驾驭白砗磲
摘一朵红珊瑚和鹦鹉螺
挂在触角之上
聆听地心的传说

解开天秤座的密码
将暗物质探测到的电波
谱成广陵新散

埋入一纳米芯片
把《红楼梦》的诗词曲赋
讲给豺狼人的师祖

跳一段广场霹雳
把孙男弟女的音符
锻造成儒林新曲
传递给千家万户

一饮而尽

我把自己的血水一饮而尽
知道了人生的酸甜苦辣
我把历史的血水一饮而尽
知道了古今的喜怒哀乐
我把槐花的血水一饮而尽
知道了大自然的春暖冬寒
我把灯光的血水一饮而尽
却说不清
什么是光明
什么是黑暗

我学会了沉默

我学会了沉默
因为我失去得太多
从慷慨激昂的文字
到意气风发的生活
从桃红柳绿的早春
到北风纷飞的冬末
压在心头的都是丽日
撕裂肌肤的都是温和
梦魇啊
来无影去无踪
时常在夜半的灯火中唱歌

唱一曲窗前无明月

唱一曲南无阿弥陀

站在门槛上

站在门南侧感受到阳光

便是天堂

站在门北边沐浴黑暗

便是地狱

我站在门槛上背对阳光

面对黑暗

我的心里则是

充满了黑暗的感想

在那里一律平等

谁都是腐臭无比

谁都是人模狗样

来世

今生一事无成

如柴如草

生长在石的缝隙

土的夹层

冬季无歌

夏季无声

虫的世界

蚁的牢笼

半世困守长夜

半世消磨一生

风来飘飘荡荡

雪去无影无踪

来世心想事成

如狼似蛇

奔突血的硝烟

仰卧肉的剑锋

入地如虎

上天是龙

我的背影

本不是一块美玉

没有通透的身体

没有细腻的质地

躺在荒原之上

青草是唯一的伴侣

突然听到隐约的声音

真真诚

勇勇敢

正正义

多有苦难
还要日夜兼程

难道是上帝
是他
苍老的话时断时续

泥团慢慢爬起
蘸着风尘
饮着雨露
向着声音的源头
踉跄前行

没有繁花似锦
没有彩虹高悬

那腔即将凝固的血液
迟缓地蠕动

上帝啊
一定看到了
嫩芽下面
那块不肯破碎的泥团
质朴的背影
任凭夜色深重
任凭凄风苦雨

上帝突然抽泣

我汝窑的饭碗被太阳熔化

你是世上唯一的原料

没有你我度日如年

很快你就会

就会飞上奥林匹斯山

四季

春风微醉

消磨西方情诗的眷恋

卷发飘逸

一词一句

清晨滋生了血肉的缠绵

夏雨惆怅

填补十四行的迷惘

目光扑朔

一眨一闭

夜晚深邃了异域的故乡

秋雾翻滚

浩荡着唐诗的雄浑

眉目传情

一撇一捺

惊天地泣鬼神

冬雪料峭

惨烈着宋词的豪放

喉咙嘶哑

一生一世

做人杰为鬼雄

困苦

困苦霸占了血管的孤岛

神经的基站

无影踪的信号

战栗舞的乐园

太空步

僵尸舞

合成了狂热的鸡尾酒

唱着颂歌

细长的影子融入了

灿烂夜空的骨髓

飘逸一往情深

今夜无眠的长笛手

把斯特拉地瓦利的提琴

举过头顶

献到我的胸前
琴弦激情跳跃
让《小蜜蜂》的童真
淋漓尽致到了波恩

困苦在黎明前倒下
化成花草旖旎的早春
孤岛由此复活

壮美

黄河载着我的词句
逐浪成万里波涛
漓江拥抱着我的语言
瑰丽成流彩的天河
草原吸吮我的词汇
浩瀚为物华天宝
喜马拉雅集聚着我的诗歌
高耸为万水之源

有了我的词句
黄河不再狂怒
有了我的语言
漓江不再单调
有了我的词汇
草原不再孤独

有了我的诗歌

喜马拉雅更加壮美

通行证

领到了

逃进大师的通行证

那天

没有月色的寒冬

风飘雪

点着烛火的墓室

眼睛

溶解了冰封的心胸

肋骨的经书

撕下肋骨的经书

当作劈柴

点燃夜色的冬天

春天的泥土

带着秧苗的香气

豁开太阳的眼睛

站在柏拉图的肩膀上

吸吮着源头的清泉
看着缺损的月亮
被镶嵌在风景之外
用刀用斧劈开荒蛮的文字
让荆棘横生的小路
生出一棵娇小的还魂草

经书的残页
黄得没有了血色
嘶哑的声音
是原生态的来生
枕着它
低矮而脆弱
藏在竹筒内
就是后羿的响箭

抽出经书的筋骨
织成一幅图腾
金色的稻穗
唱着落日的神曲
游弋在古拉格群岛的上空
唤醒了人们的沉醉
像蜂鸟
倒着飞向挂满珍珠的残月

碎成粉末的经书
钙化成崆峒的肋骨

不需要血液的浸润

也不需要琼浆的腌渍

光亮还在挣扎的时候

落在积雪扫荡的大地上

和着泥土和尘沙凝固成雕像

经书的传说

一

被塞进八卦

烟熏火烧

忽然看到一卷经书

抢过时

只剩下两个字金光闪闪

穷困

二

被秋天抛弃

风寒日没

白雪飘摇箫声低迷

山间小路

渐远的身影

书写着一个音符

凄楚

三

金银花开

无色无味

风和日丽

恍惚间

万紫千红齐飞

冷寂

又是一尊佛像

云在哭水在笑

诗人受重伤

天在崩地在陷

诗人受重伤

莺又飞燕又舞

诗人受重伤

诗人啊

灾难无边的诗人

诗与生命

诗
生命的骨骼
撑起困倦的头颅
支起单薄的身体

诗
性命的灵魂
唱起短暂的白天
谈起漫长的黑夜

诗
生命的热血
抗争着昨天的疾病
挣扎着明天的复活

诗啊
你已经过分地沉重
什么是你的食粮

性命啊
你比清风还要瘦弱
离开诗
你将更加孤单

命运

话从嘴里说出来是逻辑

从大脑说出来是智慧

从肢体说出来是艺术

如果从上帝嘴里说出来

那就是命运

哲学

人在高贵的时候

诗歌更加伟大

人在普通的时候

诗歌尤为平庸

土与土之间是连接

山与山之间是依靠

水与水之间是爱怜

动物与动物之间是争夺

人与人之间是隔膜

文字

最厉害的是什么

是刀子

杀人不见血的刀子
是斧子
砍柴不流血的斧子
是锤子
打铁不流血的锤子
是钉子
是钉墙不出血的钉子
都不是
是文字
是字字都带血的文字

专利

烧红的剑刺入我的胸膛
我的血液把它冷却
这个过程叫作淬火
由此我诞生了一颗火热的心脏
也产生了热处理的一项专利

经过我淬火的剑锋利无比
软硬通吃
不缺口不卷刃
拿在手中身轻如虹
劈刺下去重如泰山

我淬完火的心脏

拔出剑后就冰冷如霜
尤其是面对着烧红的物质
就冰冷异常

它是一颗无知的心
循环着无知的血液
每一次淬火都是一次生死考验

它期待着
期待着发明更有价值的专利

冶炼

经过雷电撞击的云
知道什么叫作壮烈
被峡谷阻挡过的水
明白什么是洒脱
让蜜蜂采集过的鲜花
清楚陶醉的含义
经过苦难摧残的人
最懂得幸福的真谛

陷阱

我的梦
坐穿了你的牢狱
我的血
流尽了你的心胸
何必让我想起你的日月
不如叫我落入你的陷阱

人

分成两个人的时候
软弱疲倦委顿无奈
合成一个人的时候
坚韧机警神奇镇定
分成三个人的时候
就有一个要高高在上
显示自己的神圣

上帝的选择

我想用鲜活的脑细胞
雕刻一个痕迹
困苦
当上帝把柴草撒向荒野

历史在沟谷中就会不停地燃烧

我用满腔沸腾的热血
喷洒一个愿望
飞翔
当上帝把翅膀收回
乐园中依然残留着天堂

我用千言万语
构筑一个选择
碑文
上帝一定会双手合十
再创造一个纪念日

雕像立

黄沙铺天盖地
沧桑古往今来

仰慕
绵延万里的巨龙
把葱岭
将赤橙黄绿的百色龙域
把天山
将峻野奇秀的绝顶天池
把昆仑

将地球之脉的纳赤喷泉

把祁连

将鸣沙的钟声月牙泉的神秘

揽入温暖的怀抱

献给东方的女神

神顾

恢宏如一的百世文明

土国城漕我独南行的诗经

身既死兮神以灵

子魂魄兮为鬼雄

忠魂不散的屈原

史家之绝唱

无韵之离骚

重如泰山的司马迁

水至清人至察

临渊者抽薪者

孟坚无逃劫难

霖雨泥我涂

流潦浩纵横

孤魂翔故域

灵柩寄京师

美女妖且闲采桑歧路间

柔条纷冉冉落叶何翩翩

子建飞翔在鱼山

永嘉山水楠溪江
澹潋结寒履挂霜
纵情山水谢灵运

千声歌万声唱
天子呼来不上船
水中捞月白大仙

茅屋飞酒肉香
茅屋破骨冻伤
凄婉孤苦杜子美
拾遗品"工部郎"
兵荒马乱无处逃
逆风折流走湘水
小田邙岭枉断肠

梦里梦外几多愁
春水吹笙向东流
惊涛万里推浊浪
钟山依旧在
红颜已变色
诗书入画为一体
后主身残志难酬

世事一场大梦

人生几度秋凉
不识庐山真面目
只缘身在此山中
南奔北忙苏东坡
却留下一生一世
无尽沧桑

君莫舞君不见
玉环飞燕皆尘土
了却君王天下事
赢得生前身后名
千古兴亡多少事
不尽长江滚滚流
擒贼填词稼轩谋

山一程水一程
夜里观灯又听风
想故里喜旧梦
纳兰性德本情种

看红楼哭红楼
数尽人间无限愁
冒襄醉
朴庵泪
摇舟画中镜已碎
青烟言情更向谁

瀚悠悠远悠悠
三宝七次下五洲
非洲东澳洲北
加勒比海风景美

壮哉
高山雄大陆深海洋阔
美哉
青春浓油画熠雕像立

五更的彩虹

骑月踏山河
狼牙穿透摩羯星座
沧海匍匐白云簇拥
秋风阵阵泛春香
春花朵朵献欢媚
醉酒的艳阳大笑
九星却依依起舞
剑挑秋色
孤烟四起大漠绝日
六骏轻羽重盖风尘
饮虹长啸
楼宇齐飞铜铃悦耳
天地动容草木婆娑
篆笔飞刀

浓墨煽情宣纸欢唱
秋虫嘶鸣鸟语嘤嘤
拥衾半卧
花灯飞梦霞雨憧憬
千帐齐暗万里星空
坠落的
是黎明的星辰
是夜晚的流萤
璀璨的是
朝霞的红日
五更的彩虹

李自成出生地

路断了
来到了荒凉的尽头
山断了
走到了绝壁的心脏
水断了
来到了饥渴的核心
此处却孕育出一场
惊天大戏

凉棚里
祭奠的粗点
落满灰尘

是谁
把虔诚叩拜成绝唱

像狗窝
如猪圈
五米方圆
却使朗朗乾坤
天塌地陷

一棵老榆树
刺穿黄土高原
一块填平的记忆
令人肝胆俱裂

简陋的石碑
悲怆地呼喊
煌煌巍巍青史永垂
那段刀刻大字
巍巍煌煌两县之光

单眼皮黄胡须
十八骑绝尘
踏破车厢峡
直插青天

你轻摇羽翼
掀起九天雷暴

长城崩塌

黄河泛滥

故宫人飞

景山魂散

穷乡僻壤升起的大旗

横扫天南地北

老榆树下诞生的汉子

魂归故里

曾经的殿堂

星月时空浩渺

变换着中世纪的油画

幻觉飞来飞去

天地鬼使神差

白云肆无忌惮

红云昼伏夜出

燃烧的森林

坍塌的山脉

使远山近水的牛羊泛滥成灾

捡起"楚瓷"的残片

攀龙附会

拾起汉唐的黄瓦

气贯长虹

月缺月圆

日复一日

转世轮回

年复一年

贫困诗人

贫困诗人在大街上挣扎

悬挂的灯红酒绿

都像要移植的骨髓

收费员纤细的小手

能轻轻提起

装满三十万元的提包

他口袋瘪瘪

肚囊空空

耳聪目明

却步履蹒跚

风的摧残

雨的鞭打

都是美丽的问候

少男少女

咖啡鸡尾

无视他的存在
网络视频
装傻卖乖
年轻人多彩的韵律

比楼高
比血红的红十字
排泄出的亮光
都是他心头的血滴

贫困诗人你活该
谁让你先天不足
谁叫你不愿挥霍
本来可以浪漫的人生
谁让你对传统文化梦寐以求

灯还是那么红
酒还是那么绿
血还是那么浓
不变的是贫困诗人
跌撞的步履

灯火倒映的大街
缺了角的红十字
像金色的落叶
与多雪的冬天组成了
城市的花园

最后一拜

一拜屈夫子
路漫漫其修远
吾将上下而求索

二拜戚继光
兵书战策流芳百世
南北横戈斩倭驱胡
子时三刻红太阳

三拜周树人
唇枪舌剑破骨入髓
寄意寒星荃不察
我以我血荐轩辕

四拜冒辟疆
呕心沥血明言暗喻
世事洞明皆学问
人情练达即文章

五拜辛弃疾
数骑踏鼓狂飙处
东风"又"放花千树
宝马雕车"血"满路

六拜王阳明

立德立功立言皆绝顶

文武双全历沧桑

三百年来士无双

七拜岳武穆

文韬武略驾长车

渴饮匈奴血

饥食胡虏肉

八拜李太白

飘若九天子

我本楚狂人

凤歌笑孔丘

九拜杜少陵

字字带血句句生痕

国破山河在

朱门酒肉臭

路"抱"冻死骨

十拜陶渊明

心属桃源地自偏

采菊西篱下

悠然见北坡

最后一拜留身后

破碎文字是彩虹

冰雪封冻是偶然
日月生辉明如梦

昨日的回忆（节选）

当我第一次见到你时
你典雅你迷人
当我第一次与你交谈时
你温柔你自然

我曾经幻想过
这位少女陪伴我读书在灯下
这位少女陪伴我赏月在中秋
这位少女陪伴我散步在河边

如今
我注视着你明亮的眼睛
我觉得你像一朵百合花
应该亭亭玉立在我的原野上
应该把清香留在属于我的天地间

还记得吗
我们的梦洒在陶然亭的草坪上
我们的笑飘入紫禁城的殿堂中
我们的夜晚沉睡在寂静的紫竹院

万里长城欣赏着我们的足迹
琼岛晨曦热恋着我们的游船
樱桃沟的红叶向我们献出了迷人的微笑
潭柘寺的溪水向我们跳起了欢心的漪澜

鼋头渚
拙政园
杭州山水甲天下
灵谷塔眺趵突泉

千里的和风细雨哟
抚摸着我们的笑脸
千里的明媚春光哟
温暖着我们的心田

跳水

孩子磕绊地摔倒
大人拍疼的手掌凝固了
瞬间它又狂热了
孩子爬起来了
攀上了人生的跳板
高高的旋梯
炫目的灯光
弱小的孩子
平静的声音

五色的阳光缺少了暖调
不会怜悯
却那么和蔼可亲

跳板抖动了
孩子起跳了
腾飞了
大人的手啊却攥出了汗水

千姿百态的是生活
翻旧出新的是生活
扭曲的绚丽的前途未卜的
还是生活

孩子落下去了
落下去了
水花小了
涌出的是大人的心血
水花大了
溅起的是大人的泪水

孩子啊
孩子
你什么时候才能懂得
什么是真正的生活

心声

读疼了你的心
却读不懂你的眼泪
被你痴迷的情感
与月光低语
那只在灯影中戏耍的飞虫
陷在情不自禁的天地中
它的每一次舞动
都是我的心声

捧着你那颗心我寻找
寻找五千年来的愿望
我骄傲
我庄严宣布
你的纯美比中华文明还要悠久
你的文雅比中华历史还要古老
搏动着的是我的生命
流淌着的是我的自豪
捧着你那颗心我寻找
寻找五千年来的幸福
我凝重
我庄严宣布
你的深沉是我的伤心
你的美丽是我的微笑
女娲把纯洁只给了你
你却把它献给了我

比金子还要珍贵呀

独一无二的幸福

新婚照

墙上挂着一幅情有独钟的大照片

镜框是楸木的

它是制作枪托最好的材料

它跟咖啡一个颜色

跟咖啡一样飘着淡淡的香气

镜框镶的不是普通玻璃

因为玻璃会影响人物的内心世界

那可是极地跨越组

从乌拉圭专程给我带来的白水晶

照片拍的是一对拳击选手

个高的穿着黑色短裤赤裸着上身

他的胸肌不算发达身体向后歪斜

右侧的眉骨和嘴角流着血

双手的手心向里举在胸前

半闭着左眼歪着嘴角

正在被迫忍受重重的一拳

出拳的是位女士

她红色的手套刮着风暴

侧面的左胸半露

像是一只欲飞的鸳鸯

她的直拳比霍利菲尔德还要潇洒

她的面容比英国王妃戴安娜还要漂亮
这就是我最喜欢的
和妻子男才女貌的新婚照

永恒

太和殿徘徊着你美丽的传说
坤宁宫洋溢着你迷人的彩虹
珍宝馆璀璨着你醉人的低语
御花园回荡着你优雅的音容

九千九百九十九间半宫宇
装不下你的瑰丽
天方地圆的天安门广场
唱不尽你的洒脱
劳动人民文化宫展示不尽你的华彩
中山公园五色土制作的颜料描绘不出你的神情

冰天雪地的漠北徘徊着你深深的足迹
海浪滔天的西沙留恋着你淡淡的风雅
蝴蝶蹁跹的日月潭记载着你浓浓的故事
百河源头的冰川伴唱着你切切的歌声

渴望绝望气愤悲愤
心灰意懒笔走剑锋

旗帜游弋赞歌传神
语言绝美想象横行

闻到了纯正的馨香
梦到了婀娜的舞姿
听到了不朽的传奇
望到了俊秀的峰顶

广场的龙脉飞翔
金水的清溪雀跃
午门的天地浩荡
景山的华盖娉婷

声音在血管内流畅
话语在肌肉中鲜活
步履在骨骼里致密
舞姿在细胞上铸成

女神啊
神奇是你的永恒

云上青烟

跳进苦难的汨罗江
打捞起屈子的忠诚
扑进破碎的湖水中

补圆谪仙的月亮
扎入湍急的湘江
托起杜拾遗的灾难
越过激荡的雷州海峡
种上苏子瞻的妃子笑
徒步感叹至上饶路
点燃稼轩台的烽火

流淌在血液中的都是词汇
挣扎在骨肉里的都是语言
燃烧在脂肪上的都是诗句
在太阳喷薄欲出的时候
血淋淋的诗歌就会
拥抱屈原的忠诚
饱蘸李白的浪漫
奔赴杜甫的苦难
陪伴苏轼的豪放
追随辛弃疾的心迹
化成五颜六色的艰辛
落在地狱的火焰之上
淬火成雪原的旗帜
升华成大漠的坐标

风驰电掣在荒漠之中
撕扯心中不肯平静的信念
长河不落日
云上有青烟

龙门

天压着风四处喧嚣
风砸着云八面集聚
云敲着山天地雷动
山挤着水上下咆哮

风云山水
狂弩
上下左右
暴乱

旷古以来翻江倒海
入世以后人仰马翻
千军万马厮杀
金戈铁马悲壮

山叠着山巍峨
势比青天
水撞着水激荡
情似刀锋

晴天一声霹雳
炸开天庭
大禹成帝王
鲤鱼变金龙

讲述今后的事情

月亮在白莲花般的云朵里穿行
晚风吹来一阵阵快乐的歌声
大家坐在绿茵茵的草地之上
我给孩子讲述今后的事情
如果我发生了不可逆转
不能自理
大脑变异等恶性疾病
请不要再看医生
不要浪费你们宝贵的时间

月亮在白莲花般的云朵里穿行
晚风吹来一阵阵快乐的歌声
我不幸故去以后
不用买华而不实的骨灰盒
我不需要骨灰牵扯你们的精力
任由殡仪馆处理
火葬场扫清
如果你们过意不去
就用一个装过面粉的口袋
把我的骨灰扔到大海之中

月亮在白莲花般的云朵里穿行
晚风吹来一阵阵快乐的歌声
我故去以后
不想捐献曾经愿意捐献的器官

我担心接受的人

用我的器官花天酒地

我担心接受的人

使我的器官一事无成

我担心接受的人

让我的器官贪生怕死

我担心接受的人

把我的器官变成蛀虫

月亮在白莲花般的云朵里穿行

晚风吹来一阵阵快乐的歌声

如果一定要我留下一点东西

就把我的诗集放在圣经的上面

不要让它们争强好胜

我的诗句难免隐晦

有的地方不易搞懂

那就需要钻进词句

把它的来龙去脉一一搞清

如果这样还不能吃透

那就让时间的清溪

慢慢地验证

月亮在白莲花般的云朵里穿行

我就是那朦胧的月色

就是那快乐的歌声

如果还想继续听我讲述今后的故事

你就要耐心地等待

等待下个轮回

等待我的来生

望敦煌

大漠搅动幻觉生动灵魂颤动

触摸着你的酥胸

千万条色彩

盛开着喑哑的奇景

神经破折笔直

心胆碰撞交织

祁连山火焰山鸣沙山

山山陶醉

疏勒河野马河宕泉河

水水听禅

黄种人白种人褐种人

人人叩拜

思想家政治家艺术家

家家信仰

那一刻

莲花菩萨云雾

一朵朵一座座一团团

是你飞扬的神采

更是人间仙境

念珠旌旗传经筒

一串串一列列一声声

是檀香的序曲

更是琵琶的诗话

不灭的东方

神明的西方

智慧的大地

憧憬的上天

集聚在

你雍容的华贵里

匍匐在

你绚丽的内涵中

璎珞金钗碧簪

支支怒放

慈眉善目朱唇

颗颗迷人

传说中的美轮

现实里的美奂

凝结成莫高窟的斜阳

沉淀成千佛洞的皓月

清风是你的婴儿

细雨是你的心肝儿

无论怎样顽皮

都是飞天的姊妹

　　一张张一幅幅一卷卷
　　铺天盖地
　　勾魂摄魄
　　艺术的血汗
　　历史的印痕
　　惹来了群神共往
　　阿波罗雅典娜阿尔缇妮斯
　　为你默默祈祷
　　献上了三颗金苹果
　　玉皇大帝太上老君王母娘娘
　　与你心心相印
　　捧上了一坛玉液琼浆

　　沙丘黄土沙暴
　　一岭岭一层层一浪浪
　　把心潮促成狂野的风景

　　遥望凝视渴望
　　一群群一束束一片片
　　把思绪拉成浓郁的彩虹

　　穿透力
　　结成历代的链条
　　亲和力
　　铺成历朝的春花

感染力

粘连着热血和肺腑

影响力

覆盖着天空海洋和大地

笛声歌声咏诵声

汇聚成潸然的泪水

肌肤冷血骨髓

缔造为华夏的文明

不是好述

我为自己戴上镣铐

钻进诗歌的牢狱

流萤飞舞

天地昏暗

走进后花园

洋槐呜咽

把镣铐挂在枝杈上

金茶花绽放

没有春天的稚嫩

没有仲夏的燥热

没有深秋的冷漠

没有酷冬的严寒

金黄险峻颤抖

与太阳的光芒接战

镣铐冰冷

锁不住背叛

锁不住神驰

锁不住九天

牢狱长鸣关关雎鸠

我的镣铐不是好述

悼王小波

是风格拥戴了你

还是你独创了风格

凝结的理论

在深邃的环绕下

使精妙止步

真知灼见在清晰的簇拥下

使真理延伸

庸俗地成为浪漫的俘虏

诙谐地成为庄严的奇葩

婉转的笔锋挥洒出来的生命

无人能为之谱曲

潇洒自如划过的故事

无人能编织神话

理念和神往的小夜曲呀

被精妙扯断了琴弦

余音悲壮的行列

呜咽着明天的幽默

前无古人的遗憾

引起后人的思索

后无来者的担心

只愿是多余的闲话

哀昌耀

一副骨架

挤出地缝

卡在桃源门框的左腿流出三滴血

一层硬皮

包着鼓鼓的心脏

清晰的脉搏

跳动着时代的背影

胸腔上顶着

红蓝变换的宝石

陶渊明种植的曲粉紫薇郎

挂在红蓝宝石的耳坠上

听到了天外的来音

在黑暗中绽放

黄帝的舟车里

仓颉指点江山
惊鸿与凤凰把大漠搅动
筑成弯月的孤烟

最后一跳
仅存的一滴血
击中架子鼓
载着灵魂的骨架
飞翔成大河之舞

陈晓旭

在睡梦中又一次遇到了你
遇到了不曾谋面的林黛玉
柔弱的桃花是你的泛着粉白的情
和情谊无法表达的心
那个长着荷叶的竹篮
和里面的小铲
有你今生来世的寄语
烛火缥缈的青烟
思念着你泪如雨下的往日
和暖的风啊
请你不要再刮
林黛玉承受不了
我也承受不住
过早凋零的你

带着不曾丢失的遗憾

骑着李清照驾驭的白鹤西去了

那里有北国的霜

和北国的雪

唯独没有林黛玉的眼泪

不知道什么时候

还能与你相遇

在梦中

在天堂

拯救赵一曼

铁链将瘦弱女人死死捆在粘着皮肉的木桩上

血肉模糊皮肤夌裂

通红的烙铁在她乳房上呛出白烟

她的眼睛瞪出了血

老虎凳竹签子辣椒水

牲口用尽了所有的招数

撬不开她的嘴

人类无法忍受的疼痛切割着断裂的神经

千万条伤口形成了喷血的语言

赵一曼——中华民族的英雄开始说话

血债必须血来还

赵一曼阿姨我抱着您

您的身上

将落下永远流血的伤痕
我的泪洒在您永不干涸的血迹上
我知道您疼得不能忍受
您的每一次呻吟
都会令我神经战抖
您的每一次呼喊
都会令我肝胆破碎
我已经划破身体
形成与您一样多的伤口
用涌出的血注入您的伤口内
一定会延长您的生命

有了我
您不用再流血
我已经将您的能量注入我的心脏
有了我
您不用再流泪
我已经将您的理想嵌入我的大脑
您渴吗
我有鲜血
您饿吗
我有骨肉
您恨吗
我有灵魂
我用生命延长您的精神
我剥下自己的皮肤制作了一面红旗
她已经飘扬在了太空之上

您昂扬的头颅

就是那颗最大的星

我割下大腿上的肉

蒸了一碗羹

那是离您最近的星

赵一曼阿姨您和我母亲同姓

您就是我的亲姨

您的儿子怎么能够吞下滴着骨髓的记忆

您的每一滴血

都在我的血管内沸腾

您的每一滴泪

都在我的泪腺内炸裂

您的骨髓在我的骨骼内生机勃勃

已经是泰山顶上那座最巍峨的丰碑

我没有一日不想念您

我没有一日不爱戴您

我必须看到恶魔

不认账的后代

向着泰山向着长城

向着长江黄河

向着中华民族认罪

黄继光

枪眼火舌爆响
弹洞硝烟军旗
巨石崩裂山头燃烧

战友们高高地跃起
深深地落下
沉重得像泰山倒塌

一双眼睛喷出了鲜血
呼啸着带着强劲的山风
猛虎雄狮
在一群豺狼和一窝疯狗面前
诞生

豺狼的尖牙撕烂了你的皮肉
疯狗利齿咬断了你的筋骨
却咬不碎你的忠诚

敌人惊恐了机枪哑巴了
大地震撼了山峰寂静了

这一刻
喷出的热血像太阳
唤醒了焦土绽放的上甘岭

祖国家乡油菜花

母亲战友新生命

普通的战士

特级英雄

怀念邱少云

燃烧弹沉默时

潜伏在鬼门关的你

可曾知道有一位英雄

在大榆洞已经牺牲

山高水远

你一定想不到那是多么悲壮的情景

你一定不知道那个凝固的山村

燃烧弹爆炸时

你默默承受着无边的煎熬

你是有机会扑灭死神的呀

你微笑　你从容

你血液干涸　你骨肉焦糊　你手指抠烂

你的信念却升华了

你牺牲的地方涌起了一座雕塑

是另一座不可摧毁的金刚山

我狂躁　我悲愤

我血液沸腾　我神经颤抖　我心灵寸断
神游到留下你遗物的地方
捧上一把带着你体温的泥土
种上一株冬季也不凋零的红牡丹

在国民党军队里
你只是一名卑微的马夫
在解放军的行列中
你却成长为顶天立地的英雄
是什么把乌鸦变成了凤凰
是什么让你重生让你涅槃
你血管里流淌的是
中华民族永远鲜红的血液
形成你骨骼的是
中华大地上高高耸立的喜马拉雅山
和所有的英烈一样
你心灵深处只有祖国母亲
你用一腔热血捍卫着
身边的战友和至死不渝的信念

你是永远绽放的杜鹃花
你的清香从朝鲜半岛
一直传到湘江传到嘉陵江
你望眼欲穿的母亲
期盼自己路过家门而不入的长子归来
你骨肉相连的弟弟
渴望与自己的亲人团聚

烟消了　云散了

有谁还记得你

路边的枯草　孤独的野花

母亲苍老而憔悴的神色

还有我

与你生死与共心心相印的传人

王杰

沉默

不属于你

不是你的性格

寡言

属于你

是你的领章和帽徽

扑向炸药包的一瞬间

没有丝毫的沉默

你爆发

炸药包爆炸了

你也爆炸了

爆炸得更剧烈

震撼大地的

不是炸药不是血肉而是灵魂

爆炸的有你
想说而没说出的话
有你的沉默
还有你的性格

我真想随你而去
可还有重要的使命
和你未来得及叮嘱的遗言
我暂时留下
等待着最需要的时刻

陈独秀

女娲拿捏着人们的躯体
你为他们装上大脑
女娲雕琢着人类的四肢
你为他们构建理想
女娲揉搓着人类的器官
你为他们注入灵魂

新青年
翻起黄河民主的激流
卷动长江科学的云雨
有着金光四射的法宝
打开百宝瓶

取出一粒金丹

就烧掉了赵家楼

烧穿了地狱的牢底

你点击一下石猴的脑门

皇天之中就诞生了一群齐天大圣

志士涅槃成苍龙

你打开一本画卷

它就是一杆旗帜

明晃晃地闪耀在苍天之上

驾驭着九州大地的雷动

你真知灼见率先地退出国民党

反对共产国际的逆流

却被开除了自己亲手缔造的组织

击掌跳跃的是敌人的手脚

监狱困住你的身体

激发了中外冲天的"神曲"

教育家 政治家 文学家 社会学家

蔡元培 柳亚子 林语堂 光旦仲昂

挺身而出奔走呼号

物理学家 数学家 哲学家

爱因斯坦 罗素 杜威

千山万水奋笔疾书

绝食的你

用拼命征得了自己短暂的独立

你的两个爱子更早地献身革命

长子延年

不到而立之年却壮烈牺牲

一年之后次子乔年

满腔热血喷洒在上海龙华的大理石上

不见了尸骨

没有了墓碑

却是父亲心中不落的太阳

没有眼泪只有疮痍

没有了领导地位

却是谁也不敢阻拦的一江春水

不肯寄人篱下的江津

铸成了石头的院落

两间简陋的草堂

寄居着你无法揣测的未来

几行青绿的蔬菜

斜挂着你瘦弱失神的汗水

那箱失盗的手稿

谁说没有旷世的经典

谁说不是未载入史册的丰碑

老友带来的喜悦

使你耗尽了全身心的情感

满腹的经纶充盈不了

你干瘪的血管

超越他人的智慧

填补不了你空空的肠胃

一碗红烧猪肉

一碟肉炒四季豆

真是谋杀你的元凶

一代导师

辗转反侧呼天不应

一代领袖

肝肠寸断叫地不灵

初夏的江南过于残酷

微暖的江水依然寒冷

盘古的四肢撑开天地

你的四肢化作山山岭岭

盘古的眼睛是日是月

你的眼睛一只是黑一只是白

拜鬼谷

带着魂魄飘出

云梦的千丝万缕

南天门御鼎坐镇

远山近水神游

弥漫着古往今来的

神秘

八卦神指

熔炉锻造

易经无影

千条路曲折成离经叛道

万座山重叠出四维八经

龙腾虎跃天地一体

山水交错脉络相承

弟子如雷贯耳

学生叱咤风云

凡尘施雨露飘飘洒洒

苦海靖清波浩浩荡荡

祈祷千言万语

祝福无须多言

智者道

云里来雾里去

神龙画雨耳

深入寻常阡陌

好一个秘境深处

行人无踪

拜者无迹

只剩下

痴人半醒叨念好了

随他闲言碎语

犹如过耳旁风

千古智慧长者

大爱大敬一代神灵

云开处

一片龙飞凤舞

风涌来

万朵缤纷唱和

直冲破云梦迷雾

婉转天歌

袁隆平

一棵普普通通的

天然雄性不育株

生长在泥潭中

没有富贵竹翠绿

没有芙蓉花迷人

一个瘦瘦弱弱的小老师

趴伏在稻田旁

没有光环

没有职称

两种在各自天国中

相安无事的生物

在晨曦中

在晚霞里

偶遇

这哪里只是单相思啊
分明是神农复活
分明是横空出世

你不标准的北京话
是南腔北调的执着
你和蔼可亲的笑脸
是天南地北的灿烂
你抑扬顿挫的琴声
是古往今来的通透
你步履蹒跚的脚印
是镶满大地的勋章

就是那棵不育株
繁育了数不清的后代
就是那棵幼苗
变成了参天大树
笨笨拙拙的讲演
汇聚成了黄河大合唱
滚滚的波涛
分明是你的赞歌

你走了
带着盐碱地的气息
你走了
披着海水的印记

看到了

明月上

您举着龙泉水稻

王母在微笑

嫦娥在欢跳

黑龙的女儿——张桂梅

黑龙下凡时

嫩芽望月

黑龙游弋时

花蕾啼春

北国的雪洁净的心

漂泊丽江

飘进神的南国

油菜花开了

一棵两棵

玫瑰怒了

一朵两朵

牡丹炸了

一团两团

枯瘦的女孩啊

秋天的还魂草

红土地的朝露

晚霞的飞云

雷暴安抚着你苦痛的心灵
命运摧残着你孱弱的身体
你把芬芳植入花朵
把娉婷送给姑娘

你无儿无女
把孩子们当作己出
你只是老师只是校长吗
是爹是娘是孩子们骨断筋连的至亲

你伸出骨瘦如柴的臂膀
挑起了玉龙雪山的期盼
你跳入狂涛怒号的虎跳峡
撑起一片摧枯拉朽的蓝天

偏远得不能再偏远的华坪
特立独行女子高中

芭蕾舞健身舞鬼步舞
大学生研究生博士生
短短十几年
浙江大学四川大学武汉大学厦门大学
千条金龙万只凤凰
直冲云天

刘长春与索拉诺*

将伪满洲国踩在脚下
把日本人抛在脑后
中华民族第一人
踏上了大洋彼岸的海轮
奥林匹克运动诞生以来
就是欧美人主宰的天下

多灾多难的祖国啊
被你瘦弱的身躯
撑起了第一面旗帜
像旭日升起在
大洋的东方
横扫着百年的阴霾
你用自己的双腿
用自己的脚步
在虎狼角斗的跑道上
跑出一首战歌
跑出一条冲天的飞龙
跑出了前无古人的痕迹

你可曾知道
温暖如春中美洲
热血志士索拉诺
在草原
在高山

在人们想象不到地方
步履着你的后尘

脚掌下面是竹纰的雪板
雪板下面是杂乱的青草
青草的花朵
开放着不屈的信念

不是突发奇想
不是异想天开
生命的节奏
在血液敲击下
激昂成雄鹰的翅膀

你一次次摔倒
一次次爬起
任何名次
过眼烟云似的轻薄
你的壮举
比特质奖章还要沉重

一百年前
一百年后
古老的东方
美丽西部
交响着
奥运的鼓乐

催生着人类的信仰

人间的盛会
从来不应硝烟弥漫
不应血流成河

山茶花开了
一枝金红
一枝明黄

* 刘长春，中国参加奥运会第一人；索拉诺，终年无雪的委内瑞拉的滑雪运动员。

胡雷 *

你衣衫褴褛
脏破成一道油彩
你头发结毡
堆砌成一座山峰
你爬行
快乐到乐谱最动听的高处
你合十
心灵绽放成最稀少的绿牡丹

纵使肢体残疾

纵使生活窘迫

纵使言语笨拙

谁说你不是天使

谁说你不能升天

谁说不是瑰丽的月色

你膝盖下滴落的血迹

一定成长为黄河的源头

你匍匐过的地方

将变成长城的封禅道路

*　胡雷，宁夏中卫人，残疾人，以拾荒为生，多次捐助巨款。

陈祥榕 *

黄继光高高跳起

堵住了敌人的枪眼

杨根思抱着炸药

扑向了群魔乱舞的敌人

还有你

年轻的新生代陈祥榕

你满腔的热血

滚滚沸腾

义无反顾

视死如归

又涌起了一座

喜马拉雅挺拔的山峰

是谁给了你冲天的豪气

父母、老师

强大的祖国

勇冠三军

新世纪的后生

---

* 陈祥榕,解放军战士,福建省宁德市屏南县人,一等功臣。2020年6月,在中国西部边陲喀喇昆仑高原为营救战友英勇牺牲。

杨科璋 *

呜咽的绣江强忍眼泪

高台的殿庙钟鼓齐鸣

火在哀号

土在匍匐

杨科璋呀

儿童的玄武

南流江

流成北海的浩荡

带着南国的情

裹着青春的爱

阳刚从你内心深处发芽

绽放成伟岸的罗汉

虔诚的善男信女

顶礼膜拜

知道天国有个美好的家园

晓得伊甸园花朵盛开

通往那里的路布满荆棘

你却锻造了金身

* 杨科璋,广西玉林消防队指导员,大火时怀抱2岁女孩坠楼牺牲。

刘盛兰 *

你闭上了

不想闭上的眼睛

你舍得那些似曾相识的孩子吗

新春是你的盛夏

仲秋是你的严寒

上万个日日夜夜

你没穿过一件新衣服

没吃过一块红烧肉

那双粗糙的大手

拾尽了人间的沧桑

触痛了无数的心灵

狭窄的小屋

能装下你颤抖的身躯

却装不下

你高过蓝天的柔情

普通得不能再普通的心灵

孱弱得不能再孱弱的老人

一封封沉重的邮单

一片片刻骨的深情

是早春的雨丝

是晚秋的初雪

是沟谷的回响

是山崖的日光

泪水汇集的海洋

生成性命的信仰

你去了

没有孤单的遗憾

你走了

却登上了另一座泰山

封禅树下是你种植的花朵

碑文上有你永存的血汗

秋风泣不成声地哭诉

冬雪盖地铺天地绵延

---

* 刘盛兰，2013年"感动中国"十大人物。他只是山东招远一位普通村民。近20年来，到93岁高龄几乎没吃过一次肉，没穿过一件新衣服，靠着捡垃圾捐赠了十几万元，救助过全国各地100多位贫困学生，病倒时却没钱看病。

鸡鸣三省

锦鸡撕碎残云

金星坠落

乱叶匍匐

小道幽深

一层层砂石

袒露着繁星点点

一座座山峦

深埋着无尽的遐想

黄色细沙心力交瘁

使山茱萸从春开到夏开到秋

延绵了穿透远古的气息与烂漫

红褐色胶质趾高气扬

让紫褐石从古走到今走到未来

雕塑成标新立异的新郎

又是别开生面的丹霞地貌

遥远诞生了离奇的寄语

偏僻穿戴了妄言的新装

朝霞洒落清风叠翠

雾雨披靡万千气象

太行的金凤走出冷寂和夜色的袭扰

秦岭的彩凰跳出单调和黄昏的绞杀

黄河九曲的玉龙迫不及待地从龙宫飞出

日月同辉

浩荡的风儿不知疲倦地低吟

喧嚣的水儿不顾阻拦地伴唱

朵朵的云儿你推我拽地簇拥

孤独的人儿流浪

骊靬风

祁连的雪
飘摇在传说的箭矢下
带着秋末的凄厉
蓝天争宠

过早凋零的秋叶
与鸿雁比翼南飞
春枯冬荣的经历
凭空出世

重木城壁垒森严
鱼鳞阵罗马的王旗
最是华丽炫目
庞大军团堪比楼兰古迹
遗落在岗则吾结断崖筋脉处
结晶成连绵不断的传说

寄新语
唱旧调
物语繁多

千里绵延
万里气象
铺垫画廊
左手巍峨

右臂着色

斑斓跳跃

原野娉婷

骊轩亭矗立

罗马、哥特神采奕奕

向东方一往情深

紫水晶坦荡

者来寨

井水洁净

祁连雪融

搽一团脂粉锣鼓缥缈

戴一朵象牙琴声逍遥

义和团起义旧址

关闭了

展馆的大门

剥落了

展馆的涂层

蒙羞了

展馆的玻璃

歇息了

鲜男靓女

锈死了

瞻仰的心灵

空阔的广场静寂无声
枯萎的枝叶随波逐流
十字街头矗立的群像
有谁知道你们
赵师兄阎旗帜还是朱红灯
肩靠肩背靠背
举着臂膀抗着太阳
持着短戟指向东方
那里是八国联军入侵的地方
你们依然"刀枪不入"
依然火眼金睛
拔下了豺狼
张着血口的牙齿
破灭了海盗分尸华夏的妄想

还是这个季节
改头换面
年迈的我就是这座雕像
任凭雾雨雷电
顶天立地
泰山之上

手术室的灯光

无影双灯黯淡少光
狭窄术台天使的疆场
鲜血淋淋欢蹦乱跳的心肺
像冉冉东升的一轮朝阳

医生的手术刀光耀夺目
把我和这缤纷的世界吓得无处躲藏
爱恨交加涌上喉头
深邃的眼里放射着无法捉摸的迷茫
救世菩萨从不开口
封闭密室飘浮游刃有余的慈祥

鬼门关中的我
被扒得一丝不挂
完全没有了阳光下的冠冕堂皇
那堆神不神鬼不鬼的骨肉
悠然晋升为嗷嗷待宰的羔羊

撕心裂肺的剧痛使灵魂出窍
不由自主的颤抖交织着骨髓发出的绝望
欢歌笑语成了过眼烟云
生不如死撕掉了金箔的伪装

残破的内心深处发出了哭天悯人的呼号
伟大的上帝拯救拯救你的信徒吧

漫天的柳絮飘飘洒洒
醉人的暖风纷纷扬扬

不想让

不想让苦涩沉淀成甘甜的湖水
漂动起载着沉重的浮萍
不想让阵痛历练成带血的美玉
镂刻成身后无法承受的责难
不能叫混乱坠入清晰的牢笼
梳理驮着模糊的印痕
不能叫愚钝成长为睿智的陷阱
跌入埋伏着蜜月的坟茔
从出卖真实情感中得到快乐
无疑是美丽的谎言
它划破了善良的伤口
结成了无知的疤痕
只能麻痹脆弱的神经

隐藏

多想隐藏下这段曲折的传说
让它成为连绵不绝的美丽
多想隐藏下这片苦涩的幸福
让它成为咬食不动的果实

多想隐藏住旷野中毫无遮拦的晚风

让它积聚成天边阵形不整的彩虹

多想隐藏住来自南国的问候

让它溶解成雨雪飘红的寒冷

多想

多想再一次隐藏

重阳节

炙烤得太热烈

歌声跌落

忠贞被秋风染红

烛火飘摇

明月有了暗影

日夜沉重

阳光的伤害

筑起了沙土的故城

捅破了

镶嵌着金边儿的春梦

影影绰绰

看懂了来生

手和脚

双手
为桑拿天插上一枝百合
酿出的蜜
把盛夏腌制成寒冬

两脚
为痕迹涂抹一层胭脂
形成的年轮
把雨雪炮制成歌声

化开神圣

是谁
把记忆装进星星的神秘里
通向惊悚的路途
沉寂着古老的伤痛

逆着秋风翻转的落叶
唱响东方的旭日
飘逸的彩云
为遥远化开神圣

候鸟叫醒了黎明
天空荡漾着血色

那是吴生的油彩

低吟着壁画的琴声

春雪

错开了冬日

南国的羞涩

拖着轻盈的蹒跚

牵来了苍茫的粗犷

绝杀了贵妃醉酒的忧伤

嫁给了春天

诞生之时

不只是含苞欲放

极地的傲气

披着冷艳的芬芳

鸿雁的信使

捎来了嘶哑的金戈铁马

和封狼居胥的千古绝唱

接踵而来的是

无尽的春色与顿失滔滔的北国风光

无须斑驳陆离的装饰

缱绻迥异的奇思妙想

洁白依然是你的素装

更是天上人间
气贯长虹的新娘

融化了
还是千里冰封
消失了
还想万里纷扬
飘飘洒洒把你骑在胯下
恣意在冬去春来的妩媚天堂

真想

真想变成一块石头
没有神经
即使粉身碎骨
没有疼痛

真想变成一块檀木
没有筋骨
即使鞭打钩挠
无关痛痒

真想变成一潭池水
没有理想
任他春来秋往
只有一个模样

三角梅

秋末将你的特立独行送远
你忘记了
缤纷的存在

一根根怀着风情的枝条
注视着落雪的笑声
思索着飘雨的愁容
把夏日的凛冽
陶醉成万种风情

处境

温室不是我的家
牡丹玫瑰不在这里献媚
枯黄的野草
向我微笑

软床不是我的家
琴声歌语不在这里卖弄
凛冽的风声
为我欢唱

残月是我的挚友
飞雪是我的侣伴

只要冬日没有消失
孤独就是我的处境

我的黑匣子

我的黑匣子在暗夜中飞行
脚下乌云滚滚
头上没有星光
伴在身边的
是牛郎寻找织女的冷风
蝎子座爆发大战
陨石组成的油画
述说着飞天的美梦
夜空中的我
变成他们的天敌
我的特立独行
却是玉皇的意旨
无论什么绝顶的科技
也无法探知其中的秘密
璀璨成永恒的神圣

意外

插上一束干枝梅
远古俏丽

春天绽放

画上一朵金玫瑰

未来迷人

今日灿烂

拥抱一个美人

散文行云流水

诗句摄人心魄

谱上一支歌曲

琴声醉生梦死

舞姿如日中天

我将远游

我将远游

游向古埃及法老眷顾的水畔

骑着诗歌编成的瘦马

寻觅春天的花朵秋日里开放的秘密

我将远游

游向古希腊传出号角的城堡

拿着粉红色的橄榄枝

插在冬雪融化后传出梦境的村落

我将远游

游向亚特兰蒂斯流血不止的宫殿

亲吻海水雾化的神秘

披上大西洲火星人藏在怀中的面纱

我将远游
游向独木舟不能抵达的拉诺考火山
揭示罗格温欣赏不了的文字
翻译静默之神的诗作

我将远游
游向让冰川沉迷不休的阿拉拉特山
用歌斐木制作一架呼风唤雨的风琴
叫回不肯留恋方舟的白鸽

我将远游
游向夏季里仍在飘霜落雪的荒野
用那颗沾满传奇的心脏
储藏唱醒明天的月光

凡·高为我画像

走进了凡·高的世界
成了他最赏心悦目的向日葵
他在为我画像时
没有忘记不画左耳
我用这只没有耳廓的左耳
听到了他的脉搏
听到了他表现内心的色彩

我知道他在学解剖学时

望着一条细长的神经发愣

也许在那个时刻

就注定了陶醉的性格

我成了他"圣雷米"中那间最鲜艳的小屋

与众不同的是

我的小屋和旁边松树一起成长

我总比松树高大

更比松树美丽

我的成长令野地里

每年都死去的杂草伤心不已

杂草无论开出什么颜色的花朵

都没有我的色彩艳丽

凡·高为我画像总是一心一意

我是他最杰出的作品

比《鸢尾花》还要迷人

比《麦田群鸦》更加迷茫

向海涅学画画

海涅在藻厄兰山上采花

葵花赠送没钱的穷人

玫瑰扔向普鲁士

刺梅献给西利西亚

紫罗兰撒向莱茵河

我用铅笔描大字
我在纸上涂橡皮
杵断一根换一根
擦黑一块换一块
描来描去描成字
涂来涂去涂成画

前辈的愿望

普希金抚摸着宝贝女儿的头
对夫人说
她如果以后敢写诗
你就痛打她一顿
鲁迅搂着儿子的腰
对妻子说
他若没有才能
就让他找点小事情做

我们何必违背大文豪们的教导
专门对带血的文字感兴趣
写一些没人愿意看
看也看不懂的诗歌
普希金倒在了
敌人精心设计的枪口下
鲁迅倒在了
黑暗势力的吞噬下

普希金的塑像

还有许多该讲的话说不出口

鲁迅的全集

还有许多要写的文章没写完

祈祷

捧起早春的花瓣

不想伤心

只想在浓郁的雨林

摘下几束橄榄枝

不为欣赏

只想编一个花环

揣着晚秋的禁果

不分昼夜

只愿造一艘诺亚方舟

那一冬辗转在日月轮回的荒原

不想雪莲

只想寻到一丝绿意

那一时

春雨秋雾真寒冷啊

不会不想

祈祷早已神往的远方

向死神祈祷

喜欢向死神祈祷
漫天星光璀璨
没有闲月
落花处响起了天外来声
你插翅难飞
比我还要渺小

那一刻
与自由伴舞
当了飞天

我的死法

我将死去
慢慢地死去
跟所有不为别人着想的人一样
尿床尿炕
像一只令人厌恶的流浪犬
堕落成一堆白骨

我将死去
渐渐地死去
临死之前
将神经拽出

做成一条皮鞭
抽打过去
将血液注进一个囊袋
浇到牡丹的根部
让它常开不败
将骨髓搅拌着黄土
捏成女娲的模样
与嫦娥一样成为金星的主人
将自己的灵魂植入她们的大脑
寻找人类最后的乐园

我将死去
很快地死去
跟所有人都不一样
剜下腐肉扔给獬豸
扯下头发抛进山谷
挖出双目送给月亮
斫去四肢献给大地

如果这样我还不死
我将爬上梅里雪山
与它合为一体
迎接死亡

李白让我

李白骑鹤西去

飞到云边忽然转过身来向我大喊

你要藏到地下

黄土一定能够凝结成足金

枕着他飘逸的背影

我昏睡了一千二百多年

这一觉

没有荷塘月色

没有塞北的江南

我听到

刀光剑影在日晕中抽泣

我看见

斧钺钩叉在月色里挣扎

稍稍平静

又一种场面飘来

我听到

柳绿花红一片莺歌燕舞

我看到

朱门酒肉一段刻骨铭心

我想苏醒

五行山太重

睁不开双眼

打开天目

却看到了灵霄殿的檐脊上

憨态可掬的鸱吻

即使观音菩萨揭开六字真言

我也继续酣睡

安眠最能养神

任天崩石裂

江河翻卷

心肺的黄土逐渐华丽

先师的教诲在腹中冶炼

伴侣

披着雪的风景

站在黄鹤楼移动的阴影下

比凭吊此地的古人

多了几分惆怅

南来的风

北来的雨

集聚起一江灯火

正是牡丹落泪的时候

李太白挑着蜡烛

辛弃疾提着长剑

荒草也长出了一腔历史豪情

无须揭竿而起

旌旗就乱了阵脚

黄鹤西去的路上

多了一个伴侣

牡丹的黎明

洛水左肩挑着邙山

右肩挑着龙门

伸出绵软的手

摘下天宫中含苞的牡丹

唇边的波影

黯然失色

黑色的

暴露着秦砖汉瓦的风情

复合色的

变换着三国的风云

紫色的

夹杂着两晋的血腥

红色的

充斥着屈原的悲愤

黄色的

娇艳着曹植的华贵

粉色的

滴落着杨贵妃的舞姿

红粉黄白

妩媚着上天的雪
绿紫蓝青
呼啸着地上的风

王昌龄指点冰心
孟浩然误入早春
陈子昂顶着明月
刘禹锡抱着美人
李商隐望断秋水
苏东坡几度伤神

我乘船踏破月色
千佛唱起了龙门的长歌
两岸的牡丹顿时怒放
山水星宿笑脸婆娑
我将离人的梦境撒向天空
春江花月却迎来了黎明

桑葚

云丝诱发了神经的疼痛
大地因而有了春天的愁容
桑葚挤出紫色的血液
染不红夜晚交替的天灯
火热温暖凉意冰冷

我是使者

一

天地之间有星星

星星和月亮之间有太阳

太阳和大海之间有上帝

上帝和人之间则是我

不必将惊异的目光赠送

每天照亮人间的光芒

不是我播撒的吗

月亮每天咏诵的诗

不是我书写的吗

睡觉时每天做的财富梦

不是我催眠的结果吗

我将雨露点缀在嫩芽之上

它们就生长成春天

我将林中的小鸟原野的鲜花编成花篮

里面就成了童话世界

我将知心话送到情人心窝

他们就成为天仙配

上帝给了我一个伟大

我把它酿成香水

不畏艰辛洒向天空

洒向大地

洒向海洋

洒向有人烟的所有地方

二

女娲塑造我肢体的时候

天空开始黎明

我将五岳安放大地之上

山上的石山上的树

依偎成迤逦的风景

这是天外少有的地方

喷泉雾雨

原生态的歌曲

女娲塑造我胸怀的时候

太阳击碎了云雾

与云片飞舞的

还有光芒的伴郎

抚摸着潮湿的苔藓

我的心流出了骨髓

多想完成女娲完不成的使命

那一刻我心力交瘁

女娲塑造我灵魂的时候

苍天突然塌落

她没来得及把委婉植入我的头颅

身体就成了永恒的画卷
从此我没有一丝一毫的谄媚
多的只是灿烂的尊严
我的心脏永远流动着明丽的鲜血
鲜花青草永远是我心底的蓝天

我敬重
我的母亲女娲
她使我明白道德的深刻含义
她使我知道才学与实践的巧妙关联

我将点燃名字

我将点燃自己的名字
用金丝楠木和小叶紫檀作为燃料
或曰
过于奢侈

用汽油用酒精
不用珍贵的木料
我的名字就不会燃烧

我的土地
养育了举世罕见的奇珍异宝
它们比黄金钻石还要稀少
难得一见的树木心里清楚

我的名字比它们的骨髓还要重要

诗的烛火

床头跳动着一星暗淡烛火
遇到知音它就会表现异常
陶渊明的菊花开到了我的床头
它追着向日葵看着太阳
王维的明月抚摸着床头
它舞动着高高飞翔
李白美酒的香气飘到我的床头
它闭上了双眼进入了梦乡
杜甫的秋风吹到了床头
它黯然落泪独自伤心
李清照的黄花开在我的床头
它瘦瘦身影不住地摇晃
辛弃疾的剑影裹住床头
它意气风发神采飞扬
歌德的小鸟落到我的床头
它俩相互羡慕相互赞扬
普希金的枪声炸响在床头
它却像中了子弹一样歪在一旁
戴望舒的朝霞落到我的床头
它与朝霞一样豁达舒畅
李金发的微雨下到床头
它的火焰更有灵光

这星小小的烛火呀

它厚重它深邃它精美它清爽

它燃烧不熄呀

像星星像北斗像明月像太阳

普希金的决斗

普希金跟情敌决斗了

他真勇敢

倒在了对手的枪子下

是个男子汉

我欢欣不已

这不是冷漠无情更不是幸灾乐祸

而是羡慕

我也想揪住暗中害人的小人的耳朵

把他们从阴沟里薅出来跟我决斗

虽然受尽了磨难

找遍了角斗场的前厅后台

就是看不到他的鬼影

更提前发现不了他们的诡计

于是我提着长剑

像辛弃疾一样栏杆拍遍

望着落日中哀鸣的鸿雁

等待着

等待着杀害普希金的家伙出现

墓碑的下檐

不想说少年的时候
在湖水中像一条不知疲惫的鱼
在水草中在夕阳下追逐
不想说在年轻的时候
在麦田里像一个不会懒惰的农民
在砖窑中在毒日下流汗
不想说在几年前
在台灯下像一名读书破万卷的专家
在书本里在电脑中吟诗作乐

清晨的碎云
午日的烈焰
夜晚的冷雨
都是词句的燃点

流动的泪
飘洒的血
甜美的汗
串成五色项链钉在了墓碑的下檐

三岔口

持有
走进天堂走进地狱走进原始部落
通行证

戴上
扑入原野扑入草庐扑入多彩人生
护身符

越过
跌进厌倦跌进没落跌进痴心妄想
三岔口

最不浪漫的人

听起来轻松悦耳
看起来美妙传神
梦起来缠绵不休
飘逸呀
把山南海北的美景点化
把地久天长的词句灌醉
把人神共往的乐园极致
暖风忘记了吹拂
白云忘记了潇洒
清雨忘记了欢笑

眼睛失去了光明

耳朵失去了清脆

那只还能颤动的手

划开了皮肤的留恋

拨响了血迹的琴弦

像贝多芬

像保尔

更像普希金

延安组诗

（一）沧海桑田

延安

望不断的沟壑相连

像蜡染

古朴里漂浮着沧海桑田

延河水干涸了

露出的是断裂的筋骨

夏季的空气灼热

将原始的信念风干

清凉上起雾了

岭山寺塔孤苦了

摘星楼崛起了

远去的是与夕阳齐飞的鹤影

一抹余晖卷起的黄沙

封杀了星空中的灯火

漂白了望洋兴叹的延河两岸

（二）北斗

延河水流干了

露出了它的尽头——延安

它不是十字的四极

却是天上的北斗

耸立在坐标中心的

是那座披满盛装的岭山寺塔

它有九层

每层都是天堂

它想摘星摘到了

它想摸天摸痛了

春天的风很凉

没有了六十年前的温暖

夏天的雨很涩

没有了六十年前的清爽

秋天的小米也缺少了浓香

只有狗头枣依然甘甜

杨家岭南坡的槐花

白得失去了血色

王家坪北山的桃花

因为延迟了开放却红得发紫

那座横跨小路的木桥

镇守着一脉相承的忠贞

血雨中

静静地承受了多少传神的往事

圣殿里

两列因为辉煌而被卷起的旌旗

在闪光灯的荟萃下沉默不语

只有信天游在干渴的河谷中流淌

一串串急促的锣鼓声

拽得心头发紧

蓝蓝的天在阳光下飘着凌乱的青紫

黄黄的地在风雨中泛着无序的灰白

两滴细雨伴着三行清泪

遮住了宝塔的檐顶

榆林的红石峡

米脂的行宫

和鲜亮的肚兜兜

等候着

等候着走西口的亲哥哥

（三）摘星楼寄语

千万枝山丹丹

编成了一个传出锣鼓声的花篮

你坐在里面为星星编织着

百听不厌的《蝴蝶杯》

有谁明白

与天地一色的朝霞

沉寂着古老的伤痛

托着秋风翻转的落叶

候鸟翩跹着黎明

省城吴生的油彩

得天独厚的壁画飘逸着

古往今来的诗情画意

那面敲响瑶池晚宴的大鼓

攒动着五光十色的流萤

星空摇曳的神话

与花篮骨血交织

成为众神沉醉的天堂

西柏坡（组诗）

（一）碾子

两只巨手推着

泰山览胜做成的碾子

碾断了北平城的金戈

碾瘪了淮海敌人的筋骨

那一年

风好冷雪好大

风刮不转这座石碾

雪冻不住这座丰碑

那双不必封禅的巨手

轻轻一点

长江防线决口

长城烽火凯旋

碾子雄浑

唯一的快乐沉默

碾子厚重

唯一的语言思索

（二）年轮

唢呐声凄厉

切碎了山川弯曲的幻想

翘首倚在黎明中的草

辗转枯黄

被年轮折磨的荒原

将苦难支撑为希望

晨曦的光谱

染红了安济桥的山山水水

睡在虔诚中的河北梆子

向往起高亢激昂的东路秦腔

铁红色的痕迹划开了多云的湖水

黄河的泥沙浆洗着安谧的南岗

月亮醉了

秋风采摘着
埋藏着失恋的红色
正是太阳潜然的时候
与白鹤情意缠绵的云丝
牵拉着以往的沉寂

蜿蜒的光谱
酥软成西山的舞伴
飘洒着雨滴的曲调
触摸着蓝紫的日光

一盏流萤划过
将天空化为灰烬
徐徐降落的蜜语
是清辉肌肤的油彩
数不尽的风情
是雾是雨是一腔惆怅

那只盛满梦幻的摇篮
跳着盛装舞步
依恋在北斗身边
睡了醉了
无字的语言

联峰山

沙滩吞咽海水
阳光的水草遮蔽蓝天

路标闪烁蝉声点燃
千日红的花蕾
石阶蜿蜒崖壁深处
小路呻吟着笑脸

临风亭呆滞了
瞭望塔的报晓
蠖公桥幽静了
林荫深处的玄机

卧佛洞天晴日朗
百福苑泪眼飘香

小雨惊醒连绵不绝的睡梦
钟声孵出一脉相承的醉意

踩翻云浪
剪影疲惫

冷山静水
泥土入轨
扑进杜梨的梦呓

如落雪

轻轻摇醒三眼井

嚼着清风

凭淅淅雨丝

咬噬一天的记忆

棉凫鸟衔来夕阳的鱼虾

孤寂多了一层情趣

鸡冠山覆盖了

龙山的云雾

联峰山

一峰走失

追寻者

枯寂无语

襄樊春冷

紫薇的大红染着粉彩

淡黄的花蕊褪色

一进一退

淋漓着汉江的春水

狮子山白水寺

石桥洁白

看不断的兵锋

跑不尽的金戈铁马

残风里冬月下
如鹰似隼

滚落的青砖
垮塌的春意
吹不停的羌笛
守不住的城阙
任谁凭吊唏嘘

城垣无觅踪影
檀溪难见水滴
不用跨的卢
娓娓西去
隆中三顾堂
野云庵古柏亭
牵动着春愁春怨

高楼无存雁声无语
寥寥三两声长叹
西风饮酒明月醉卧
树草虫
滴着秋末的血迹

千里来万里去
城里城外汉水哀哀
秋日微暖春天还寒
一片萧杀大地

故乡行

说什么
月亮穿上了淡黄色的纱裙
太阳就有了橙红色的光彩
溪水带着青山的初恋
小鱼就醉成白马王子
说什么
云雾缭绕
人间的仙境多了一层惬意
树影轻轻地摆动
山雀就唱起歌来

其实太阳出来
天下大白
黄色的月亮昨天的旧梦
红色的太阳落山的感情
山青水美故乡的长调
白云蓝天草原的余音
摆动的树影春风的公主
百鸟歌唱
百花怒放
天宫仙境人间蓬莱

边墙

谁种下
雕刻一样的边墙
与蓝天挽臂
白云聚成阿斯哈图宫殿
风吹不开支撑在天地脊梁上的图腾
天边的旭日勾绘起
红蓝相间的晨曲
一条游弋在白狼星身边的烈焰
将黄金染得煞白

骑上鸡血石锻造的飒露紫
按下交错的鼓角
血洗过的万丈雄关
摇动着祁连积雪
筋骨挂着血肉的长河
将拍击的旗帜挑起燃烧

敲着风沙灌哑的铜铃
高歌着边疆的诗语
蘸着剑戟碰撞的硝烟
在大漠灵魂深处
画一幅逶迤飘摇的水墨

雄浑娇嫩成的野百合
在草丛里在石缝中含苞欲放

粗野转世的百灵

在松树的枝头上高唱一曲

啄木鸟文静起古老的印迹

卓绝的长喙

刺破青天的崖壁刻下传世佳作婚宴图

天晴日朗

天狗食月

转瞬间天地大战

亚特兰蒂斯美丽得如同楼兰

无日无夜喧嚣的黄沙哟

嬉笑在天鹅的羽翼下

它为边墙的小夜曲拉开了紫色的序幕

演一场《星球大战》

仰卧匍匐

在边墙烽火楼坐上藤椅

高高地跃上空中遥看牛羊的迁徙

虎狼的狂奔

狂飙的眼睛穿透云霭

与东抵海岸西达昆仑的边墙

呼风唤雨生死相依

狼牙山

你的腰肢嶙峋别致

由此你的血色令晨曦羞愧

你的骨骼镌刻了戳天的头颅

由此你的性格让晚霞沉醉

你的那颗獠牙刺破易水的平静

刺透寒冬的冰封

在一片片霜雪中使风声鹤唳

那把酣睡在图卷中的利刃

带着你迷人的柔情

在秦腔的豪迈中划成千年不落的烛火

你脊背顶出的五棵青松

披着王冠上宝石的绿色

在晚秋的肃杀中定格为永恒的水彩

有人说你是太行的另一座雄关

你笑而不语

有人说你是平原的悬胆

你含情脉脉

隆冬的梅花三月的春雨

知道你的心

盛夏的烈日仲秋的圆月

明白你的情

你血液里燃烧的是龙的想象
你胸怀中飞舞的是凤凰的夙愿

只要听到你的呼吸
就如钢如铁
只要扑入你的怀抱
就会顶天立地

大冷山（组诗）

（一）大冷山的黄昏

大冷山
鸡血石的彩陶
鼓瑟中
把草原的绿色裁成月光的长调
纱衣凤舞
醉卧在黄花的馨香上
琴声蝶变的细雨
雍容着瑰丽集聚的重峦叠嶂
秋天化成的诗歌
匍匐成晨霜的睫毛
将早冬的迷蒙凝固
一片片白桦

一处处村落

感悟不尽的明月清风

风雅不断的闲云野鹤

歌声妩媚了同醉的草裙安代

安谧催眠了同梦的《夕阳箫鼓》

（二）大冷山醒了

大冷山睡了

小熊星座看到了一切

百合花把七彩石的胸膛当成舞台

跳一支"今夜无眠"

霞光把露水的嘴唇染成红色

唱一曲"罗密欧与朱丽叶"

一簇无人知晓的榛柴与剑蒿

在边墙的烽火台上追忆前身

也许是刀光剑影

也许是歌舞升平

鸡冠石砬子沉思不语

只有她最清楚太阳的第一缕光辉

喂饱了哪片花朵

只有她最明白东方的第一团暖风

抚摸了哪块山岗

蜜蜂采着荞麦花

成了田野的主人

田野就成了白雪公主

布谷鸟唱着催眠曲

成了梦的新娘

梦就成了金色天堂

仲夏的清晨丹顶鹤来了

含着红樱桃

深秋的傍晚秋沙鸭到了

捧着干枝梅

七仙女把三彩珠放到山脚

河水闪耀着一串串琥珀

桂花树下的吴刚看着月亮

月光都飘着酒香

银簪轻轻划开了乌云

大冷山慢慢睁开了眼睛

（三）大冷山的夕阳

暖风抚摸着我的左脸

我在看《文化苦旅》

寒流戏弄着我的右脸

我在写《半熟的青红果》

秋雨在烟雨楼前陷入梦境的时候

青红果魂消玉散

春风在楼兰古城流连忘返的时候

文化苦旅失去文化

雷呀电呀

云啊雾啊

来得统统不是时候

都没有识出本来的样子

将彩虹迷惑得如醉如痴的那颗夕阳

和我在一起冷笑

（四）大冷山的彩虹

地上有五颜的天空

天上有六色大冷山

地上的美玉寂静

天上的钻石唱歌

静万木有色无声

唱今夜无法入眠

静千里难闻鸡鸣

唱四象七宿灿烂

东方的苍龙

北方的玄武

阴山的壁画

宣化的彩绘

在山顶汇成瑶池

八方的仙女与鲜花共放

九路的凤凰和百鸟娉婷

华光四射的流萤

晨曦缠绵的歌声

将夕阳撕成不落的彩虹

（五）大冷山的记忆

细雨逃出的记忆

牵来夜空

村女拿着蜡烛

寻找眼睛

铺天盖地的刺绣

精美无比

大冷山的脚下

黛玉在弹奏古筝

（六）多情的大冷山

翻身压破了梦境的私语

哂笑破译了困倦的低吟

流徙着星星的背影

触摸着月亮的肌肤

抽出诗的肺腑

唱一曲多情的大冷山

安谧的双眸躁动了微风的慰藉

凝脂的肌肤华丽了嫩雨的亲吻

迷醉的下摆轻浮了烟雾的别离

凄婉的舞影合欢着碎雪的美奂

翻身难低吟易

愉悦易痛苦难

不朽的诗话

无尽的语言

（七）大冷山下的荞麦花

偏远和温情拥抱的时候

白色的荞麦花开出了色彩

怪诞和神秘浪漫的时候

玛利亚就成了主宰

一朵朵葵花向着太阳祈祷

一片片谷穗扶着大地赎罪

林间穿行的溪水

洗刷着七彩石闪耀的污点

荒原游动的野草

绘制着红高粱秋后的灾难

无处不在的明灯呀

慰藉着罪恶深重的夜色

不必去阿拉拉特山

也能匍匐在蓝天的光环下

朦胧的黄昏时分

最能得到上天的宽恕

此时的心灵比月色还要清澈

此刻的空气比三月还要芳菲

不必在太阳入睡的时候

惊扰它的梦境
就在黎明的前夕
向她遥拜
献出唯一的虔诚

偏远
一往情深的偏远
偏远
大冷山一样的偏远
既为你祝福又为你感叹

荞麦花
紫色的荞麦花
秋天已经来了
你还能开多久

（八）种子的记忆

山尖上的残雪
栖息在记忆中
犁头划开旷野
明月似的种子
揣着姗姗来迟的梦想
安睡在牧笛的沟垄
阡陌蜿蜒
左脚的印痕
装满瘦弱的希望

右脚的印痕

充盈着一年的恐惧

岁月书写

苦难的轨迹

狂风的摧残

暴雨的鞭打

形成了残景如画

鸟雀的飞舞

鼠鼬的追逐

是丰收的序曲

手足带着树木的年轮

四肢学会了胸腔的叹息

（九）大冷山的新麦

斜阳下的雨

延缓了沃野的饥饿

绒绒丝线

围成的彩虹

从脊背走向头颅

密集的水雾

与清香翩翩起舞

一缕青烟

敲响了联想的锣鼓

方桌又一次成了幸福的主人

仓廪中急不可耐的新麦

成为蒸锅中的新宠

它在盘中改变了慵懒的睡姿

倾听着客人对它满口的赞颂

深情地沉思

不忍咽下新麦

南岗外燃烧的高粱地

在雨烟中送来烤肉的香气

夕阳下五颜六色的云朵

弹起喜悦的野味儿图

（十）蒙汉王

一杯蒙汉王入口

腹中长出了月宫的城墙

夕阳闭目禅坐

嫦娥扑进草庐的新房

流淌着真言的

查干沐沦河的河水

过滤着

一千年后的月光

仙女们舞动着

九十九种颜色的花朵编织的衣裳

歌声滑过

古琴箜篌

鹿鸣鸟啼

白天袅袅夜晚声声的清香

千万颗钻石闪耀

王冠上最璀璨的宝藏

波罗诺

铁蹄处

铁蹄生花处

清丽着

玛瑙一样透明的波罗诺

山连山

岭连岭

月亮依偎着太阳

轻雾拥抱着安谧

白云飘出古洞

铁索连成奇景

行可以

浑厚沙哑的音色

吉祥活泼的符号

掩盖着漂泊的痕迹

青山的乐曲

绿水的诗歌

姑娘的纯美

后生的火热

暖风献上了北方的悠远

冷雨种植了南方的馨香

走进了

走进了你的古朴

野花与凤凰飞来飞去

百鸟和彩云编织双面锦绣

一叶粉蔷薇

吹响了春天的序曲

一瓣绿牡丹

演奏着秋日的印象

那片干渴的肌肤又一次沉醉

为满山的古藤描绘着红色的枝叶

那团跳跃的热血又一次觉醒

为奔涌的清流灌注着蓝色的幻想

探究底细的途径

想知道荷马为什么瞎了双眼

就得去背诵史诗

想知道斯芬克斯为什么没鼻子

就得去挖拿破仑的墓

想知道哈拉巴文明是怎样绝迹的

就得去查看印度河流域的遗址

想知道苏格拉底为什么情愿喝毒酒

就得去问黑格尔

想知道维纳斯为什么失去了双臂

就得去读欧洲海战史
想知道伊甸园为什么没有人参果
就得去沙漠中种一千年的树
想知道布鲁诺为什么被烧死
就得再读一遍《圣经》
想知道麦哲伦被什么人所杀
就得敢于探险
想知道阿尔托为什么疯狂
就得学会写诗歌
想知道普希金为什么去决斗
就得去克里姆林宫
想知道古拉格群岛的秘密
就得去宁古塔
想知道屈原为什么投汨罗江
就得去流浪
想知道陶渊明为什么采菊东篱下
就得在终南山种植冷香花
想知道蜀道为什么难于上青天
就得修十年栈道
想知道天凉为什么好个秋
就得去琉球群岛
想知道为什么大漠孤烟直
就得吃一顿沙尘暴
想知道为什么人比黄花瘦
就得学林黛玉
想知道怎样才能长生不老
就得去跳海市蜃楼

不想知道这些
可以去睡觉

秋风和火

喜欢秋风就像喜欢火
把记忆煅烧得如同秋月

那棵从不枯黄的含羞草
被破碎的音乐摇醒

在黄昏的撕扯中
拉近与森林的距离

残梦袭来
带着早春花香的惶恐

柔弱的心
在皓月中插进一束浓情

那是你心底的呻吟
超越了我沉醉的天池

一次次相拥
是月亮亲吻地球的故事

回忆和墓道重叠

月光燃烧着火的伤痛

十六景的由来

我的脚踩在了钉子上

扎伤了心中的香山

悠然自得的秋天

看着失魂落魄的红叶

正是风霜度假的时候

流血的脚

为残存的画卷点了几滴血水

成就了燕京十六景

出乎意料

我用剪纸透视月光

古朴就成了美丽的风景

我用文字剪裁时间

诗歌就成了来世的动漫

我用音乐炮制夜宵

美妙就是星星的野趣

我用血汗填补夜色

红霞就是五更的坐标

标本

一片草的叶子
智慧煮成了标本
它的结构
让历史成为事实
谈论者将草根变成雕像
指挥它们跳舞
斗牛舞芭蕾舞桑巴舞大秧歌
滞重把玻璃后面的秋天喂饱
因此枯萎了三江源头

紫荆关（组诗）

（一）关头

长城在太行山入云的地方
遇到了走投无路的十八盘
在十八盘的脊背上
它钻进了云间
紫荆花被云的化妆师点化
痴迷在烽火台的身边
悬崖峭壁上它餐风饮露
寒冬酷暑里它笑谈河山
接连楼头的青色条石
在急流中展翅在沟壑间伸延

架成了一夫把守

君临天下的紫荆关

（二）关外

热血在风声中凝固

红枫在秋雨中飘黄

笨重的号角轻盈的弯刀

被清泉冷却被白云覆盖

腥风不该在晨曦中微笑

血雨不该在晚霞里狂飙

紫荆花开了谢谢了开

拒马河涨了退退了涨

山太深林太密

水太急石太怪

夜比月色深沉

血比夜色凝重

（三）淹没

你在关口高唱

关口就冒出了狼烟

你在关口看景

关口就有了美色

狼烟载着江山褪色的惊悚

痛苦携带着国土流离的悲哀

集合成不堪回首的传说

关口的你

关口的美景被破碎与沦落

淹没

假装文人

想鞠躬尽瘁

阿斗说太愚蠢

想取回真经

玄奘不答应

想从水里捞月

月亮被李白捞尽

想学画画

宣纸被吴道子用完

想去朝天阙

岳飞摇头

想在栏杆上拍剑

栏杆被辛弃疾拍断

想展翅飞翔

万户说不能太草率

想游山玩水

被徐霞客搞得晕头转向

思想者

我努力蹲下身去
一只手托着下巴
两只眼睛注视着人们的脚步
看到我的人都认为我是思想者
他们向我致敬
有的人甚至向我鞠躬
跟我合影
晚霞将我的全身洒满黄金
太阳落山
我勉强站起
突然发现
自己的双腿已经不听使唤

女儿

女儿的左半部分像洋娃娃
女儿的右半部分像小白兔
她坐在摇篮里
是一个宇航员

她左边的脸蛋白里透红
右边的眼睛明亮传神

女儿的左半部分像诗人

右半部分是黑客

她坐在梯子顶
看着上千个监视仪
她左边已经半身不遂
右边还在手忙脚乱

跟所有女儿都一样
笑起来让男人们魂不守舍
跟所有女人都不一样
走起路来悄无声息

雪花

白天
雪花飘向太阳
太阳的泪
擦伤了三叶草
三叶草的血
亲吻了我的眼睛
我看到的一切
都泛着金光

夜里
我的红外线
照亮了周围

世间的一举一动
还有墙角的拐弯处
都逃不过我的眼睛

这时
雪花又飘向了月亮

春梦

凌晨三点我醒了
这是一个动人的时刻
天空没有星星
地上没有花草
人间没有呼吸
夏季没有炎热
冬季没有寒冷

一支秃笔
记录着明明白白的困惑
一盒浓墨
点缀着昏昏沉沉的黎明
空中飘浮着永久的虫影
油彩渲染着无边的风情
此时此刻寂静无声
悲痛成了唯一的旋律
伤感也应运而生

醒了不如沉睡

至少还有春梦

天长地久

我的左脚走在草原上青草就变成了鲜花

它们不停地跳舞从早春跳到晚秋

我的右脚走在沙漠上荒丘就涌出了清泉

它们不停地唱歌从盛夏唱到寒冬

我给花草带来生命它就结成硕果

我给泉水送来自由它就酿成美酒

大自然和我融为一体我们天长地久

我皮肤的土地上开放着千姿百态的花朵

红色粉色的跳舞蓝色黄色的唱歌

我皮肤的山脉中崛起着断层和山峰

崖壁上长满松树峰顶常年积雪

我血液的河流里流淌着幸福和快乐

小鱼在戏水浮萍在安睡

它们是我的兄弟姐妹它们就是我的生活

醉了

跟小鸟说话小树就醉了
醉成一片森林
跟鲜花唱歌草原就醉了
醉成一个春天
跟小鱼舞蹈小溪就醉了
醉成一条瀑布
跟女孩憧憬姑娘就醉了
醉成我的新娘

看见雪就想起梅花的哭声
看见风就想起风筝的恐惧
看见雨就想起鱼儿的伤心
看见雾就想起诗人的焦虑

大自然的儿女

雪落在细瘦的草原上
将草原演奏成一首情歌
我走在洁白的大地上
落魄成一个奇特的音符
松鼠跳来跳去
成了乐队的架子鼓
小鸟飞进歌声里
成了梦境的白雪公主

我们欢乐
都是大自然的儿女

我多想

我多想陷入沉睡的深渊
让流浪的梦
漂浮在苏醒的伤感里
我多想闭着迷茫的双眼
让不知疲倦的蝴蝶
编织原野的童话
我多想躺在孤舟之中
枕着欢跳的月色
让溪水成为美酒
我多想捞起破碎的音符
让小夜曲不再孤独
我多想飞进广寒宫
让天上的神仙为我伴唱
我多想多想

不凋零的生命

（一）

把我的想法抛弃到荒原上

小草就提前长出嫩芽

把我的想法流放到溪水中

鲤鱼就能跳过龙门

把我的想法装进漂流瓶

陷入绝境的人就能获得新生

把我的想法撒进大海

潮汐就是维也纳金色大厅

把我的文字栽在春天里

暖风就唱出花朵

把我的文字装在盛夏中

炽热就欢天喜地

把我的文字铺在仲秋里

果实就变成了琼浆美酒

把我的文字储藏冰雪中

严寒就把它锻造成兵锋

只要四季还分明

我的生命就不凋零

我把太阳装到花瓶里

人间就五彩缤纷

我把月亮夹在书本中

诗歌就妩媚多姿

我把话语送给姑娘

她就成长为贤妻良母

我把情感献给故乡

那里的一草一木就千姿百态

那里的山山水水就绵软悠长

(二)

风把雨留给我
我就把雨冷冻成冰雹
弹奏大河之舞

水把火留给我
我就点燃黑暗
让光明成为永恒

火把木留给我
我就让它长出博爱
人间的残忍就会绝迹

木把土留给我
我就种植原始
让各种动物各得其所

土把金藏起来
我就让金与钻石在风雨中相互交融
形成人类无法辨认的宝藏

我并不孤独

我并不孤独

虽然夜深人静

窗外飘浮的萤虫

一定是我的梦

一片游离的星星

知道我的心

还有无人听到的百合花

花蕊吐着白色的紫红

那朵来自南边的翡翠鸟

美得令人入睡

它带来的问候

让我长醉不醒

提前入土

落叶飘零一个冬季

春天回到枝头

天鹅飞过一个寒冬

又回到原地

我割掉阑尾

晒干

提前埋进祖坟

放心地
任人处置我的灵魂

重阳节

炙烤得太热烈
歌声跌落
忠贞被秋风染红
烛火飘摇
明月有了暗影
日夜沉重
阳光的伤害
筑起了沙土的故城
捅破了
镶嵌着金边儿的春梦
影影绰绰
看懂了来生

灯塔

月光把我从海底捞起
岛上就多了一处风景
我在峰顶和大熊星座对话
流萤和流萤就能水火相容
经过一个轮回的冶炼

有人把我称作灯塔

不会流浪不会撕咬不会抢夺

只能燃烧自己的脂肪

我看到海水沸腾了舰船齐整了

深沉的月光

不清楚海水已经睡醒

还在天外游来游去

我烧完血肉还将燃烧骨髓

等待

桃树开花了

涌出的是春天的愁容

粉色的花瓣是残冬的血液

白色的花蕊是残冬的梦境

暖风送来一朵朵希望

带着暗淡的离别

天上的云忽明忽暗

它怀中的雨滴

杳无声息地落在花瓣上

与泪水结晶

等待吧

但愿秋天来到的时候

不会是可怕的牢笼

足迹的营养

走在漂泊着月光的沙漠上

脚印的阴影处

飘出了红柳的呻吟

暖风的幻想

太阳落山前告诉白天鹅

百岁兰的南侧

绿之铃的北面

生长着一棵高大的仙人掌

高贵的白天鹅不幸被扎伤

血液滴在脚印里

长出了一棵生石花

紫色的花瓣

黄色的花蕊

说出了我

梦的惆怅

花瓣划伤沙漠

河西菊佛肚树白麻沙漠玫瑰

吞噬着沙粒

在日出之前

开放成五色的海洋

我匍匐在黑暗中

任凭它们抚摸

只要它们愿意

我的骨肉我的血液

就是它们最珍贵的营养

为黑夜化妆

黑夜

神秘的使者

使我魂牵梦绕

黑夜

缠绵的思绪

让我卸下行装

夜空有我的星光

时隐时现

我的黑夜开成了紫金花

向往光明

我的黑夜绽放了笑容

采集了彩霞的希望

黑夜无须掩饰

黑得光明正大

它是我的皮肤

我的骨肉

我的血液

我的情怀

我的隐忍

我还要

还要为黑夜化妆

冰雕

我喜欢春天扬起的白柳

飘浮它的生命

我喜欢夏日含苞的芙蓉

包容它的睿智

我喜欢中秋的无花果

低调它的果实

我最喜欢还是寒冬的无情

任凭风雪的践踏

抛弃了一切的虚心假意

没有以往表面的繁花似锦

没有以往肤浅的风和日丽

有的只是冷彻肺腑

这段难忘的时光

这曲心灵的透彻

刻进了心路的历程

我的冰雪飞溅

结晶成盛夏也不融化的冰雕

都是母亲

家到医院
左侧是天堂
白衣女人站在门口
胸口别着一朵黑色妖姬
看着我笑不露牙齿

医院到家
右侧是地狱
黑衣女人站在台阶上
胸口戴着一朵白玫瑰
看着我笑不睁眼睛

她们都是母亲
都是面黄肌瘦的母亲
风和雨打在她们身上
她们一动不动
看着我看着她们的儿子
体弱多病的儿子

黑白之间

鲜血从鬼头刀尖儿滴落着
广陵散带着血腥的味道

嵇康顿时失去了自由

广陵散在太行山游荡

邂逅了一段高腔

广灵姑娘看着血色的云

听着矛戈撞击的音乐

寻找自由

白衣天使不羡慕绝唱

不喜欢血的风韵

将夜色漂洗

广陵散广灵姑娘

骑着白鹤融进橘红的太阳

生命的守护神 *

离死神最近离天堂最远

离病人最近离家人最远

难以改变的是辛勤劳作的命运

难以预料的是生老病死的未来

夜晚那盏清冷的明月是你不灭的孤灯

白天那颗火热的太阳是你长久的肝胆

喝下的经常是冷酷冰镇的苦水

排出的永远是鲜血酿造的热汗

不知道羌笛划开的旭日浸泡了几条红色

不明白秦腔布满的晚霞丢失了几朵情歌

微笑苦涩

是四肢的驿站

怨声冷眼

是脊背的家园

暂时入眠的楼道

倾听着呻吟和你鸣叫的耳朵

第一缕暗淡的日光

灌洗着尿壶和你失神的双眼

伸一伸被酸痛浸润的臂膀吧

凹陷的行军床承载不起你瘦弱的躯体

冷掉的饭菜充当不了你盘中的美餐

那棵生长在塬上的野燕麦忘记了你

和你轻盈的脚步

钻出山脊的苦菜花回忆着你

和你滴着鲜血的视线

我的兄弟

质朴演绎着生命的神曲

勤劳传承着希望的美谈

我的朋友我和你一样
是一块泥土是一片原野
是一块石头更是一座高山

* 为新认识的医院护工田国栋而作。

我羡慕

我真羡慕昏黄的太阳
无论什么东西遮挡都是昙花一现
在它的窗前月下
都是葵花的笑脸
我真羡慕呼喊的风
可以随心所欲
寂寞里
把明媚的丽日打入地狱
让那些喜欢吃喝玩乐的闲人
知道幸福的来之不易
我真羡慕沙尘暴
把蓝天当作狩猎场
让暴怒的阳光沉默无语

让戈壁的探险者接受遗弃
我真羡慕海洋深沟的暗流
它不刻意地十面埋伏
就能轻松击败
人类精心布置的棋局
我真羡慕一望无际的冰川
矜持之中也能释放使人们无法预料的奇计
让那些喜欢制造浪漫的人士
镀上永远不朽的外衣
我真羡慕撕破云雨的雷电
天生就是演说家
无须特意安排
长虹就自告奋勇地呈上艳美的词句

复原

本就不是一名将军
影子太高太长
普普通通的样子
被装饰在红漆大门的柱子上
成为唐朝开国的门神
孤苦伶仃的你
固定了单一的音容笑貌
如果崔珏在世
一定将你送回人间
不知道你左侧的柱子上

还会贴上谁的壁画

他肯定不是我

也不是我的知音

箭头

七枚从石砬子里淬出的铁色箭头

在安·阿尔托*"残酷戏剧"里穿行

音乐剥离了生锈的母体

增加了它的穿透力

不需要天上的煤地下的磷

在欢乐中迷醉

缝合了破裂的心

又去织补周围的阴影

天空一望无际的灿烂

水晶裹着云彩无法入睡的梦

温柔只是箭头的宣言

从来没有打算清洗心灵

在那个被镂空的世界

即使付出破碎的代价

也不能获得表面的新生

音乐在肉体里游荡

在水墨中沉寂

古老想念解救会合超越

是冰块的寒冬

箭头停留在心脏里吧

那里有它的坐标

释放追求灵敏歌唱豁达

还有永无止境

* 安托南·阿尔托（1896—1948），20世纪法国诗歌史上最怪异、最疯狂、最有力量的诗人之一。其诗作的内涵与思想需不断地理解和挖掘。

箭和翅膀

箭射到了翅膀之上

它和翅膀同时死亡

本来它们都自由飞翔

鬼使神差

却得到了同归于尽的下场

琥珀

据当地人说，只有云台山才有黑蝎子

黑蝎子在茱萸峰的巢穴里做梦

铁夹把它轻轻钳住

它被保送到新世界

只有心旷神怡

一瓢黏液突然从天而降

它使出了吃奶的力气

却逃不脱离奇的天地

尾部的毒钩高高翘起

再也不能所向披靡

这一刻它成为永恒

有人说这个叫经典

有人说这个叫琥珀

下辈子当狗

下辈子当狗

终生衣食无忧

冬天飞到海南

夏季躲在幽州

欢喜风吹日晒

醉看雨打枝头

不用读书写字

不用忙前跑后

饿了向主人跪拜

渴了向主人请求

不但有肉有菜

还能喝上美酒

当人真没意思
总怕一无所有
既要钩心斗角
还要力争上游

当人没谁可怜
没人给饭喂肉
穷困遭人冷眼
有钱怕人报仇

下辈子一定当狗
即使投到人胎
也要学会撒娇打赖
更要学会狗的计谋

经纬线

地理学家把地球绘上了
许多条经纬线
能够立即找到一个地点
医学家把人的身体分成了
许多系统
可以治疗相关的疾病
我试图把人的想法
整理成许多样式

了解他们灵魂深处

我羡慕地理学家的理智

钦佩医学家的智慧

却发觉自己的头脑中只有糨糊

随笔

（一）

有人说徽州的山水比桃园安谧

春季无风冬季无雨

可记得南越的歌声自古绮丽

却未曾进入长安洛阳的晨钟暮鼓

甲骨上记载了什么

可沾有伯邑考的血迹

铜镜之上能否看到

东宫显德殿的光环

玄武门的箭戟

水清如镜映照了

开封陈桥黄袍加身的秘密

元明清

哪个朝代没有杀戮

哪一个地方没有惨剧

徽州啊

你绿得可怜静得出奇

我不忍打破你的回忆

不忍破坏你的思绪

（二）

琴声心怡着蓝蝶的芳香

清雨冷藏着茉莉的诗稿

目光的梦沾着岁月的露珠

听觉的语言朦胧着心灵的遐想

白雪弹奏着天外的乐曲

红缎舞鞋闪烁着千万朵花影

亭台楼阁喧嚣的归宿

月下花痕千年的静音

向日葵和蒙娜丽莎

灾难是撒旦送给人类的欢乐颂

在春荫萌动的时候

它哼着小夜曲

在大洋深处作怪

它不相信任何人定胜天的童话

把海水推上肯特山的山腰

然后在山顶安营扎寨

看着人们奔逃呼号

它哈哈大笑

说这不算杰作

只能勉强叫作向日葵和蒙娜丽莎

跳龙门

鲤鱼跳龙门的传说
传到了我家的鱼缸
我家的金鱼踌躇满志
在一个夜深人静的星期天
它饱餐之后
用洪大的狮子头撞开了鱼缸的盖子
终于摆脱了鱼缸的禁锢
越过了龙门
躺在了颂词盛开的花丛之中

翰林院

翰林院里多进士
举人还有几车皮
仰着脑袋数星星
数来数去数不清
几道流萤从天降
还有一颗落纸上
流萤点燃羊角蜡
烛火瘦成黄粱梦
十年寒窗日月冷
百年冬雪抱北风
月光清冷婵娟去
半杯残酒伴此生

读《戚继光》

我是戚继光
骑着没有蓝毛的菊花马
走在崎岖的海岸上
猎杀倭寇狗豺狼
我是戚继光
高举总兵的大帅旗
枪炮剑弩一起上
鸳鸯阵里笑霸王
我是戚继光
南北驱驰不觉忙
兵书战策流百世
百战百胜无遮挡
修缮整理蓬莱阁
子孙后代齐敬仰

大雁塔的烟

尘封了一千多年的大雁塔
在初春的窗口
突然冒出几缕淡淡的白烟
可以肯定
这是出乎意料的事件

果然

白烟变得又黑又重

火焰

在燃烧什么

是煤的身体还是煤的思想

从塔尖逃到天空的

除了各种烟雾

一定还有名人的诗篇

是我

罗布泊

最后被蒸发掉的那颗水珠是我

黄河下游

阻挡住上游的那块冰凌是我

四川盆地

夏收时被遗落在稻田里的最后那串稻穗是我

东北平原

秋收时那块没有被挖出来的马铃薯是我

北海冰面

支撑那张破败荷叶的莲藕是我

瓦斯爆炸前

最后运上地面的那块煤是我

火山喷发后

又掉回火山口的那块岩浆是我

哥伦比亚号航天飞机

还没找到的那个黑匣子是我

沙漠风暴

卷起的那块黑曜岩是我

山洪暴发时

被冲上河岸又逃回水里的那条鱼是我

金字塔大甬道内

最下面的那块石壁是我

神秘人

留在岩壁上的画作是我

大西洲

最后被淹没的那根塔尖是我

帕伦克太阳神庙上

那片泥土是我

玛雅未解的

那个带弯的文字是我

黑萨姆未找到的

那颗隐藏在加勒比海的铜块是我

撒下种子

不用浇水就能长出庄稼的泥土是我

野火燃烧后

第二年又能茁壮成长的野草是我

埋在沙石里

筛除杂物后剩下的精华是我

我是不死的生灵

是万物生长的泥土

是生风化雨的空气

是延绵不绝的小河

还是奇形怪状的异物
是我就是我

起名字

我总想给风起个名字
它为什么刮倒我的记忆
让那些杂乱无章的声音
逃离我的大脑
劝说我接受春天的享受

我总想给雨起个名字
它为什么浇湿我的心情
让那些半生不熟的东西销声匿迹
开导我接受夏天的洗礼

我总想给雾起个名字
它为什么漂白了视线
让那些香味四溢的果实隐藏在暗处
欺骗我说
渴望的时刻还遥遥无期

我总想给雪起个名字
它为什么冷冻了我的火热
让那些琴棋书画冷若冰霜
训示我说冬天到了

秋天和春天都被冻死了

钢笔与灯罩

我的钢笔吸进了骨髓
写出的语言带着思想
留下的字迹细胞会唱歌
它唱不醒黄昏
却叫疼了灵魂

拉上窗帘想着太阳
打开窗户看不见月亮
台灯是一个机器人
被头罩裹住了联想
钢笔总希望拍击翅膀
却让灯罩的皮鞭打伤

表

朴实无华的表述说着
平淡无奇的故事
三个表针和谐相处
谁都没有抱怨
一个马不停蹄
一个慢条斯理

一个按兵不动

它们各司其职

看不出懒惰和贪婪

看不出尴尬和阴险

循规蹈矩是它们的本分

不争不抢三位都是甘心情愿

人们应该向三个指针学习

即使是夜半三更

即使无人监督也忠于职守

将准确的时间奉献

群雕

孤舟蓑衣白雪

帆船水手蓝雨

蒸汽机挖掘着冰山下面的枯叶

黑烟撕裂天空

兵舰鸟飞来飞去

向水线缝合

碎石路上印着凡·高的驼背

桂湖公园坐落着王铭章的骑马铜像

一支支画笔睡着午觉

果盘缺少了五颜六色

罗丹的指尖流着鲜血

就是染不红青铜时代

梦境

温室不是我的家
牡丹玫瑰不在这里献媚
枯黄的野草
向我微笑

软床不是我的家
琴声歌语不在这里卖弄
凛冽的风声
为我欢唱

残月是我的挚友
飞雪是我的侣伴
只要冬日没有消失
孤独就是我的梦境

谜语

咖啡煮过的思想
充满着超前的意识
黄酒泡过的观念
浸透着传统气息
两种饮料勾兑
应该是一个谜语

眼睛

油星溅入了瞳孔

怒放的天花练成了火眼金睛

从此看到了金色世界

即使再黑暗也觉得光明

眼睛总是盯着黑暗

它肯定不懂得明亮的神圣

黑暗一旦在瞳孔中唱歌

就会诞生灿烂的天空

惊喜

她从我的左耳揪出《拉德斯基进行曲》

种上不开花不结果的青草

她说这样很别致

她相信

明天就是木工车间的圣诞节

电锯电刨木鱼梆子大镲大鼓

已经各就各位

锯末色彩缤纷地穿上了皇帝的新装

等待着拉开心醉的大幕

她对我的右耳怀有浓厚的兴趣

会千方百计地营造这块处女地

当月亮击落太阳的时候

就会以偷袭的方式

给我一个三天睁不开眼的惊喜

肥瘦之间

瘦弱的风

养肥了粗壮的黄花

养肥了枯黄的残叶

瘦弱的情人节

养肥了情人的冷酷

养肥了情人的背影

瘦弱的初雪

养肥了视线

养肥了冰冷的风景

瘦弱的心脏

养肥了宽阔的胸襟

养肥了战士的坚强

俯冲

猫头鹰闭着一只眼

回忆着太阳排泄的情景

另一只眼

转动着

瞄着月亮看不清的地方

尖尖向下的嘴巴

藏着一把刀

随时可以修理甜蜜

一个俯冲

挤进隐秘的空间

仓鼠的世界不再神奇

枪口前的鸟

一只黑色的鸽子

落在枪口前的树杈上

扳机犹豫了一下

停住了

鸽子遇到的是春天

一只白色的乌鸦

也落在枪口前的树杈上

扳机也犹豫了一下

子弹划成一道数码

乌鸦成了冬天的殉葬品

乌鸦

乌鸦总是追逐着阳光

这注定了它一生的希望

它把欢心送给白天的太阳

又把友爱献给夜晚的月亮

天下乌鸦一般黑

这是对它天经地义的中伤

它一生追求光明

得到的却是

众叛亲离的下场

宁死不屈的猕猴

为保护母猴和小猴

猕猴打败了山魈

却被咬断了大腿

把家人藏在岩石缝穴里

猕猴又站在树上放哨

饥渴难耐的猞猁看到受伤的猕猴

产生了趁火打劫这个歹毒的幻想

白头雕闻着血的味道

也赶到了这里

猴子兄弟

告诉我你的孩子在哪里

我就帮你赶走吃人的老鹰

猕猴听着地上强盗的敲诈

又机警地看着头上虎视眈眈的天敌

它并不吭气

而是拖着伤腿向枝头爬去

猴子兄弟

你再不交代我就对不住你了

猴子爬到了树枝的尽头

看着宽阔的河面

看着缩小的包围圈

白头雕盯着猕猴的脖子磨了磨锋利的爪子

猞猁看着猕猴的伤腿舔着带刺的舌头

猕猴在两个歹徒扑过来的一瞬间

纵身一跃

跳向不可能到达的对岸

为了引开敌人

它掉进了激流汹涌的大河

看着电视画面

我的热泪禁不住滚滚而下

乌龟

兴奋时

不会像宠物狗一样摇头摆尾

玩耍时

不会像淘气猫一样扑打蹿跳

惊吓时

吐出一串气泡拼命钻向鱼缸的死角
吃饭时
专门争抢同伴嘴里的肉
这就是乌龟的习气
我看到却是人类的生活

四色梅花

太阳背后
雨和雪织着一个景象
我感觉到了
来自天国的信号
夜空泛着青白的颜色
这也是一种奇异的暗示

梅花凋落
细瘦的干枝残留着刀伤

我蘸着太阳滴落的颜色
割开皮肉挤出血水
调好色板
画一幅画
开着红黄白绿四种色彩的梅花

金凤岭

金凤岭在人际寥落的地方长眠
脑子里没有血液的人们在这里谈天
银杏树不知所措地颤抖
诉说着千奇百怪的哀怨
茂密的枝叶藏着血腥
掩盖不住由里到外的慌乱
桥面上横七竖八的石块
大模大样装扮成洞庭湖的石砖
山雀带来惬意的凉风
乘着柳荫踱上堤岸
沉睡着智慧的巢穴
潜伏着佛祖斑斓的谜团
荒草和败叶编织的神话
热恋着和风细雨塑造的寓言
残垣断壁上的瓦块
缱绻着忽明忽暗的书院
西山歌颂出来的南天门
拱卫着别开生面的滴水岩
仙人们乘鹤远去时留下的阴影
成长为长醉不醒的赤露庵
神采奕奕的半崖塔
孤独着黄粱一梦的旱水泉
敦煌津津乐道的翡翠谷
抛开了空前绝后的尊严
旌旗不整的石门寨

抱守着残缺不存的独一关
嫦娥神魂颠倒的奔月
遗落了千山万壑的暗恋
广寒宫由此瑰丽嵯峨
颂词雅句日益皎洁婵娟
踏着的蝴蝶翩翩起舞
淋漓着清风歌语的秋天
不期而至的细雨
谈论着魅力秋风的疲倦
太阳安然神伤的时候
嫦娥裸露的出现
羞愧着冰山海洋
嘲讽着山峦草原
挂着珍珠玛瑙的树木
潸然起苍白化妆的笑脸
不懂幽默的鸳鸯
拍打着醉意迷乱的漪澜
迤逦留下的苍凉
銮驾着冉冉升起的思念
泪水凝成的惆怅
宣泄着深情簇拥的蹒跚
幽静深邃的梦境
镶嵌着离奇古怪的困倦
隧道孕育的新奇
向往着白云雕刻的蓝天
古往今来构不成欢乐
邂逅而遇解释不了浪漫

岭南的微风飘飘

感动不了塞北深藏的春寒

金凤岭徘徊的意境

构成了苦涩愉悦交织的家园

达莱诺尔序曲

（一）白岔岩的云杉

走在通向草原的克什克腾处暑时

看着北荒浮动着五彩的山峦

攥着北荒闪烁着油香的疆土

我总想停下颤抖的脚步

种一棵

属于家乡的云杉

总想摘下风车上面那截游移的白云

绣成干枝梅

和夏天的凤尾蕨紫萼藓

开在黄岗梁呼吸的困苦中

睡在白岔岩睫毛的摇篮里

玩儿在达莱诺尔乳汁的馨香中

沐浴在大冷山野百合的歌声里

让那些饥渴的小白鹭秋沙鸭

饮食一片自由的虫草

享受一朵睡梦的冲浪

拥抱内心的欣喜

憧憬黄昏的黎明

请风雨中昂着花絮的金樱子

请期待中翘着花粉管的芨芨草

想着家乡屋脊上锈蚀的铃铛

看着黄河决裂的泪水

想着长城塌落的墙砖

为我飘着寒冷的视野

向着恰克图辗转的金毡

望着外兴安岭呻吟的山脉

向着葱岭寂寥的宝藏

望着南沙流血的珊瑚

尽情地呼啸

请太阳的光芒嫁给错落的蓝天

铺成南疆北漠不落的彩虹

让我血液的梦境织成五岳的画卷

为我和家乡的新娘穿上百花新装

我魂牵梦绕的克什克腾啊

我日夜不安的达莱诺尔啊

（二）西拉木伦河之声

喝断西拉木伦河的奶茶

浓香掩盖了我昨天的悲凉

荒芜了草原的土地

守望着古老的故事

源头流浪的山崖

伸出暴突筋骨的手臂

牵走云雾的依恋

向清远的深处作揖

忍不住岁月的冷风

逃出寂静的山谷

冲破石砬的围困

倾诉着深沉的秘密

远方飘来

转经筒的悠扬

彩带嘹亮着

敖包的传说

旷野中的枯草

连着空中散落的白云

两个值班的太阳

商量着黄昏怎样才能代替黎明

岸边徘徊的小路

串成崎岖的长调

成群的筏子鱼

雕塑成水中燃烧的火炬

跳出水面的烈焰

冲撞着河水流畅的旋律

古老的森林

敞开粗犷的怀抱

河道

将清澈镶嵌在大地的梦中

河岸

在婉转中拥抱着沉睡的巨柳
秋末
传递着夏季储存的恋爱
清风
梳理着燥热装扮的礼服

坐在皮筏子的甲板上
竹篙担当了狩猎的元帅
三十年积攒的泪水
浸透了依然狂放的旗帜
两岸的垂柳
突然变成草原的竖琴
震颤的琴弦
织成一张情深意切的大网
五光十色的牧民
欢腾着群山的《敕勒歌》
皮筏子涌起了一对翅膀
竹篙摘下一串葡萄
天上的胡笳吟唱着醉人的腔调
地上的情人狂跳着激越的舞蹈

号角啊
古乐啊
把群山把河水把森林把草原
把人们的五脏六腑
亲吻成洋溢的花篮

（三）边墙的游猎

青冢的芒刺扎穿了

哀婉的黄花

乌骓的梦境

拥抱着昏迷的太阳

勇士的铠甲

竖在青石的血迹上酣睡

熊罴虎豹

在剑戟和旌旗的跳跃中挣扎

再为火焰上的鹿肉

撒上一把五色的湖盐

傍晚的炊烟

弥漫着五光十色

夕阳的红霞

游动着浑远的边墙

秦朝的长城

继承了尧舜帝祚的殿堂

游隼的航道

是边墙的坐标

一边连着山川锦绣

一边接着落日楼头

西面的篝火

敲响着马蹄声的故事

东面的琴弦

拉开了兴安岭红色的百合

阴山的岩画
传说着黑色的玫瑰
红山文化
拱卫着洁白的玉龙
这一道游龙
与漫天的歌声
织成了原野上的风景
草丛涌起
荒凉深处苍茫的脊背
方形楼底
筑成平阔天空的险要城池

一匹贡缎
绘制了东西纵横的万里河山
一首情歌
唱开了南北草原的千里春色

（四）辽王墓

旗帜
摔打着往日灿烂的城郭
视野
滑动在隐约的庄重里
起伏的大地
留恋着你强健的四肢
剽悍的发际
交织着树木的往事

浓密的枝叶
招摇着跳跃的落日
黄牛的低鸣
牵拉着飘逸的云影
百灵鸟小家燕
在含羞草和野蔷薇的花篮里扑食蚊虫
北归的天鹅
守护着舞蹈的凤凰

我的思乡之情
在酒杯中得到了新生
掀开悠远冷静的梦境
钻进简朴阴森的墓道
站在辽王狭长的墓室中
听着他熟悉的呼吸
回响着他的后代们戏耍的笑声
长明灯还在长明
它向亲朋好友致敬

我细细咀嚼北疆油黑的泥土
静静吸吮家乡嶙峋的营养
几个世纪烽火吞噬的寂寞
隐匿着多少奇珍异宝
黄花遍地的遗址旧地
淤积着荒蛮文明的神话
古塔默诵的钟声
击碎了晚霞亲吻的黎明

拥抱祖国

为了使每一份思念都不迟疑
为了让每一个笑容都不苍白
为了请沉重的刀斧在困惑的翻卷中
撞击出苦涩的火花
我们拥抱了你

你的身体滚烫
昨天的伤痕依然流血
我们用骨髓擦洗烙印
历史的废墟在国土上褪色
精神的废墟在心灵上逃逸

我们的血滴滴鲜红
那是炎黄世界未来画卷中
熠熠闪亮的思想
她将种植神州山川未来海洋中
烁烁鲜艳的花朵
她会咆哮中华大地未来乐曲中
锵锵雄壮的号角

我们的意志轻盈地刺向
戈壁敦煌隐藏的黄昏
那是纷繁无序荒野的寂静中
猎猎拍打的旗帜
她将点燃冰天雪地失魂的落魄中

熊熊燃烧的篝火
她会坚定惊涛骇浪手足的无措中
呼呼欲出的灯塔

我们的情意温柔地消融
南极雪原中游移的孤魂
那是百花绽放灿烂的绚丽中
缠绵不断的春风
她将播撒赤地千里暴躁的激动中
娉婷玉立的果实

有了我们祖国
在困惑中不会瞻前顾后
在伤心时不再悲痛欲绝
在打击下不肯委曲求全

断层的昆仑奔腾着我们
惨遭蹂躏磨炼出来的利刃
流失的原野眷恋着我们
艰苦卓绝搏杀出来的铁骑
枯萎的江河洋溢着我们
从地狱的蒙昧升华出来的慈爱
嘹亮的黎明撕碎了黑暗编织的花环
坦荡的太阳拨开了浓雾设计的防线

长城蜿蜒着尧舜帝祚文明的头颅
黄河镶嵌着华夏种族挺拔的乳房

雅鲁藏布流淌在人类恬静的乐土
青藏冰峰辗转着生命温馨的春寒

天之骄子让地球绝顶
迸发出千沟万壑朗朗的回响
时代宠儿令大洋深处
呼啸出五湖四海荡荡的波涛

拥抱祖国
祖国的芳香将吟醉旌旗不倒的三山
拥抱祖国
祖国的智慧将唤醒辉煌永存的五岳

图书在版编目（CIP）数据

任洪力文选：上、下册 / 任洪力著. — 北京：文化艺术出版社，2022.12
ISBN 978-7-5039-7355-0

Ⅰ.①任… Ⅱ.①任… Ⅲ.①散文集—中国—当代②诗词—作品集—中国—当代 Ⅳ.①I217.2

中国版本图书馆CIP数据核字（2022）第238830号

任洪力文选
（上、下册）

著　者	任洪力
责任编辑	董　斌　董良敏
责任校对	邓　运
书籍设计	赵　矗
出版发行	文化藝術出版社
地　址	北京市东城区东四八条52号（100700）
网　址	www.caaph.com
电子邮箱	s@caaph.com
电　话	（010）84057666（总编室）　84057667（办公室） 　　　　84057696—84057699（发行部）
传　真	（010）84057660（总编室）　84057670（办公室） 　　　　84057690（发行部）
经　销	新华书店
印　刷	国英印务有限公司
版　次	2023年2月第1版
印　次	2023年2月第1次印刷
开　本	710毫米×1000毫米　1/16
印　张	29.75
字　数	386千字
书　号	ISBN 978-7-5039-7355-0
定　价	128.00元（全两册）

版权所有，侵权必究。如有印装错误，随时调换。